히구치 이치요

樋口一葉

히구치 이치요

樋口一葉

히구치 이치요 지음

김효순 옮김

어문학사

히구치 이치요(樋口一葉)

본 간행 사업은, 고려대학교 글로벌 일본연구원 〈일본 근현대 여성문학연구회〉가 2018년
일본만국박람회기념기금사업(日本万国博覧会記念基金事業)의 지원을 받아 기획한 것이다.

차례

섣달그믐

상

우물에는 두레박이 달려 있고 줄의 길이는 열두 길＃[1], 부엌은 북향이고 음력 십이월 마른 바람이 쌩쌩 부는 추운 날. 아아, 너무 추워 하며 아궁이 앞에서 잠깐 불을 쬔다는 것이, 일 분이 한 시간으로 늘어나서, 가느다란 장작만한 일도 큰 나무처럼 야단을 맞는 하녀의 고닮음. 나를 처음에 이곳에 소개해 준 아주머니 말로는, 아이들은 아들, 딸 합쳐서 여섯이지만 집안에 늘 있는 것은 장남하고 막내 둘 뿐, 주인아주머니는 조금 변덕스럽기는 하지만 눈빛과 안색을 잘 살펴 요령껏 잘만 하면 별일도 없을 것이고, 결국 귀가 얇은 성격이라서 네가 어떻게 하느냐에 따라서 어떻게든 융통이 될 것이다, 재산은 마을에서 제일가는데 대신 인색하기로도 둘째 가라면 서러울 정도, 하지만 다행인 것은 주인 양반이 너그러운 분이라 가외로 생기는 용돈도 다소간 없지는 않을 것이다, 일을 하기

---

[1] 길이의 단위로 한 길은 약 1.8m. 12길은 약 22m.

가 싫어지면 내게 엽서 한 장 보내라, 자세히 쓸 필요는 없고, 다른 일자리를 원한다면 그렇게 해 줄 것이다, 어쨌든 남의집살이를 하는 비법은 겉마음과 속마음을 분간하는 것이라는 말을 듣고 참 끔찍한 말을 하는 사람이구나 라고 생각하기는 했지만, 무슨 일이든 내 마음가짐 하나에 달렸으니, 다시 또 이 아주머니의 신세는 지지 말아야지, 일이 중요하다고 생각하고 열심히 노력하면 마음에 들게 될 터라고 결심을 하고, 이런 귀신 같은 주인을 모시게 된 것이다. 그렇게 해서 일을 하게 된 지 사흘째 되던 날, 오후에 일곱 살이 되는 따님의 춤 수업이 있으니 그 준비로 아침에 목욕물을 데워 씻겨 주라고 했다. 서리가 내린 날 새벽에, 주인아주머니가 따뜻한 이불 속에서 재떨이를 두들기며, 얘야, 얘야 하고 부르니, 그 소리에 자명종 시계소리보다 더 깜짝 놀라서 세 번 째 부르기 전에 허리띠를 매기가 무섭게 부지런히 다스키襷[2]를 매고 우물가로 가니, 아직 달빛이 물에 남아 있고 살을 에이는 듯한 차가운 바람에 방금 전까지 비몽사몽하던 기분은 싹 달아났다. 욕조는 만들어 붙인 것으로 크지는 않지만, 통 두 개에 찰랑찰랑 물을 길어 열세 번은 넣어야 한다. 이 추운 날씨에 땀투성이가 되어 물을 긷는 동안 굽이 뒤틀린 나막신의 끈이 느슨해져서 발가락에 힘을 줘서 위로 뜨게 하지 않으면 신을 수 없게 되었고, 그런 나막신을 신고 무거운 것

---

2 양어깨에서 양겨드랑이에 걸쳐 '十'자 모양으로 엇매어 일본옷의 옷소매를 걷어매는 끈. 작업을 하기 위한 준비로 맴.

을 들고 다니니 발걸음이 뒤뚱뒤뚱, 개숫물 얼음에 미끄러져서 옆으로 벌러덩 나자빠지는 바람에 우물 측면에 으악하고 소리를 지를 정도로 부딪히고 말았다. 아이쿠, 불쌍하게도 흰 눈이 무색할 정도로 흰 피부에 보라색 멍이 들었다. 게다가 넘어지는 바람에 물통도 나가떨어져서 하나는 괜찮았지만 하나는 밑이 빠져 버렸다. 이 통이 얼마짜리인지는 모르지만, 이것 때문에 재산이라도 줄어든 것처럼 주인아주머니는 이마에 엄청나게 핏대를 세우며 아침저녁 시중을 들 때도 나를 노려본다. 그날 하루 종일 아무 말씀도 하지 않았고, 하루가 지나고나서는 젓가락질을 할 때마다 이 집의 물건은 공짜는 없다, 주인의 물건이라고 함부로 생각하면 벌을 받을 것이다라고 아침저녁으로 설교를 하고, 손님들이 올 때마다 어제 있었던 실수를 이야기하니 어린 마음에 부끄러워, 그 뒤로는 매사에 다짐을 하니 실수도 저지르지 않게 되었다. 세상에는 하녀를 혹사하는 사람이 많다지만, 야마무라山村 집안 만큼 하녀가 자주 바뀌는 집은 없을 것이다. 한 달에 두 명은 보통이고, 삼, 사 일만에 돌아간 사람도 있는가 하면, 하룻밤 만에 도망을 친 사람도 있다. 하녀를 쓰기 시작한 때부터 얼마나 썼는지를 묻자면 손가락을 꼽느라 주인아주머니의 소매가 닳을 지경이다. 생각해 보면, 오미네ぉ峰는 참을성이 있다, 그 아이에게 혹독한 처사를 하면 그 자리에서 천벌을 받을 것이다, 그리고나면 도쿄東京가 아무리 넓다 해도 야마무라의 하녀가 될 사람은 없을 것이다, 기특한 아이다, 마음가짐이 훌륭하다 라며 칭찬하는 사람도 있는가 하면, 무엇보다 얼굴

이 예뻐서 나무랄 데가 없다고, 남자들은 바로 이렇게 말한다.

가을부터 딱 한 분 계시는 외삼촌이 앓아 누워, 하시던 야채가게도 어느새 문을 닫고 같은 동네의 뒷방에 살게 되었다는 이야기를 들었지만, 까탈스러운 주인을 모시는 처지이기도 하고 월급을 가불이라도 하면 이 몸을 파는 거나 마찬가지이기도 하여 좀처럼 병문안을 가고 싶다고 말도 꺼내지 못하고 있다. 주인아주머니는 오미네가 심부름을 가면 그 잠깐 동안도 시계를 계속 쳐다보며 소요시간과 거리를 엄격하게 재고 있으니, 차라리 몰래 갓다올까 하고 생각은 하지만, 나쁜 말은 발 없는 말이 천리를 간다고 지금까지 애써 참고 견뎌온 것이 물거품이 될 것이고 목이 잘리면 그것이야말로 환자인 외삼촌께 걱정을 끼치게 되는 것이며, 근근이 살아가는 살림에 하루라도 신세를 지게 되면 그것도 딱하고, 조만간 어떻게든 해야지 하고 우선은 편지를 보내고 몸은 이곳에 있지만 마음이 마음이 아닌 상태로 야마무라가에서 나날을 보내고 있다. 섣달은 세상을 바쁘게 한다지만, 하필이면 딸들은 옷을 고르고 고르며 치장을 하고 있다. 그것은 그저께 시작했다는 연극, 교겐狂言[3]이 마침 재미있는 신작이라서 그것을 놓치면 안 된다고 하며 딸들이 난리법석을 떨기 때문으로, 구경은 십오 일, 보기 드물게 온 집안 식구들이 총출동한다고 한다. 평소 같으면 같이 가는 것이 기쁘겠

---

3 노가쿠(能楽)의 막간에 상연하는 희극으로 무로마치시대(室町時代)에 발달.

지만, 부모님이 돌아가시고 나서 단 한 분 계시는 소중한 분이 앓아 누워 계시는데 문안도 못 가고 있으니 구경을 하러 다닐 처지가 못 된다. 또한 주인의 비위를 거스르면 그것으로 끝장이라 생각되어, 노는 대신 하루 휴가를 부탁하니 역시 평소 성실하기도 하여, 하루 지내고 다음 날 빨리 돌아 와야 해, 빨리, 라고 하며 허락을 받았다. 그래도 변덕을 부릴지도 몰라 그 허락에 감사합니다라는 말을 하자마자, 서둘러 인력거 위에서 고이시가와小石川는 아직인가, 아직인가 하며 초조해한다.

하쓰네초初音町라고 하면 이름은 고상해 보이지만, 세상에 불쌍한 휘파람새가 사는 것처럼 가난한 마을이다.[4] 정직한 야스베安兵衞라고 해서 신이 머무실 듯한 큰 주전자 같은 이마는[5] 번쩍번쩍, 그것을 표식 삼아 다마치田町에서 기쿠자카菊坂 근처에 걸쳐 가시, 무 등을 팔고 있었다. 워낙 적은 밑천으로 시작한 장사이나 보니 그때그때 싸고 양이 많은 것뿐으로, 배 모양의 그릇에 잔뜩 담은 오이나 짚꾸러미로 싼 첫물 송이버섯 같은 것은 없다. 이 야채가게의 물건들은 늘 판에 박힌 것처럼 똑같다고 사람들은 웃으며 말하지만, 단골들에게는 고마운 것으로 그럭저럭 세 식구 입에 풀

---

4 현재의 분쿄구(文京区) 고이시카와(小石川)를 말하는데, 근처의 하쿠산고덴(白山御殿)의 옛터를 휘파람새가 '처음 우는 마을(初音町)'이라고 하면서 생긴 마을 이름. 휘파람새의 일본어 '우구이스(うぐいす)'를 '세상을 걱정한다'는 의미의 '우쿠히즈(憂く干す)'로 보고, 세상을 걱정하며 사는 가난한 사람들의 마을을 연상하는 것이다.

5 속담에 '정직한 머리에 신이 깃든다'는 말이 있다.

칠을 하게 해 주었고 산노스케三之助라고 해서 여덟 살이 되는 아들을 빈민학교에 보냈으니 의무는 다 했다. 그러던 것이 가을바람이 쌀쌀하게 몸을 파고 들던 9월 말 어느 날 아침 간다神田에서 사들인 물건을 집까지 메고 오더니, 그 길로 갑자기 열이 났고 이어서 신경통 중세가 온 것이 삼월이 지난 오늘날까지 이어져서, 장사는 물론 먹고사는 살림살이도 줄이고 저울까지 파는 처지가 되더니 결국은 장사도 할 수 없어 정리를 하게 되었다. 그리 되니 남의 이목을 신경 쓸 처지가 되지 못해, 다시 때가 되면 돌아와야지 하며 월 50전 하는 뒷집으로 이사를 하게 되었다. 그것이 참담하게도 수레에 실은 것은 환자뿐으로, 짐이라고는 한손에 들 만큼도 안 되는 것을 들고 같은 마을 한쪽 구석으로 숨어들었다.

오미네는 인력거에서 내려 외삼촌의 집이 어디인지 물어 보는 가운데, 연이나 종이풍선을 처마에 내걸고 아이들을 불러 모으는 막과자 집 문 앞에, 혹시 산노스케가 섞여 있지는 않을까 하여 들여다보았지만 흔적도 없어 실망을 하고, 자신도 모르게 거리에 오가는 사람들을 보니, 저쪽 맞은편에서 깡마른 아이가 약병을 들고 가는 뒷모습, 산노스케 치고는 키가 너무 크고 마른 것 같았지만 모습이 비슷하여 서둘러 달려가서 얼굴을 보니,

"어, 누나네."

"아유 산노스케였네. 마침 잘 됐다."

하며 같이 간다. 술 집, 군고구마 가게를 지나 도랑 위 판자대기가 덜컹덜컹하는 어두운 골목으로 깊숙이 들어가니, 산노스케는

먼저 달려가서,

"아버지, 어머니, 누나 데리고 왔어."

라고 하며 문 앞에서 불러댄다.

"뭐, 오미네가 왔다고?"

라며 야스베가 일어나니 아내는 부업으로 하는 바느질에 여념이 없던 손을 멈추고,

"아이구, 이게 웬일이냐?"

하며 손을 잡을 듯이 기뻐한다. 보니 다다미 여섯 장짜리 방 한 칸에 달랑 장롱 하나, 원래 옷장이나 찬장이 있을 형편은 못 되어도 예전에 있던 긴 화로도 보이지 않고, 네모난 이마도야키今戶燒[6]를 같은 모양의 상자에 담아 두었는데 그것이 원래 이 집의 유일한 가재도구인 것 같다. 물어 보자 쌀뒤주도 없다 하니 얼마나 슬픈 일인가? 섣달 날씨에 연극을 보러 가는 사람들도 있는 것을, 하며 오미네는 눈물을 글썽거린다.

"바람이 차니 누워 계세요."

라고 하며, 북어포 같이 딱딱해진 이불을 외삼촌 어깨에 덮어 주고,

"아마 여러 가지로 고생을 하셨겠지요. 외숙모도 어쩐지 야위어 보이세요. 너무 걱정하지 마세요. 그래도 하루하루 좋아지고 있

---

6 도쿄의 이마도(今戶)와 하시바(橋場) 주변에서 구운 초벌구이 도자기. 일용잡기, 차 도구, 흙 인형, 화로, 화분, 기와 등으로 쓰인다.

는 것인지요? 편지로 어떤지 물어 보기는 했지만 그래도 눈으로 보지 못하니 걱정이 되어서 오늘은 기다리고 기다려서 휴가를 내서 겨우 왔어요. 뭐, 사는 집이야 아무려면 어때요. 외삼촌이 다 나으시면 가게를 다시 여는 것도 문제없으니 하루라도 빨리 좋아지셔야 해요. 외삼촌께 뭔가를 사 드리고 싶었지만, 길은 멀고 인력거꾼의 걸음걸이도 평소보다 느려서 좋아하시는 엿가게도 그만 지나쳐 버리고 말았어요. 이 돈, 얼마 안 되지만 제 용돈을 아낀 거예요. 고지마치麴町의 친척이 오셨을 때 그 할머니 허리가 아파서 잠도 못자고 힘들어 하셔서 밤새도록 주물러 드렸더니, 앞치마라도 사 입으라고 주셨어요. 그야 뭐, 주인댁은 인색하지만 다른 사람들이 잘 해 주어서요. 외삼촌, 기뻐해 주세요. 일도 힘들지 않아요. 이 가방도 스카프도 모두 받은 거예요. 스카프는 수수하니까 외숙모 쓰세요. 가방은 모양을 조금 바꾸어서 산노스케 도시락 가방으로 하면 딱 좋을 거예요. 그래도 학교에 다니고 있지요? 글씨 쓴 거 있으면 누나에게도 보여 주렴."

이 이야기, 저 이야기, 할 말이 길어진다. 일곱 살 때 아버지가 늘 일을 하시던 곳에서 창고공사를 했는데, 발판을 딛고 올라서서 흙손을 들고 벽에 중간칠을 하면서 아래 있는 사람에게 말을 하려고 돌아본 순간, 그 날이 액운이 낀 날이었는지 몇 년 동안이나 익숙했던 발판을 잘못 디뎌 떨어진 곳이 하필이면 고르고 골라서 바닥돌 모양을 바꾸려고 파내어 쌓아 둔 돌조각. 아버지는 그 돌조각에 머리를 부딪혀 그만 돌아가시고 말았다. 가엾게도 마흔 둘로 액운이 긴 해라고 사람들이 나중에 무서워했다. 어머니는 야스베와 같은 어머니에게서 태어난 형제이므로, 이곳에서 거두어 들였다. 그러나 그 어머니도 2년 후에는 유행성 인플루엔자가 갑자기 심해져서 돌아가셨다. 그 후로 오미네는 야스베 부부를 부모로 알고 살았고, 열여덟이 되는 오늘날까지 받은 은혜는 이루 다 말로 표현할 길이 없다. 산노스케는 오미네를 누나라고 부르니, 동생처럼 귀여워, 이리 와, 이리 와 하고 불러서, 등을 쓰다듬고 얼굴을 들여다보며,

"아버지가 편찮으시니 아마 힘들고 외롭겠지? 설날도 곧 되고 하니 누나가 뭔가 사 줄게. 어머니한테는 떼를 쓰거나 해서 힘들게 하면 안 된다."

라고 가르친다.

"힘들게 하기는커녕, 오미네야 들어 보거라. 나이는 여덟 살 밖에 안 되었지만, 덩치도 크고 힘도 세단다. 내가 이렇게 몸저 눕고나서는 돈을 버는 사람은 없는데 들어가는 돈은 많지 않겠니? 온통 힘든 일 뿐이니 그냥 보고만 있기가 그랬는지, 큰 길 건어물집 아들 녀석하고 같이 조개를 떼다가 힘닿는 대로 메고 다니며, 건어물집 아들이 8전어치 팔면 우리 아들은 반드시 10전어치를 팔아. 녀석의 효행을 하느님이 보고 계시는 것 같구나. 어쨌든 약값은 산노스케가 일을 해서 대 준단다. 오미네야, 칭찬을 좀 해 주려무나."

라고 하며 산노스케의 아버지는 이불을 덮고 눈물에 목이 메인다. 외숙모도,

"학교는 너무 좋아해서 전혀 손이 갈 일도 없어. 아침밥을 먹

고나면 내쳐 달려갔다가 세 시에 학교가 파하면 한눈 한 번 팔지 않고, 자랑은 아니다만 선생님들한테도 칭찬을 받는 아이를, 가난이 웬수라고 이 추운 날씨에 조개를 매고 작은 발에 짚신을 신고 돌아다니게 하는 부모의 심정이 어떻겠느냐?"

라고 하며 눈물을 흘린다. 오미네는 산노스케를 꼭 끌어안고,

"아이고, 세상에 이런 효자가 다 있나. 덩치는 커도 여덟 살은 여덟 살, 어깨에 저울을 지고 다니면 아프지 않니? 발에 짚신 자국은 안 생겼어? 미안해. 오늘부터는 나도 집에 돌아와서 외삼촌을 돌봐 드리면서 살림도 도울 게. 몰랐다고는 하지만, 나는 오늘아침까지만 해도 두레박 줄의 얼음이 차갑다고 힘들어 했구나. 한창 학교에 다닐 나이에 조개를 팔러 다니게 하고, 누나가 치렁치렁 긴옷을 입고 편히 있을 수 있겠니? 외삼촌, 이제 남의집살이는 그만두게 해 주세요. 저는 이제 남의집살이는 그만두겠어요."라고 하며 흐느껴 운다. 산노스케는 얌전하게 눈물을 뚝뚝 흘리는 것을 누가 볼까 하여 고개를 숙이고 있는데, 어깨 주변에 바느질을 한 것이 뜯어져서 이 어린 어깨에 짐을 지고 다녔구나 하고 보기에도 안타깝다. 야스베는 오미네가 일을 그만 두겠다고 하자,

"그것은 당치도 않은 일. 마음은 고맙지만, 어차피 돌아와도 여자가 일을 해 봐야 얼마나 하겠냐? 게다가 주인한테는 월급을 가불한 것도 있고. 그렇게 쉽게 돌아와서는 안 된다. 첫 일자리가 중요해서 참지 못하고 돌아왔다고 오해를 받으면 안 되니, 주인을 소중히 여기고 일을 해 주거라. 내 병도 오래가지는 않을 게다. 조금

좋아지면 기운도 나서 계속해서 장사도 할 수 있을 게다. 아아, 올해도 이제 보름 남았구나. 새해가 되면 좋은 일도 생기겠지. 무슨 일이든 잘 견뎌야 한다. 견뎌야 해. 산노스케도 잘 견뎌 주거라. 오미네도 잘 견뎌 주고."

라고 하며 눈물을 삼킨다.

"귀한 손님에게 대접할 것이 없지만, 네가 좋아하는 풀빵하고 고구마 찐 것이 있으니 많이 먹거라."

외삼촌의 말을 들으니 기쁘다.

"고생은 시키지 말아야지 하고 생각하지만, 섣달그믐은 앞으로 닥쳐오고 집안 형편은 어려워 가슴이 막히는 것은 병이 난 탓이 아니라 걱정 때문이다. 원래 몸져 누웠을 때 다마치田町의 사채업자에게 세 달만 쓰고 갚겠다며 10엔을 빌려서 1엔 50전은 선이자로 떼이고 손에 들어온 것은 8엔 50전. 9월 말에 빌렸으니 아무래도 이번 달이 약속한 기한이지만, 이런 상황에 어찌 되겠느냐? 이마를 맞대고 의논을 해야 할 마누라는 손끝에 피를 흘리며 남의 집일을 하지만 하루에 10전도 채 벌지 못하고, 이런 이야기를 산노스케에게 할 수도 없다. 오미네야, 네 주인은 시로카네白金 다이마치臺町에 나가야長屋[7] 셋집을 백 채나 가지고 있고, 들어오는 것이 있는 만큼 늘 좋은 옷을 입고 있다. 한 번 너에게 볼일이 있어서 문 앞

---

[7] 칸을 막아서 여러 가구가 살 수 있도록 길게 만든 서민들의 연립 공동 주택.

까지 간 적이 있는데, 천 냥으로도 지을 수 없는 으리으리한 창고를 짓고 있어서 그 부귀가 참 부럽구나 하며 보았다. 그 주인을 일 년간 모셨고 게다가 마음에도 든 네가 다소 도움을 요청한다고 해도 그것을 거절한다고 하지는 못할 것이다. 이 달 말에 차용증서를 다시 써야 하니 울며 매달려서 선이자 1엔 50전을 이쪽에 지불하면 다시 세 달 더 연장할 수가 있다. 이렇게 말하면 욕심장이 같지만, 대로의 떡이라도 사서 설날 떡국을 먹여 주지 못하면 세상에 나가 보지도 못한 산노스케에게 부모는 있으나마나 고아나 마찬가지 신세가 될 것 아니냐? 그믐날까지 돈 2엔, 말을 하기 어렵지만 부탁을 한다.〞

라고 말을 꺼낸다. 오미네 잠시 생각을 하고는,

〝알겠어요. 부탁해 볼 게요. 돈을 빌려 주기가 어려우면 월급을 가불해 달라고 부탁할 게요. 돈이라는 것이 밖에서 보는 것과 집안에서 보는 것은 달라서 어디나 다 속사정을 밝히기는 어렵겠지만, 금액이 큰 것도 아니고 그 정도의 돈으로 이쪽 일을 해결할 수 있다고 사정을 이야기하면 싫다고 하지는 않으실 거예요. 이 일도 잘 되어야 하니까, 저는 오늘은 이만 돌아갈 게요. 다음에는 설이나 되어야 올 수 있을 거예요. 그 때는 모두 웃는 얼굴로 뵐 수 있었으면 좋겠어요.〞

라고 하며 돈을 마련할 것을 약속한다.

〝그런데, 돈은 어떻게 받지? 산노스케를 받으러 보낼까?〞

라고 하니, 오미네는

"네, 그렇게 해 주세요. 평소에도 바쁜데 그믐이면 더 바빠서 틈이 없을 거예요. 길이 멀어서 가엾기는 하지만, 산노스케를 보내 주세요. 점심 전에 반드시 꼭 준비를 해 둘 게요."

라고 하며, 돈을 마련하기로 하고 돌아갔다.

하

이시노스케石之助라고 해서 야마무라가의 장남, 어머니가 달라 아버지의 사랑도 덜하여 이 아들은 양자로 보내고 가독家督[8]은 여동생 나카ᠰ에게 양보를 하게 하려는 계획을 10년 전에 알아차린 그로서는 사는 것이 재미가 없다. 옛날이라면 몰라도 지금 세상에 의절을 하지는 못할 것이라며, 마음껏 방탕을 일삼아 계모를 울리려고 아버지는 까마득히 잊고 열다섯 살 봄부터 불량한 짓을 하기 시작했다. 남자답게 다부지고 똘똘해 보이는 눈빛, 피부는 검지만 인상이 좋아서 주위 여자들 사이에서 화제의 대상이 되고 있다. 그저 거칠게 시나가와品川의 유곽에도 다니지만 소동을 떠는 것은 그 자리에서 뿐, 한 밤중에 인력거를 몰아 구루마초車町의 파락호들이 있는 곳을 찾아가서 그들을 깨워서는 술을 사네, 안주를 사네 하며 지갑을 털어 엉뚱한 짓을 하는 것이 도락이었다. 이런 아들에

---

8 그 집의 상속인. 일본 구(舊)민법에서 호주의 지위를 갖는다.

게 상속을 시킨다면, 이는 석유저장고에 불을 붙이는 것과 같아서, 재산은 연기처럼 사라지고, 남은 우리들은 어찌 되겠어요, 남은 형제들이 불쌍하죠 라며 계모는 아버지에게 끊임없이 참소를 한다. 하지만 이런 방탕한 자식을 양자로 받아 주는 사람도 없을 것이고, 어쨌든 있는 돈을 얼마간 나누어 주고 뒤로 물러나도록 호적 정리를 하자고 비밀스럽게 이야기가 되었다. 하지만 정작 본인은 한 귀로 듣고 한 귀로 흘려보내 그 수에 넘어가랴 싶게, 분배금 만 엔에 은퇴 생활에 필요한 돈을 다달이 보내고 내 유흥에 참견을 하지 말라, 아버지가 돌아가시면 내가 부모 대신이 되는 것이다, 부엌 신에게 바칠 소나무 한 그루 사는 것도 존경하는 이 오라버니의 허락을 받아서 사는 것이 도리이다, 그런 나를 내쫓으려는 것이니, 내가 이 집안을 위해 일을 하든 말든 그것은 내 마음이다, 그래도 괜찮다면 말씀하시는 대로 하겠다, 라고 하며 강짜를 부려 사람을 곤란하게 한다. 작년에 비해 나가야도 늘었고 소득은 배로 늘었다고 세상 사람들로부터 집안 사정을 들어 알고는, 재미있군, 그렇게 재산을 늘려서 누구에게 주려는 것인지, 불은 재떨이에서 나는 법, 뒤를 이을 장자라는 불덩어리가 굴러다니는 것은 모르는가? 이제 곧 야마무라가의 재산을 다 우려내서 너희들 설날 잘 보내게 해 줄게, 라며 이사라고伊皿子 근처의 가난한 사람들을 기쁘게 하며 그믐날 크게 술을 마실 장소까지 정한다.

그런 오빠가 돌아왔다고 하면 여동생들도 무서워하며 마치 곪은 상처라도 되는 듯이 건드리는 사람도 없고 무슨 일이든 말하는 대로 통하게 하니 점점 더 제멋대로 굴게 되어, 고타쓰炬燵⁹에 두 다리를 쑥 집어 넣고, 술을 깨야 하니 물을 가져 오라며 온갖 행패를 부려 마지 않는다. 미운 생각은 들지만 부모 자식의 도리 상, 어머니는 독설을 감추고 감기에 걸리지 않도록 솜옷가지를 한아름 가져다가 베개까지 베어 주고, 내일 아침 준비로 멸치를 다듬으며 남의 손에 맡기면 대충대충하는 법이라며 들으라는 듯이 베개 맡에서 절약이야기를 해댄다.

　점심 때도 다가오니 오미네는 외삼촌과의 약속이 불안해서 주인아주머니의 기분을 살필 틈도 없이 잠깐 손이 빈틈을 타서 머리에 쓴 수건을 벗고,

　"일전에 부탁드린 일, 마침 바쁘신데 면목 없습니다만, 오늘 낮이 지나면 드리겠다고 저쪽에 단단히 약속을 해 놓아서요. 이번에 도와 주시면 외삼촌께도 다행이고 저도 기쁠 것입니다. 이 은혜는 언제까지고 언제까지고 절대로 잊지 않겠습니다."

　라고, 손을 비비며 부탁을 한다. 처음에 이야기를 꺼냈을 때는 알쏭달쏭 했지만 결국은 좋다고 한 말을 믿고, 섣불리 확인을 하려 하면 귀찮아 할 것이라 생각하여 일부러 오늘까지 참고 있었는데, 외삼촌과의 약속은 오늘 오전, 잊었는지 아무 말이 없는 것이 걱정이 되어, 주인아주머니에게는 별것 아닐지도 내게는 절박하고

---

9 숯불이나 전기 등의 열원(熱源) 위에 틀을 놓고 그 위로 이불을 덮게 된 난방 기구.

중요한 일이라고 입이 떨어지지 않는 것을 억지로 참고 이야기한다. 주인아주머니는 깜짝 놀라며 어이없다는 표정으로,

"아니 그게 무슨 말이니? 그리고보니, 네 외삼촌이 병도 나고 빚도 있다고 듣기는 했는데, 우리 집도 집안이 이래서 빚을 대신 갚겠다고 하지는 않았을 것이다. 그건 네가 뭔가 잘못 들은 것 아니니? 나는 전혀 기억이 없어."

라고 한다. 이게 이 사람의 십팔번이지 라고 깨달았지만 이제 돌이킬 수도 없다.

꽃과 단풍 모양으로 아름답게 새로 지은 딸들의 고소데小袖[10]를 펼쳐 놓고, 같이 바라보며 옷깃을 가지런히 하고 옷자락을 접기도 하며 즐거워하고 있다. 훼방꾼인 오빠의 눈이 귀찮아서, 빨리 나가, 썩 사라져, 라는 마음 속 생각을 입 밖으로 내지는 않았지만, 원래 짜증이 많은 성격에 견디기 어려워, 지덕을 갖춘 스님이 보시면, 몸은 증오의 불꽃에 휩싸이고 검은 연기에 둘러싸인 것 같고 마음은 정신없이 혼란스러울 것이다. 하필이면 이런 때에 많고 많은 이야기 중에도 빚 이야기를 하니 더 독이 난 것 같다. 약속을 한 것은 자신도 지금 기억은 하고 있지만 일일이 상대를 하고 있을 수는 없다. 아마 네가 잘못 들었을 것이다라고 시치미를 뚝 떼고 담배를 뻐끔뻐끔 피워대며 모르는 척 한다.

---

10 둥근 통소매의 명주로 된 평상복.

아, 큰돈도 아니고 겨우 2엔. 그것도 자기 입으로 허락을 했으면서 열흘도 되지 않아서 노망이 난 것도 아닌데. 아 저 벼루상자 서랍 안에는 손도 대지 않은 돈 다발이 있잖아. 10엔이나, 20엔. 모두 필요한 것도 아니고 겨우 두 장으로 외삼촌도 기뻐하시고 외숙모의 웃는 얼굴도 볼 수 있으며 산노스케에게는 떡국도 먹여 주겠다고 한 것을 생각하니, 아무래도 그 돈을 갖고 싶었다. 원망스러운 것은 주인아주머니. 오미네는 분해서 말도 못하고 평소 고분고분 말을 잘 듣던 몸이니 조리 있게 따질 도리도 없이 맥없이 부엌에 서 있자니, 정오를 알리는 오포 소리 높게 들리는 것이 이런 때는 더 가슴을 울린다.

"어머니 곧장 와 주세요. 오늘 아침부터 진통이 시작되어서 오후에는 낳을 것 같습니다. 초산이라서 남편은 허둥거리기만 뿐 전혀 도움이 되시 않아요. 도와 줄 노인도 없어서 너무 정신이 없어요. 지금 당장 와 주세요."

라고, 생사의 갈림길이라는 초산으로, 사이오지西應寺에 사는 딸네 집에서 인력거를 보내 사람을 데리러 왔다. 이 일은 섣달그믐이라고 해서 뒤로 돌릴 수 있는 일이 아니다. 집안에는 돈도 있고, 방탕한 아들도 누워 있다. 가야 하나 말아야 하나 마음은 두 갈래. 주인아주머니는 몸을 둘로 나눌 수도 없으니 딸을 사랑하는 쪽으로 마음이 더 끌려서 인력거에 올라타기는 했지만, 이럴 때는 마음이 느긋한 남편이 진심으로 미워져서, 꼭 오늘 같은 날 낚시를 갈 필요도 없는 것을, 하고 애꿎은 강태공을 원망하며 나갔다.

그 주인아주머니와 엇갈려서 산노스케, 이곳이라고 듣고는 시로카네 다이마치의 집을 잘도 찾아 왔다. 자신의 행색이 초라한 것을, 누나의 체면을 생각해서 부엌문으로 쭈뼛쭈뼛 들여다본다. 누가 왔지 하며, 아궁이 앞에 엎어져 울고 있던 오미네가 눈물을 감추며 보니, 산노스케, 아아, 잘 왔구나 라는 말도 하지 못하니, 이 노릇을 어찌 하랴.

"누나, 들어가도 야단맞지 않아요? 약속한 것 받아 갈 수 있어요? 주인어른하고 주인아주머니께 고맙다는 말을 하고 오라고 아버지가 말했어요."

라고 한다. 사정을 모르니 기쁜 얼굴을 하고 있어 보기에 괴롭다.

"그래, 우선 기다려. 잠깐 볼일이 있으니까."

라고 하며 안팎을 둘러보니, 딸들은 마당에서 하네쓰키羽根突[11] 놀이에 여념이 없고, 심부름하는 아이는 심부름을 갔다가 아직 돌아오지 않았다. 바느질하는 사람은 이층에 있고 게다가 귀머거리이니 문제는 없다. 작은 도련님은 어떤가 하고 보니 거실 고타쓰에서 정신없이 단잠에 빠져 꿈을 꾸는 중이다.

"비나이다, 비나이다, 하느님, 부처님. 저는 나쁜 사람이 되겠습니다. 되고 싶어서 되는 것은 아니지만 되지 않으면 안 되게 되

---

11 여 아이들의 설놀이의 하나로, 두 사람 이상이 한 개의 하네고(羽子, 깃털이 달린 배드민턴 공과 비슷함)를 서로 침.

었습니다. 벌을 내리시려면 저 혼자에게만 내리세요. 돈을 쓰기는 썼어도 외삼촌과 외숙모는 모르는 일이니 용서해 주세요. 죄송하지만 이 돈을 훔치게 해 주세요."

라고 하며, 일찍이 봐 두었던 벼루 상자 서랍의 돈다발 중에서 단 두 장을 집어 정신없이 산노스케에게 건네 주고 돌려보내니, 그것을 처음부터 끝까지 본 사람이 없다고 생각하는 것은 어리석은 것일까?

....

그 날도 저녁이 다 되어서 주인이 낚시에서 만족스러운 표정으로 돌아오니, 곧 뒤따라서 주인아주머니도 돌아왔다. 안산의 기쁨에 네려다 준 인력거꾼에게까지 기분 좋게,

"오늘 밤에 정리를 좀 하면 또 보러 갈 거예요. 내일은 아침 일찍 누가 되었든 여동생을 한 명 도우러 꼭 보낸다고 전해 줘요. 아유, 수고하셨어요."

라고 하며 촛값이라도 하라고 돈을 주고는,

"아유, 너무 바쁘다. 누가 좀 한가한 몸이 있으면 한 쪽 빌리고 싶네. 오미네야, 소송채는 데쳐 두었니? 청어알은 씻었어? 아저씨는 돌아오셨니? 작은 도련님은?"

라고, 마지막 한 마디는 작은 소리로 묻고는, 아직 돌아오지 않았다고 하니까 이마에 주름을 모은다.

이시노스케는 이 날 밤은 얌전하여, 새해 삼일간은 집에서 지내며 축하를 할 것인데 아시는 바와 같이 그렇게 야무지지는 못하다, 갑갑하게 하카마袴[12]를 입은 치들에게 인사를 하러 돌아다니는 것도 귀찮다, 설교도 지긋지긋하다, 친척 중에 얼굴이 예쁜 사람도 없어서 만나고 싶은 생각도 없고, 뒷골목 친구 집에서 오늘 밤 약속도 있으니, 일단 나가 볼게요, 조만간 기회를 봐서 받으러 올게요. 마침 경사스러운 일도 있으니 세모에는 얼마나 주실까 하며 아침부터 누워서 아버지가 돌아오시기를 바란 것은 바로 이 돈 때문이다. 자식은 전생의 원수라고 하지만, 참으로 방탕한 자식을 둔 부모만큼 불행한 사람도 없다. 끊을 수 없는 혈육의 연이라는 것은 있는 대로 도락을 저지르다 수렁에 빠져도 세상에 대한 체면 상 모르는 척 할 수도 없으니, 가문의 이름도 아깝고 체면도 있어서 아까운 창고를 열 것이다. 그것을 알고는 이시노스케, 오늘밤이 기한인 빚이 있다, 다른 사람 보증을 서느라 그만 도장을 찍은 것도 있고, 도박판에 광풍일진狂風一陣이 일어 파락호 친구들에게 줄 것을 주지 않으면 이 사태가 진정이 되기 어려운데, 저는 괜찮지만 가문에 먹칠을 하게 돼서요, 라고 늘어 놓는다. 결국은 돈을 달라는 것이다. 어머니는 어차피 이럴 것이라고 짐작한 대로라며, 얼마를 달라고 조를지 뜨뜨미지근한 남편의 처사가 갑갑하기는 하지만, 말

---

12 일본 옷의 겉에 입는 주름 잡힌 하의. 지금은 '하오리(羽織)'와 함께 정장으로 입음.

로는 당할 수 없는 이시노스케이기에, 오미네를 울렸던 오늘 아침과는 달리 아버지의 안색을 곁눈질하는 눈꼬리가 매섭다. 아버지는 조용히 금고 안에 들어가더니 이윽고 50엔짜리 돈다발 하나를 들고 나와,

"이것은 너에게 주는 것이 아니다. 아직 결혼을 하지 않은 여동생들이 불쌍하고 매형 체면에도 걸리는 문제다. 이 야마무라가는 대대로 건실하고 정직하며 예의바른 집안으로 통해서 나쁜 소문이 난 적이 한 번도 없었는데, 네 놈 같은 악마가 태어나서 자칫 무분별하게 남의 돈에 손을 대는 일이라도 생기면 그 수치가 우리한 대로 끝나지 않을 것이다. 재산도 중요하지만 부모형제의 얼굴에 먹칠을 하는 짓은 하지 말거라. 너 같은 녀석에게 말을 해 봤자 소용도 없겠지만, 웬만하면 야마무라가의 젊은 주인으로서 쓸 데 없이 남들한테 손가락질 당하지 않고 내 내신 새해 인사를 돌려 조금은 힘이 되어 주면 좋을 것을. 육십이 다 된 부모를 울리니 벌을 받지 않겠냐? 어렸을 때는 책도 조금은 읽었지? 왜 이렇게 철이 없는 것인지? 자, 가라, 너 있던 곳으로 돌아가, 어디든 돌아가. 집안 망신시키지 말고."

라고 하며 안으로 들어갔고, 돈은 이시노스케 품 속으로 들어갔다.

....

"어머니, 안녕히 계세요. 새해 복 많이 받으시구요. 그럼 다녀 오겠습니다."

라고 하며 일부러 공손히 인사를 하고,

"오미네, 신발 좀 바로 놓아. 현관으로 와. 돌아가는 것이 아니고 나가는 거야."

라고 뻔뻔스럽게 손을 크게 흔든다. 어디로 가는 것인지? 아버지의 눈물도 하룻밤의 소동으로 꿈처럼 아무 소용없이 사라질 것이다. 있어서는 안 되는 것은 방탕한 아들, 있어서는 안 되는 것은 방탕한 아들을 만드는 계모일 것이다. 부정을 쫓는 소금은 뿌리지 않아도, 우선은 빗질을 하기 시작하는데 젊은 주인이 물러난 것이 기쁘다. 돈은 아깝지만, 보기만 해도 밉던 자식이니 집에서 떠나 없어져 주는 것만으로도 천만 다행이다. 어떻게 하면 그렇게 뻔뻔스러울 수 있을까, 그런 자식을 낳은 어미의 얼굴을 보고 싶다 라고 안주인은 예의 독설을 갈고 닦는다.

오미네는 이런 난리도 듣는 둥 마는 둥, 저지른 죄가 무서워 내가 그런 것인가, 남이 그런 것인가 방금 전 저지른 짓을 새삼 멍하니 더듬어 본다.

"생각해 보니 이 일을 들키지 않고 지나갈 수 있을까? 만 엔 중에 한 장이라도 세어 보면 금방 알 수 있는데, 빌리고 싶다고 부탁을 했던 딱 그 액수의 돈이 가까이에서 없어졌다고 하면, 나라도 누구를 의심하겠는가? 조사를 하면 어떻게 하지? 뭐라고 하지? 거짓말을 해서 빠져 나가게 되면 죄가 더 깊어지는 거지. 자백을 하면 외삼촌한테까지 누가 된다. 내 죄는 각오를 한 것이지만, 현명한 외삼촌까지 누명을 쓰게 되어서 그 누명을 벗지 못하면 그것은 가난한 사람의 약점. 가난하니 이런 도둑질도 하는 사람이라는 말을 듣지 않겠는가? 슬프구나, 어찌하면 좋을꼬. 외삼촌한테 누가 되지 않게 내가 확 죽어 버리는 방법은 없을까?”

오미네의 눈은 주인아주머니의 움직임을 쫓고 마음은 벼루상자를 헤맨다.

이 날 밤, 총결산이라고 해서 집안에 있는 돈을 모두 모아 결산을 한다. 주인아주머니는 아 그렇지, 그렇지 라고 생각을 해 내고는,

“지붕공사를 하는 다로太郎가 빌려 준 돈을 가져와서 그 돈 20엔이 벼루상자에 있어요. 오미네, 오미네, 벼루상자를 이리로 가져오너라.”

라고 하며, 안방에서 부른다.

“이제 이로써 내 운명은 끝장, 주인아저씨 앞에서 일의 자초지종을 이야기하고 주인아주머니가 얼마나 매정한지 그대로 이야기해 버려야지. 잔머리도 굴리지 말고, 정직함으로 나를 지키자. 도망도 가지 말고 숨기지도 말자, 그러고 싶지 않았지만 훔쳤다고 자백을 하자, 외삼촌하고 짜고 그런 것이 아닌 것만은 확실히 하고, 들어 주지 않으면 할 수 없지, 혀를 꽉 깨물고 죽어 버리면 목숨을 걸고 진실을 말했다고들 생각하겠지.”

라고 각오를 굳혔지만, 안방으로 가는 심정은 도살장에 끌려가

는 소와 같았다.

………………………………………………………

오미네가 꺼낸 것은 단지 두 장, 나머지는 열여덟 장이 있어
야 하는 것을, 어찌된 일인지 돈다발이 통째로 보이지 않았다. 서
랍을 홱 뒤집어 보고 털어 보아도 소용이 없다. 이상하게도 종이
조각이 떨어져 있었다. 언제 적은 것인지 인수증이 한 통.

(서랍에 있는 것도 가져갑니다. 이시노스케)

아, 방탕아의 소행이구나 하며 모두 얼굴을 마주보며, 오미네
는 의심하지 않았다. 효행의 여덕餘德은 나도 모르는 사이에 이시
노스케의 죄가 된 것인가? 아니, 아니, 오미네의 도둑질을 알고는
죄를 뒤집어 써 준 것인지도 모른다. 그렇다면 이시노스케는 오미
네의 수호신이라 해야 할 것이다. 글쎄, 후에 어떻게 되었을까?

(『문학계文學界』 1894년 12월, 『태양太陽』 1896년 2월에 재수록)

키재기

1

돌아보니, 유곽의 정문 다이몬大門 앞에 우뚝 버티고 선 버드나무까지 가는 길은 멀고, 오하구로[13]로 시커먼 도랑에 등불이 비치는, 떠들썩한 삼층의 모습도 손에 잡힐 듯하다. 날이 새나 밝으나 하루 종일 뻔질나게 드나드는 인력거에 얼마나 장사가 번창하는지 짐작이 된다. 말은 다이온지大音寺 앞이라고 고아한 절 맛이 나지만, 그렇다고 하기에는 너무 활기찬 거리라고 그곳에 사는 사람들은 말한다. 미시마신사三嶋神社 모퉁이를 돌고나면 이렇다 할 만한 큰 건물도 없고 기울어진 처마를 죽 늘어뜨린 나가야가 열 채, 스무 채 늘어서 있다. 장사는 통 안 되는 곳으로, 반쯤 닫힌 덧문 밖

---

13 오하구로(お齒黒)란 상대부터 상류사회 여성들 사이에 있었던 이를 검게 물들이는 습관을 말하며, 에도시대(江戸時代)에는 기혼여성의 표시가 되었다. 목적은 이를 눈에 띄지 않게 하여 얼굴을 아름답게 보이게 하는 것. 메이지시대(明治時代) 말기까지 동북(東北) 지방 일부에도 남아 있었고, 쇼와시대(昭和時代) 초기까지 남아 있었다. 현재는 전통연극이나 화류계 이외에서는 사라짐.

에는 이상한 모양으로 종이를 오려서 풀로 붙여 놓은 것이 색색의 덴가쿠田樂[14]를 보는 듯 하고 안쪽에 붙어 있는 대나무살의 모습도 재미있다. 한두 집이 아니라 아침에 널고 저녁에 걷어들이는 품도 이만 저만이 아니다.

"온 집안 식구들이 달려들고 있는데, 이게 뭐예요"

라고 물으니,

"이걸 몰라? 음력 11월 유일酉の日[15]에, 왜 그 욕심 많은 분들이 메고 다니신다는 복갈퀴를 만들려고 미리 준비해 두는 것이지"라고 한다. 정월의 가도마쓰門松[16]를 치울 무렵부터 달려 들어 일 년 내내 계속하는 사람들은 진짜 장사꾼이고, 짬짬이 틈날 때 소일거리로 한다고 해도 여름부터 손발에 물감을 묻히며, 설빔을 준비하는 데에도 이것 판 돈을 믿고 계산한다. 나무아미타불, 오토리신사大鳥神社의 오토리님, 사는 사람한테까지 그렇게 복을 준다니 제조해서 파는 우리들에게는 만 배의 큰 이익을 주실 거라고 사람들마다 이야기하지만, 그것은 의외로 그렇지도 않아서 이 근방에 큰 부자가 되었다는 소문도 전혀 듣지 못했다. 사는 사람들은 대부분 유

---

14 덴가쿠(田樂) 구이. 덴가쿠란 생선이나 야채 등에 양념한 된장을 발라 구운 요리. 재료에 꼬치를 끼운 색색가지 모습이 덴가쿠라는 춤을 추는 모습과 비슷하여 생긴 이름.

15 12간지의 유(酉)에 해당하는 날로, 11월의 세 번의 유일은 도리노이치(酉の市)라 하여, 오토리신사(鷲神社), 도리노테라(酉の寺), 오토리신사(大鳥神社) 등에서는 새와 관련 있는 연중행사를 하고 노점에서는 박수를 치며 복갈퀴 등을 판다.

16 새해에 문 앞에 세우는 장식 소나무. 보통 7일간 세워 두고 대보름에 태운다.

곽에서 일하는 자들로, 남편은 격식이 낮은 소격자小格子[17]라는 유곽에서 일을 한다든가 한다. 벗어 놓은 신발표를 들고 달그락거리는 소리도 바쁘게 저녁 때부터 하오리羽織[18]를 걸치고 나가려고 하다 보면, 뒤에서 신경질적으로 딱딱 부싯돌[19]을 켜대는 아내의 얼굴도 이것이 마지막인가 싶게 살상사건으로 봉변을 당하기도 하고 실패한 억지 정사의 원망을 받을 수도 있는 처지이므로, 앞으로의 운명은 위태롭고 "이크"하고 놀랄 때는 목숨이 걸린 일인데, 놀러 가는 것처럼 보이는 것도 재미있다. 딸은 요시와라吉原 유곽에서 가장 격식이 있는 오마가키大籬의 허드렛일을 하는 시타신조下新造[20]라든가, 가장 격식이 있는 유곽 안내 찻집인 시치켄七軒 뭐라는 집의 손님 배정 담당이라든가 하며 상호가 들어간 초롱불을 들고 바지런히 발발 걸음으로 수행, 졸업을 하고 무엇이 될까 싶지만, 이래서는 밤무대에 서는 것이 고작이라고 보는 것도 이상하지 않다. 촌티를 벗은 서른 넘은 한 물간 여자가 산뜻한 줄무늬 기모노와 하오리에 곤색 버선을 신고 셋타雪駄[21] 소리를 따각따각 내며 바쁜 듯이 옆구리에 끼고 있는 작은 보따리는 말할 것도 없이 분명

---

17 에도 요시와라(吉原) 유곽에서 가장 격식이 낮은 유녀집.

18 일본옷의 위에 입는 짧은 겉옷.

19 밖에 나가서 무사하기를 기원하는 의미로 부싯돌을 켬.

20 유곽에서 가무로(かむろ) 즉 심부름하는 소녀에서 유녀가 된지 얼마 안 되는 격이 낮은 어린 창녀.

21 눈이 올 때 신는 신발. 대나무 껍질로 만든 신발 밑바닥에 가죽을 대고, 뒤꿈치에 쇠붙이를 박은 것.

해서, 찻집 구름다리를 쿵하고 울리며, "돌아가려면 길이 머니, 여기에서 드릴게요."라며 바느질집에서 맞춘 옷을 갖다 준다고 이 근방에서는 말한다. 이 일대의 풍속은 다른 곳과 달라서 여자 치고 허리띠를 뒤에서 제대로 꼭 묶은 사람은 드물며 문양이 있는 것을 좋아하여 폭이 넓은 허리띠를 묶는데, 한물간 여자는 그래도 괜찮지만 열대여섯 쯤 되는 새침떼기가 입에 꽈리를 물고 저런 모습을 하고 다니다니 하며, 이맛살을 찌푸리며 눈을 가리는 사람도 있을 것이다. 장소가 장소이니 만큼 뭐라 할 수도 없는 노릇이다. 어제, 최하급 기루 가시점河岸店에 모 무라사키紫라는 예명을 남겼어도, 오늘은 건달 기치吉와 함께 어설프게 야시장에 꼬치구이가게를 냈다가 재산을 다 털어 먹고 다시 옛 보금자리로 돌아가는 마누라들의 모습도 어딘지 모르게 여염집 사람들보다는 그럴 듯 해 보여, 이 지역의 풍정에 물들지 않은 아이들이 없다. 가을에는 9월에 니와카仁和賀라는 즉흥연극을 하는, 요시와라吉原의 오모테마치表町를 보시라. 정말이지 잘도 배웠구나. 로하치露八[22]의 흉내내기와 에이키榮喜[23]의 춤, 맹자 어머니가 울고 갈 만큼 빨리도 배운다. "잘 한다고 칭찬을 받으니 오늘도 한 바퀴 돌아야지."하며 건방을

---

22 도히(土肥庄次郎, 1834.1~1903.11.23). 에도시대 말기의 무사. 메이지시대에는 연회석에서 자리를 흥겹게 하는 호칸(幇間)으로 활약. 로하치는 그의 호칸으로서의 이름인 마쓰노야 로하치(松廼屋露八)를 말하는 것임.

23 기요모토 에이키 다유(清元栄喜太夫). 본명은 마치다 요이치(町田与市)로 로하치와 양대 산맥을 이루는 호칸.

떠는 것은 일고여덟 살부터 정도가 더해져서 급기야는 어깨에 수건을 걸치고 콧소리로 유행가를 흥얼거리는 열다섯 소년들의 조숙함이라니 놀랄 정도이다. 학교 창가에도 얼쑤얼쑤 하며 박자를 맞추고, 운동회에서도 나무꾼들이 부르는 노래[24]를 부르기 십상인 풍정이다. 그렇지 않아도 교육은 어려운데 교사의 고심도 이만 저만 아닐 것으로 여겨지는 이리야入谷 근처에 육영사育英舍라는 학교가 있었다. 사립이기는 하지만 생도 수는 천 명 가까이 되고, 좁은 교사校舍에서 복닥복닥 갑갑스럽기는 해도 교사의 인망이 점점 더 두드러져서, 그저 학교라고 한 마디 하면 이 주변에서는 이곳을 일컫는 것이라고 납득을 할 정도였다. 다니는 아이들도 가지가지로, 어떤 아이는 소방수의 아이로, "아버지는 하네바시刎橋[25] 옆 오두막에 있어요"라며 가르쳐 주지도 않은 것을 잘도 아는, 그쪽 방면의 영특함이라니. 사다리에 오르는 흉내를 내며, "어이쿠, 남상에 박은 뾰죽한 대나무가 꺾어졌어요."라고 이러쿵저러쿵 소송을 거는, 싸구려 변호사집 아이도 있는 것 같다. "너네 아버지는 말馬[26]이지."라는 말을 듣고 직업을 대는 것이 괴로운 모양인지, 어린 마음에도 얼굴을 붉히니 가엾구나. 아버지가 출입하는 유곽에 숨겨 둔 아들이 기루 숙소에 살면서 화족인 양 뻐기며, 술이 달린 모

---

24 원래는 나무꾼들이 부르는 노래지만, 요시와라 유곽에서는 제례(祭禮) 때, 남장(男裝) 예기가 신여(神輿)를 앞장을 서서 가며 춤을 출 때 불렀다.

25 요시와라 유곽 주변의 도랑에 놓인 다리.

26 손님의 집까지 따라가서 부족한 유흥비를 다그쳐서 받는 사람을 '말'이라 함.

자에 느긋한 표정으로 양복을 입어 화려한 것을, "도련님, 도련님" 하며 그 아이를 추종하는 것도 재미있다.

이렇게 많은 아이들 중에 류게지龍華寺의 신뇨信如라고 해서, 천 가닥의 흑발도 이제 몇 년이나 볼 수 있을지, 결국은 소매의 색을 승려들이 입는 묵색으로 바꿔 입어야 하기 때문인데, 발심發心은 본심에서 나온 것인지 어떤지 모르겠으나 부모의 뒤를 잇고자 열 심히 공부를 하는 한 아이가 있었다. 천성이 얌전한 것을 친구들은 기분 나쁘게 생각해서 여러 가지로 장난을 치고 고양이 시체를 새 끼줄에 묶어, "원래 이런 일이 네 할 일이니 인도引導를 부탁드립 니다."라고 던지는 일도 있었지만, 그것은 옛날 이야기로, 지금은 교내의 짱으로 장난으로라도 업수이 여기는 짓을 하지는 않았다. 나이는 열다섯, 키는 보통키로 빡빡 깎은 까까머리, 무심해서 그런 지 세속과는 달리 이름을 후지모토 노부유키藤本信如라고 풀어서 읽지만, 어딘가 불가의 일문이라고 하고 싶은 모양이다.

2

8월 20일은 센조쿠신사千束神社 축제라고 해서, 마을마을마다 수레에 잔뜩 치장을 하고 둑방 위에 올라가서 유곽 안으로까지 끌 고 들어갈 기세, 이에 젊은이들의 마음을 짐작할 수 있다. 아이들

이라고 해도 이런 저런 이야기를 어설피 얻어 들어 만만이 볼 수 없는 이 근방이기에, 한 벌로 된 유카타浴衣[27]는 말할 것도 없고, 제각각 말을 맞춰 있는 대로 건방을 떨어대서, 그 모습을 보면 틀림없이 겁이 덜컥 날 것이다. 자칭 요코초横町組라는 패거리의 난폭한 골목대장이라고 해서 나이는 열여섯, 니와카 행렬의 선두에서 아버지를 대신했을 때부터 도도해져서, "허리띠는 허리 끝에, 대답은 코 끝에 하는 것"이라고 알고는 얄미운 모습이니, "저 녀석이 두목의 아들만 아니라면"라고 하며 소방수 마누라들의 입방아에도 오르내리는 아이가 있었다. 있는 대로 제멋대로 고집을 부리며 분에 맞지 않게 활개를 치고 있었는데, 오모테마치 쪽에는 다나카야田中屋의 쇼타로正太郎라고 해서 나이는 자기보다 세 살 아래지만, 집에 돈이 있고 그 아이 자체도 애교도 있어서 사람들이 미워할 수 없는, 그야말로 적수가 있었다. 나는 사립학교에 다니고 있는데, 상대는 공립이라고 해서 같은 창가라도 내가 정통이라는 표정으로 부르고 있으며, 작년에도 재작년에도 내년에도 어른들이 나서서 도와 주니 축제의 취향도 이쪽보다 화려하고 싸움을 붙이기 힘든 사정도 있지만, 올해도 또 지면 "요코초패의 조키치長吉가 누군지 알아?"라며 평소 힘자랑하던 것은 뻥이라고 무시를 당하고 벤텐보리弁天ぼり[28]에 멱을 감으러 갈 때도 우리 편으로 들어

---

27 목욕을 한 뒤 또는 여름철에 입는 무명 홑옷.
28 다이온지(大音寺) 앞에서 에도마치(江戸町) 뒤쪽을 지나 니혼즈쓰미(日本堤)를 넘어가

오는 사람은 많지 않을 것이다. 힘으로 말하자면 우리쪽이 세지만, 아이들은 다나카야의 쇼타로가 점잖은 척하는데 속고 또 한 편으로는 학문을 잘 하는 것이 무서워 우리 요코초패의 다로키치太郎吉나 산고로三五郎 등이 슬금슬금 저쪽편이 되고 있는 것도 분하다. 축제는 내일 모레, 결국 우리들의 패색이 짙어지니, 될 대로 되라지, 나도 한쪽 눈이나 한쪽 다리가 없어지는 한이 있더라도 쇼타로 싸대기나 한 대 때려 줘야지 라고 생각하면 마음 편하다. 인력거 집의 우시丑에, 미장원의 분文, 장난감 가게의 야스케彌助 등이 가담하면 지지는 않을 것이다. "아 참 그렇지, 그보다는 걔 있었지, 걔. 후지모토라면 묘책을 알려 줄 거야."라며, 18일 저녁이 다 되어 뭔가 말을 하려고 하면 눈가나 입가를 귀찮게 앵앵거리는 모기를 쫓으며 대나무 숲이 우거진 류게지 마당 끝에서 신뇨의 방으로 살금살금 다가가 "신뇨, 있니?"라며 얼굴을 들이민다.

"사람들은 날 보고 거칠다고 해. 거칠지도 모르지만, 분한 건 분한 거야. 내 얘기 좀 들어 봐, 신뇨. 작년에도 우리쪽 막내하고 쇼타로편 꼬맹이하고 만둥万灯[29] 싸움에서 시작해서, 덤벼 보라고 하자 놈들의 편이 여기저기서 튀어나와서 어떻게 된 줄 알아? 꼬맹이의 만둥을 망가뜨려 놓고는 헹가레를 치며, '꼴 좋다, 요코초패

서 다나카마치(田中町)에 있던 연못. 불교의 수호신인 벤사이텐(弁財天)으로 모신 사당이 있었고 아이들의 놀이터였다.

[29] 사각형 틀에 종이를 발라 겉에 글씨를 쓰고 그 안에 불을 켜고 긴 장대에 달아 놓은 등. 제례 때 안에 불을 켜고 돌아다닌다.

자식들'라고 한 자식이 말하자, 껑다리 얼뜨기에 검붉은 얼굴을 하고 있는 경단집 멍충이가, '머리도 있어? 꼬리다, 꼬리야. 돼지 꼬리[30]야'라고 욕을 했다구. 나는 그 때 센조쿠신사를 돌아다니고 있었기 때문에, 나중에 듣고 바로 보복을 하러 가려고 했다가 아버지한테 잔소리만 듣는 바람에 억울하지만 참고 그냥 잤어. 재작년에는 글쎄 말야, 너도 아는 것처럼 문방구에서 도로앞 젊은 애들이 모여서 자반茶番[31] 인지 뭔지 했잖아. 그때 내가 갔더니, '요코초패에는 요코초패의 취향이 있지?'라고 이상한 소리를 해대며, 쇼타[32] 만 손님으로 받은 것도 마음에 남았다구. 아무리 돈이 있다고 해도 전당포 나부랭이 고리대금업자가 뭐냔 말야. 그런 자식을 살려 두느니 때려죽이는 게 세상에는 도움이 될 거야. 난 이번 축제 때 어떻게든 시비를 걸어서 보복을 하려고 해. 그러니까 신뇨, 네가 싫어하는 것은 알지만, 친구니까 제발 내 편에 서서 요코초패가 설욕을 하게 해 줘. 알았지. 자기들이 부르는 창가만 본가의 정통창가라고 으스대는 쇼타로 혼 좀 내 줘야 하지 않겠어? 나를 보고 사립의 멍충이 학생이라고 하는데 그것은 너한테 하는 소리나 마찬가지니까 말이야....제발 부탁이야. 도와 주는 셈치고 만등을 크게 휘둘러 줘. 정말이지 너무 분해서 이번에 지면 나 조키치는 이제 끝

---

30 돼지꼬리는 꼴찌라는 뜻.
31 손짓·몸짓으로 좌중을 웃기는 익살극인 자반교겐(茶番狂言)이라는 연극의 줄임말.
32 쇼타로의 애칭.

장이야."

라고 분해서 어쩔 줄을 몰라 하며 넓은 어깨를 흔드는 것이었다.

"하지만 나는 약한 걸."

"약해도 괜찮아."

"만등은 못 흔들어."

"흔들지 않아도 괜찮아."

"내가 들어가면 질 텐데, 괜찮아?"

"저도 괜찮아. 그러면 어쩔 수 없다고 포기할 테니까. 너는 아무것도 안 해도 되니까, 그냥 나는 요코초패야 하고 뻐겨 주기만 하면 호기豪気로 인기를 끌게 될 테니까 말야. 나는 이렇게 무식한데 너는 공부도 잘하니까 말야. 저쪽 놈들이 한어로 뭐라고 놀리면 이쪽도 한어로 응수를 해 주라고. 아, 기분 좋다. 속이 시원하네. 네가 허락만 해 주면 천군만마를 얻은 거나 마찬가지야. 신뇨, 고마워."

라며 평소에 없는 상냥한 말투로 나오는 것이다.

한 명은 삼척 허리띠에 조리를 발에 걸친 공사판 노동자 아들, 또 한 명은 가죽색 당목 하오리에 보라색 허리띠를 맨 도련님 차림, 생각과는 달리 이야기는 늘 어긋나기 십상이지만, "조키치는 우리 절 문 앞에서 태어난 아이지."라며 주지스님 부부도 예뻐하고 나와 같은 학교에 다니고 있기 때문에 사립이지, 사립이지 하며 무시를 당하는 것도 기분 나쁘고 원래 애교도 없는 조키치이고 보니, 진심으로 편을 들어 주는 사람도 없는 것이 불쌍하기도 하다. 게다가 상대는 온 동네 젊음이들이 밀어 주고 있어서 아무 죄 없는 조키치가 지는 것은 다나카야에 그 이유가 적지 않다. 그러니 이렇게 대놓고 부탁을 받은 이상 의리로라도 싫다고 할 수는 없어서, 신뇨,

"그러면 너희 편이 될게. 된다고 하면 되는 것은 틀림이 없지만, 가급적 싸움은 하지 않는 것이 이기는 거야. 정 저쪽이 시비를 걸면 그야 어쩔 수 없지. 뭐, 여차하면 다나카의 쇼타 녀석 쯤이야 아무것도 아니지"

라며, 자신에게 힘이 없다는 것은 잊고, 책상 서랍에서 교토京都의 선물로 받은 고카지小鍛冶[33]의 작은 칼을 꺼내 보이니, "잘 들 것 같은데"라고 들여다보는 조키치의 얼굴.

위험하기도 하지, 이런 것을 휘둘러서야 되겠는가?

3

풀어 내리면 발끝까지 닿을 듯한 머리를 머리뿌리까지 바짝 그러모아 앞머리를 크게 묶은 묵직한 머리를, 샤구마赭熊라고 해서

---

33 교토의 도공, 산조고카지 무네치카(三条小鍛冶宗近)의 통칭으로 그가 만든 칼을 말함.

이름은 무섭지만, 이렇게 묶는 스타일을 요즘 유행이라고 해서 양가良家의 영양令嬢들도 즐겨한다고 한다. 얼굴은 희고 콧날은 오똑하며 입매무새는 작지는 않지만 야무진 것이 못생기지 않고 하나하나 뜯어보면 미인의 거울이라고까지는 할 수 없지만, 말을 할 때 목소리는 가늘고 청량하고 사람을 보는 눈은 애교가 넘치며 몸가짐은 활기가 있어 유쾌하다. 감색으로 나비와 새를 물들인 큼직한 유카타를 입고, 검은 수자직과 선명한 색으로 홀치기 염색을 한 허리띠를 가슴 높이에서 묶고, 발에는 옻칠을 한 나막신, 이 근방에서는 보기 드문 비싼 것을 신고 아침 목욕을 하고 돌아오는 길에 희디흰 목덜미에 수건을 걸치고 서 있는 모습을, "삼 년 뒤 어떻게 될지 기대되네."라고 하며 유곽에서 돌아오는 젊은이는 말한다. 그것은 바로 다이코쿠야大黒屋의 미도리美登利라고 해서, 출신은 기슈紀州, 약간 사투리를 쓰는 것도 귀엽고 첫째로는 돈씀씀이가 활수한 것을 좋아하지 않는 사람이 없다. 아이답지 않게 지갑이 두둑한 것도 당연해서 언니가 전성기를 구가하는 덕으로, 유곽아주머니[34]나 신참 유녀[35]가 언니에게 체면치레로 "동생 미도리에게 인형 사 줘. 이건 얼마 안 되지만 공 사 줘."라고 돈을 주는데도 생색을 내지 않기 때문에 받는 입장에서도 고마운 기색도 없고, 척척 돈을 써대기로는 동급 여학생 스무 명에게 똑같은 고무공을 사 준

---

34 유녀를 돌보거나 감독하는 여자인 '야리테(遣手)'를 말함.
35 상급 유녀의 잡일을 하는 유녀인 '신조(新造)'를 말함.

것을 비롯하여 단골 문방구에 언제까지고 팔리지 않고 선반에 남아 있던 장난감을 싹 긁어모아 사서 주인을 기쁘게 한 일도 있다. 정말이지 밤이고 낮이고 돈을 써대는 기세는 그 나이의 신분에 어울리는 것이 아닌데, 나중에 무엇이 되려고 저러는지. 부모도 오냐오냐 하며 야단을 치는 일도 없고 기루 주인이 귀히 여기는 모습도 이상하다. 알고 보니 양녀도 아니고 물론 친척도 아니고 언니가 몸을 팔았을 당시 감정을 하러 온 기루 주인이 꼬득이는 대로 이곳에서 생계를 얻고자 부모 자식 셋이서 옷을 차려 입고 찾아온 것이 바로 그 까닭이었다. 그것보다 더 깊은 사정은 무엇인지 지금은 접어 두고, 어머니는 유녀들의 옷 바느질, 아버지는 소격자의 서기 일을 하고 있다. 미도리는 예능이나 수예를 배우는 학교에 보내 주어서, 그 외에는 자기 마음대로 한나절은 언니 방에서 한나절은 거리에서 놀며, 보고 듣는 것은 샤미센三味線[36]에 북에 알록 달록한 옷들이다. 처음에는 하오리에 쪼글쪼글한 연보라색 비단으로 만든 깃을 달고 돌아다니다가, 온 동네 여자 아이들에게 "촌뜨기, 시골에서 올라 왔네."라고 비웃음을 산 것이 분해서 삼일 밤낮을 계속해서 울어댄 일도 있지만, 지금은 오히려 자신이 사람들을 놀리며, "촌스럽네."라고 노골적으로 악담을 퍼 부어도 제대로 응수를 하는 사람도 없게 되었다.

---

36 일본 고유의 음악에 사용하는, 세 개의 줄이 있는 현악기.

"스무날은 축제니까 우리 재미있는 일을 실컷 해 보자."라고 친구들이 조르자, "취향은 어떻든 각자 궁리를 해서 많은 사람들이 즐길 수 있는 것이 좋지 않겠니? 돈은 얼마가 되든 내가 낼 테니까."라고 늘 그렇듯이 계산도 해 보지 않고 무턱대고 받아들이니 아이들 사이에서는 여왕님, 더없는 금전의 은혜는 아이들에게는 어른보다 더 빨리 약발이 듣는 법이다. "자반극茶番劇으로 하자. 어디 가게를 빌려서 오가는 사람들이 길에서 볼 수 있게 말야."라고 누가 말하니, "바보 같은 소리. 그보다는 장식수레를 만들어 줘. 우리 동네에서 제일 잘 나가는 가바타야蒲田屋 안에 장식되어 있는 것 하고 똑같은 진짜 장식수레를 말야. 무거워도 괜찮아. 해 줘. 해 줘. 해 줄 거지?"라고 하는, 머리에 수건을 질끈 동여맨 남자 아이 옆에서, "그러면 우리들은 재미없어. 다같이 떠들썩하는 것을 보는 것만으로는 미도리도 재미없을 거야. 뭐든 미도리 너 하고 싶은 대로 해."라고 하며 한 무리의 여자 아이들은 축제를 제쳐 놓고 도키와자常盤座[37]에 영화를 보러 가자고 하고 싶어 하는 듯한 말투도 재미있다. 다나카의 쇼타는 귀여운 눈을 데굴데굴 굴리며, "환등幻燈[38]으로 하지 않을래? 환등으로 말야. 나한테도 조금은 있고, 모자라는 것은 미도리한테 사 달라고 해서 문방구에서 하지 않을래? 내가 그림을 비추고 요코초패의 산고로三五郎에게 이야기를 하게 하

---

37 도키와자(常盤座, 1887년 10월 1일 개업-1984년 휴관, 1991년 폐쇄)는 일본의 극장, 영화관.
38 영화가 나오기 전에 유행한 영사(映寫).

자. 미도리, 그렇게 하지 않을래?"라고 하니, "이야, 그것 참 재미
있겠다. 산고로가 이야기를 하면 어느 누구도 웃지 않고는 못 배길
걸. 이왕 하는 김에 그 얼굴이 비치면 더 재미있을 거야." 라고 이
야기가 정리되었다. 부족한 것은 쇼타가 사들이기로 하고 여기저
기 땀투성이가 되어 뛰어다니는 것도 재미있고, 드디어 축제가 내
일 앞으로 다가왔을 무렵에는 요코초패에게까지도 그 소문이 들
리게 되었다.

4

둥둥 울리는 북의 장단과 샤미센 음색이 늘 끊이지 않는 곳이
라도 축제 때는 또 별도인 법으로, 도리노이치[39]를 빼고는 일 년에
한 번 있는 떠들썩한 분위기. 미시마신사三嶋神社에, 오노테루사키
신사小野照崎神社, 서로 이웃해 있으면서 밀리면 안 된다고 경쟁하
는 것도 재미있고, 요코초패도 오모테마치表町패도 똑같이 마을 이
름을 새겨 넣은 마오카眞岡 목면 유카타를 맞춰 입고는 작년보다
모양이 빠진다며 투덜거리는 사람도 있었다. 치자색으로 물들인
마직 다스키를 될 수 있는 한 굵은 것을 좋아하고, 열네다섯 보다
아래인 아이들은 오뚜기, 부엉이, 강아지인형 등 여러 가지 장난감

---

39 p.30의 각주 15 참조.

을 많은 것을 자랑으로 여기며 일곱 개, 아홉 개, 열한 개 씩 만드는 아이들도 있었다. 큰 방울 작은 방울 등에 매달고 뛰어다니는 버선발, 씩씩하고 재미있어 보이며, 무리를 벗어난 다나카의 쇼타는 빨간 줄이 들어간 상호가 들어간 작업복을 입고 흰 목덜미에 곤색 앞치마를 걸치고 있는 것이 너무 낯선 차림으로 보이지만, 꽉 당겨 묶은 연두색 허리띠는 쪼글쪼글한 천에 덧염색을 한 것으로 보기 좋고, 옷깃에 염색되어 있는 상호 표시도 눈에 띠며, 뒤로 묶은 수건에는 장식 수레의 꽃을 한 가닥 뽑아 꽂고 있다. 가죽 끈이 달린 굽 높은 나막신 소리는 북, 꽹과리, 피리 반주소리에 섞여 들리지도 않는다.

전야제는 맥없이 지나가고 축제 당일인 오늘 하루도 저물어 문방구 앞에 모인 것은 열두 명, 딱 한 명 빠진 미도리는 저녁 화장이 길어져서, "아직도 안 왔나? 아직도?"라고, 쇼타는 문을 들락거리며, "산고로, 가서 불러 와. 너 아직 다이코쿠야 숙소에 가 본 적 없지? 마당 끝에서 미도리 하고 부르면 들릴 거야. 빨리, 빨리 서둘러."라고 한다. 그러자 "그럼 내가 불러 올게. 만등은 여기 맡겨 두고 가면 촛불을 아무도 훔쳐 가지는 않을 거야.[40] 쇼타, 잘 보고 있어."라고 하니, "쪼잔하기는, 그럴 시간에 빨리 가라구."라고 자기

---

[40] 산고로는 가난하여 촛불 한 자루에도 신경을 쓰고 있다.

보다 어린 아이에게 야단을 맞고, "예잇, 알겠습니다. 당장 다녀오겠습니다."하고 뛰어나갔다. 쏜살같다는 것은 바로 두고 하는 말이다. "어머, 저 뛰어나가는 모습 우스워."라며 뒤에서 보고 있던 여자 아이들이 웃는 것도 무리는 아니다. 땅딸막하고 키가 작은데다 머리는 짱구머리에 목이 짧다. 돌아본 얼굴을 보니 앞짱구에 돼지코, 덧니 산고로라는 별명도 수긍이 간다. 얼굴을 물론 까무잡잡하지만 기특한 것은 어디까지나 눈매가 익살스럽고 양 볼에 애교스런 보조개, 눈을 가린 후쿠와라이福笑ひ[41] 같은 눈썹도 어쩐지 재미있고, 밉지 않은 아이였다. 가난한 탓인지 아와阿波 산 쪼글쪼글한 옷감으로 만든 통소매옷을 입고, "나는 유카타를 맞추긴 했는데 아직 완성이 안돼서."라고 사정을 모르는 친구들에게는 이야기하곤 한다. 자신을 맨 위로 해서 여섯 명의 아이들을 기르는 부모노 수레의 채를 잡고 사는 인력거꾼이다. 오십채五十軒[42]에 좋은 단골을 가지고 있기는 하지만 허가 없이 하는 인력거 일이라 정식 인력거와는 달리 살림살이가 어려운 것은 어쩔 수가 없다. 열셋이 되니 한 살림 거든다고 재작년부터 나미키並木에 있는 활판소活判處에도 다녔지만, 게을러서 열흘도 참지 못하고 같은 일을 한 달도 계속하지 못 하며, 음력 11월에서 봄까지는 깃털공 만드는 부업,

41 설날에 눈을 가리고하는 전통놀이. 전하여 '이상한 얼굴'을 가르치는 말.

42 니혼쓰쓰미(日本堤)에서 다이몬(大門)까지 통칭 오십간도(五十間道)에 있는 일련의 히키테찻집(引手茶屋). 히키테찻집은 p.63의 각주 62 참조.

여름에는 검사장檢查場의 얼음장수를 돕는데 목소리가 재미있어서 손님을 끄는 데는 도가 트니, 사람들한테서 귀한 취급을 받는다. 작년 니와카 수레를 끌었을 때부터 친구들이 얕보고 만넨초萬年町라고 부르던 습관은 아직 남아 있지만[43], 산고로라고 하면 익살꾼이라고 알고 미워하는 사람이 없는 것도 하나의 덕목이다. 다나카야는 우리의 목숨 줄이라고 하여, 부모 자식이 받은 은덕이 적지 않다. 일수돈이라고 해서 이자가 싸지 않은 대출이었지만, 이것이 없으면 안 되니 금전주님을 나쁘게 생각할 수야 없다. 쇼타가, "산고로, 우리 동네로 놀러 와."하고 부르면 의리상 싫다고 할 수도 없다. 하지만 자신은 요코초에서 태어나서 요코초에서 자란 몸, 사는 곳은 류게지, 집주인은 조키치네 부모이니 대놓고 그쪽에 등을 돌릴 수도 없어서 자기 사정으로 이쪽 일을 봐 주고 눈총을 받을 때는 괴롭다.

쇼타는 문방구에 앉아서 기다리다 지쳐 심심한 김에, "몰래 하는 사랑忍ぶ戀路"을 작은 소리로 부르고 있는데, "아이구, 마음을 놓을 수가 없겠네." 하며 문방구 아주머니가 웃자 자기도 모르게 귓뿌리가 빨개지고 겸연쩍어져서, 큰 소리로, "얘들아, 모두 와." 라고 하며 다 데리고 밖으로 달려나간다. 그렇게 막 나가려는 참에, "쇼타, 저녁 먹으러 왜 안 오냐? 노느라 정신이 팔려서 아까부

---

43 만넨초는 당시 유명한 빈민굴.

터 부르는 데도 그렇게 모르냐? 너희들도 모두 나중에 또 놀아. 아이쿠, 신세 많이 졌수."라고 문방구 아주머니에게도 인사를 하며 할머니가 손수 데리러 오니, 쇼타는 싫다는 말도 못하고 그대로 집으로 끌려가고 말았다.

그 뒤로는 갑자기 조용해져서, 사람 수는 별 차이가 없어도 그아이가 없으면 어른들까지 쓸쓸하다. 수선을 피우지도 않고 산고로처럼 우스갯소리도 하지 않지만, 부자집 도련님으로는 드물게 붙임성이 있어서 사람을 끄는 매력이 있다. "어쩜, 좀 보세요. 다나카야의 과수댁 아주머니, 밉상이야. 나이가 예순 넷이라는데, 화장을 하지 않은 것은 그래도 봐 줄만 하네. 그래도 머리를 크게 틀어 올리고 고양이 소리를 내며 사람이 죽든 말든 상관 않는 것이, 아마 죽을 때는 돈하고 정사라도 하러 그러나? 우리들이 저절로 고개가 숙여지는 것은 돈의 위광이지, 하지만 그건 부러워. 유곽 내에도 큰 기루에 빌려 준 돈이 꽤 있대."라고 대로에 서서 두 세 명의 아낙들이 남의 재산을 세고 있었다.

5

"기다리는 이에게는 괴로운 깊은 밤 화로 그것은 사랑이라"라는 노래에도 있듯이, 미도리를 기다리는 산고로의 갑갑함.

부는 바람 서늘한 여름날 저녁, 낮의 더위를 목욕으로 씻어내고 몸단장을 하는 모습, 어머니가 손수 흐트러진 머리를 매만지며 내 딸이지만 아름다우니 앉아서 보고 서서 보며, "목덜미가 옅구나"라며 아직도 말을 하고 있다. 유젠友仙[44]으로 물들인 물색 홑옷은 시원해 보이고, 담갈색 금란金襴으로 된 폭이 좁은 둥근 허리띠 를 묶고나니, 시간은 어느덧 마당 댓돌에서 나막신을 고쳐 신기에 이르렀다. "아직 멀었어? 아직?"라고 하며 울타리 주변을 일곱 번 돌고 하품도 수없이 하며 아무리 쫓아도 명물 모기에 목덜미며 이마빡이며 잔뜩 물린 산고로 힘이 쪽 빠졌을 무렵, 미도리는 나와서, "자, 가자."라고 한다. 그런데 이쪽은 말도 없이 소매를 잡고 내쳐 달리니, "숨이 차, 가슴이 아파. 그렇게 빨리 가려면 난 몰라. 너 혼자 가."라고 고함을 쳐서 따로따로 도착하니, 문방구에 왔을 때는 쇼타는 한창 저녁을 먹는 중이었다. "아이, 재미없어. 시시해. 걔가 오지 않으면 환등놀이도 싫어. 아줌마, 여기에서 지혜 카드[45]는 안 팔아요? 십육 무사시十六武藏[46]든 뭐든 괜찮아요. 심심해서 못 견디겠네."라고 미도리가 심심해 하니, 여자아이들은 그렇

---

44 에도시대 초기부터 발달한 염색법으로, 겐로쿠기(元祿期, 1688~1704)에 교토의 화공 미야자키 유젠사이(宮崎友禪斎)가 그린 인물, 화조 등 화려한 문양이 인기.

45 ㅁ나 △ 등 여러 가지 모양의 두꺼운 종이를 조합하여 늘어 놓아 새, 말 등의 형상을 만드는 놀이.

46 일본의 전통적 보드게임의 일종으로 에도시대부터 메이지시대에 행해짐. 두 명이 하는 어린이게임.

지 라고 하며 당장 가위를 빌려다가 종이조각 오리기를 하기 시작한다. 남자아이들은 산고로를 한가운데 두고 니와카 연습, "전성기를 맞은 북곽北廓[47]을 주욱 조망해 보니, 늘 활기차고 떠들썩한 고초마치五丁町[48]"라고 목소리를 맞춰 이상하게 외쳐대는데, 기억력들이 좋아서 작년, 재작년 거슬러 올라가 손짓하며 박자하며 하나도 달라진 것이 없다. 여나믄 명이 신이 나서 떠들어대니 무슨일인가 하여 문밖으로 나온 사람들이 울타리를 이루고 있다.

그러는 중에, "산고로 있니? 잠깐 좀 와 봐. 큰일 났어."라고 분지文次라는 미장원집 아이가 부르자, 아무 생각 없이 "그래, 왔어."라고 하며 가볍게 문지방을 넘자, "너 이 자식, 양다리 걸쳤지? 각오해. 요코초패의 얼굴에 먹칠을 했어. 가만 두지 않을 거야. 내가 누군줄 알고, 나 소기치라구. 어설프게 장난질 치나가 후회 말라구."라며 광대뼈에 일격을 가한다. 으악 하고 기급해서 도망을 치려는 옷깃을 잡고 끌고 나오는 요코초패 무리들, "야, 산고로 자식 때려 죽여. 쇼타, 끌어내서 해 치우라고. 겁쟁이, 도망치지 말라구. 경단집 얼뜨기도 가만 두지 않을 거야."라고 파도처럼 몰려들어 야단법석을 떤다. 문방구 처마에 매달린 아무 죄 없는 초롱불도 그 소동에 뚝 떨어지니, "걸어 놓은 램프 위험해. 가게 앞에서 싸우면

---

47 도쿄에서 북쪽에 있는 요시와라유곽을 일컫는 말.
48 요시와라니와카(吉原仁和賀)의 가사.

못 써."라고 주인 아주머니가 외치지만 들을 리가 없다. 수는 대략 열네다섯 명, 이마에 수건들을 질끈 동여매고 큰 만등을 휘두르며 닥치는 대로 때려 부수고 신발을 신은 채로 짓밟는 등 방약무인이다. 표적으로 삼은 적인 쇼타가 보이지 않자, "어디에 숨겼어? 어디로 도망갔지? 어서 말 못해? 말하라구. 말 안하고 배길 줄 알아?"라고 산고로를 둘러싸고 때리고 걷어차고 난리다. 미도리는 분해서 말리는 사람들을 밀치고 들어가서, "야, 너희들 산고로한테 무슨 잘못이 있다는 거야? 쇼타하고 싸우고 싶으면 쇼타하고 싸우면 될 거 아냐? 숨길 것도 없고 도망칠 것도 없어. 쇼타는 없잖아. 여기는 내 놀이터야. 너희들 손가락 하나 까딱 못하게 할 거라구. 흥, 꼴도 보기 싫은 조키치 자식. 산고로를 왜 때리지? 어라, 또 때려 눕혔네. 원한이 있으면 날 때려 봐. 내가 상대해 줄 테니. 아주머니 말리지 마세요."라고 몸부림을 치며 욕을 해대자, "뭐라구 이 창녀 계집애가. 뭐라고 시끄럽게 떠들어대고 지랄이야. 언니 뒤를 이을 거지년. 너 한테는 이게 어울려."라고 많은 사람들 뒤에서 조키치는, 흙투성이 조리를 냅다 집어던지니, 정확하게 겨냥한 대로 더럽게도 미도리의 이마 언저리에 딱 맞았다. 얼굴이 시뻘개져서 달려드는 미도리를 다치면 안 된다며 아주머니가 끌어안고 말린다. "꼴좋다. 이쪽에는 류게지의 후지모토가 있다구. 복수하려면 언제든지 오라구. 멍충이, 겁쟁이, 앉은뱅이 같은 찌질이 년. 돌아갈 때는 기다릴 테니 어두운 골목길 조심해."라고 하며 산고로를 봉당에 내던지자, 마침 발자국 소리, 누군가가 파출소로 달려가는 것을 이제야 알고, 야, 하고 조키치가 소리를 지르니, 우시마쓰丑松, 분지文次 외 십여 명, 방향을 바꾸어 사방팔방 도망치는 발걸음도 빠르고, 뒤로 빠져나가는 골목으로 몸을 숙이고 숨는 아이도 있는 것 같다.

"분해, 분해, 분해, 분하다구. 조키치 자식, 분지 자식, 우시마쓰 자식. 왜 나를 죽이지 않았지? 죽이라구. 나도 산고로라구. 내가 그냥 죽을 줄 알구? 유령이 되어서라도 들러붙어서 죽일 거야. 기억해 둬. 조키치 놈아."라고 하며, 구슬 같은 눈물을 뚝뚝 흘리더니 급기야는 엉엉 울기 시작한다. 온 몸이 아픈 것이다. 통소매 옷은 군데군데 찢기고 등이고 허리고 모래투성이. 말릴 래야 말릴 수도 없는 대단한 기세에 기가 질려 그저 벌벌 떨고 있는 문방구 아주머니는 달려가서 안아 일으켜 등을 쓰다듬으며 모래를 털어 주고는, "참아야지, 참아야지. 아무리 그래도 상대는 수가 많고 이쪽은 모두 약한 아이들뿐이잖니. 어른들도 어찌 손을 못 대는데 당하지 못하는 것이 당연하지. 그래도 다치지 않아서 다행이다. 이렇게 된 이상은 도중에 또 숨어서 기다리면 위험해. 다행히 순사님이 오셨으니 집까지 바래다 달라고 하는 게 나도 안심이 되겠구나. 이쪽은 잘 아시니까 말이다." 라고 하며, 일이 어떻게 된 것인지, 와 있는 순사에게 대강 이야기한다. 직무의 성격상, 자 데려다 줄게 라고 하며 손을 잡으니, "아니예요, 아니예요. 데려다 주지 않으셔도 돌아갈 게요. 혼자 돌아갈 게요."라고 목소리가 작아진다. 그러자,

"무서워할 것 없어. 너희 집까지 그냥 바래다 줄 뿐이야. 걱정하지 말거라."라며 미소를 띠고 머리를 쓰다듬었지만, 결국은 바짝 주눅이 들어, "싸움을 했다고 하면 아버지한테 혼나요. 대장 집은 주인집이니까요."라고 풀이 죽은 것을 어르고 달래며, "그럼 집 입구까지만 데려다 줄게. 야단을 맞게 하지는 않을게."라고 하며 데리고 가는 것을, 주위 사람들은 가슴을 쓸어내리며 멀어져 갈 때까지 바라보았는데, 어찌된 일인지 골목 모퉁이에서 순사의 손을 뿌리치고 한달음에 도망을 쳐 버렸다.

6

"신기하게도 이 염천에 눈이 내리려나? 미도리가 학교를 가기 싫다고 하니, 기분이 이만저만 언짢은 것이 아니네. 아침밥이 내키지 않으면 나중에 초밥이라도 만들어 주랴? 감기에 걸린 것 치고는 열도 없으니 아마 어제 일로 지친 모양이다. 다로이나리太郎稲荷신사에는 아침 참배는 엄마가 대신 가 줄 테니 그리 알아라."라고 했지만, "아냐, 아냐, 언니 일이 번창하게 해 달라고 내가 소원을 빌었으니까 내가 가지 않으면 미안하지. 새전 주세요. 다녀올 게요."라고 하며 집을 뛰쳐나갔다. 밭 가운데 있는 이나리에서 금고金鼓를 울리며 합장을 하고 무슨 소원을 비는지 올 때나 갈 때나 고개를 푹 숙이고 밭두렁을 따라 돌아온다. 그런 미도리의 모습을 알아

보고 쇼타가 멀리서 소리를 지르며 다가와 소매를 잡으며, "미도리, 어제밤에는 미안했어."라고 불쑥 사과를 하니, "네가 왜 사과를 해?" "그래도 내가 미워서 나한테 싸움을 건 거잖아. 할머니가 부르러 오지만 않았어도 돌아가지는 않았지. 그렇게 산고로가 흠씬 두들겨 맞게 내버려 두지는 않았을 텐데. 오늘 아침에 산고로네 집에 가 보니 그 자식도 울며 분해 했어. 나도 듣는 것만으로도 해도 분해. 조키치 자식, 네 얼굴에 조리를 내던졌다잖아. 그 자식, 지랄을 해도 정도가 있지. 하지만, 미도리 용서해 줘. 나는 알고서 도망을 친 것은 아니야. 밥을 마구 구겨 넣고 밖으로 나가려는데 할머니가 목욕을 간다고 해서 집을 보고 있는 사이에 그 사단이 난 것 같아. 정말 몰랐다니까."라고, 마치 자기 잘못인 것처럼 그저 빌고 또 빌었다. "아프지는 않아?"라고 하며 이마 언저리를 올려다보니, 미도리는 생긋 웃으며, "뭐 상처가 난 정도도 아닌 걸. 그런데 쇼타, 누가 물어 봐도 내가 조키치에게 조리로 맞았다는 얘기하면 안 돼. 알았지? 만약 어머니가 들으시기라도 하면 내가 야단을 맞으니까 말야. 머리에는 부모도 손을 대지 않는데, 조키치 따위의 조리에 묻었던 흙이 이마에 묻었다는 것은 그 발로 짓밟힌 것이나 마찬가지니까 말야."라며 외면하는 얼굴이 애처로우니, "정말 용서해 줘. 모두 내 잘못이야. 그러니까 사과할게. 기분을 좀 돌려 줘. 네가 화를 내면 내가 힘들다니까."라고 이야기를 하는 사이에, 어느새 자기 집 뒤 가까이 오자, "우리 집에 들릴래? 미도리? 아무도 없어. 할머니도 일수 받으러 나갔을 테고, 나 혼자서는 너무

외로워서 참을 수가 없어. 언젠가 이야기했던 니시키에錦絵[49] 보여
줄게. 우리 집에 가자. 여러 가지 있으니까 말야."라며 소매를 잡
고 놓지를 않으니, 미도리는 말없이 고개를 끄덕였다. 쓸쓸한 접이
식 문이 달린 마당으로 들어가니, 넓지는 않지만 화분들이 정취 있
게 죽 늘어서 있고, 처마에 매달린 넉줄고사리 화분들, 이것은 마
일午日[50]에 쇼타가 산 것으로 보인다. 까닭을 모르는 사람들은 고
개를 갸우뚱거릴 것이다. 마을 최고가는 자산가인데 집안에는 할
머니와 이 아이 둘 뿐이다. 열쇠가 너무 많아 아랫배가 시릴 정도
이고 부재중일 때는 바라다보이는 곳 모두가 온통 나가야長屋이기
때문에 자물쇠를 부수고 들어오는 사람도 없는 것 같다.

쇼타는 먼저 올라가서 바람이 잘 통하는 곳을 골라, "이쪽으로
오지 않을래?"라고 하며 부채질을 하는 것이 열세 살 아이 치고는
너무 조숙해서 우습다. 대대로 전해져 온 갖가지 니시키에를 꺼내
서는 칭찬을 받는 것이 기뻐서, "미도리, 옛날 하고판羽子板[51] 보여
줄게. 이건 우리 어머니가 무가 저택에서 일하실 때 받은 거야. 재
미있지 않아? 이렇게 크다니 말야. 사람 얼굴도 요즘하고는 달라.
아아, 어머니가 살아 계시면 좋을 텐데. 내가 세 살 때 돌아가셨어.

---

49 풍속화를 색도 인쇄한 목판화.
50 이나리신사의 제일.
51 하네쓰키에서 '하고'라는 공을 쳐 올리고 받고 하는 나무채.

아버지는 계시지만 시골 본가에 돌아가서서 지금은 할머니만 계
셔. 네가 부러워."라고 부모 이야기를 마구 늘어놓더니, "아유, 그
림 젖잖아. 남자가 울면 못써." 라는 미도리의 말을 듣고는, "나는
마음이 약한 걸까? 가끔 여러 가지 생각을 해. 아직 요즘은 괜찮지
만, 겨울 달밤에 다마치田舍 주변으로 일수 걸으러 다니다가 둑방
까지 와서 운 적이 몇 번이나 있어. 뭐 춥다고 우는 것은 아니야.
왜 그러는지 나도 모르겠지만, 여러 가지 생각이 든다구. 아아, 나
도 재작년부터 일수를 걸으러 다녀. 할머니도 이제 연세를 드셔서
밤길은 위험하기도 하고, 눈이 나빠서 인감도장 찍는 것도 수월치
않아서 말이야. 지금까지 남자를 몇 명이나 썼지만, 노인네에 어린
아이니까 만만하게 봐서 생각처럼 일을 해 주지 않는다고 할머니
가 말씀하셨어. 내가 조금만 더 어른이 되면, 전당포를 내서 옛날
처럼은 아니더라도 다나카야 간판을 거는 게 꿈이야. 남들은 할머
니를 인색하다고 하지만 나를 위해서 알뜰하게 사시는 거라서 너
무 불쌍해. 돈을 받으러 가는 집 중에도 도리신마치通新町[52]인지 어
디인지 꽤 불쌍한 집이 있어서 아마 할머니를 나쁘게 말할 거야.
그런 것을 생각하면 난 눈물이 난다구. 역시 마음이 약해서 그래.
오늘 아침에도 산고로네 집으로 받으러 갔더니, 그 자식 몸이 아픈
데도 아버지 모르게 하려고 일을 하고 있더라고. 그것을 보니 나는

---

52 당시의 빈민가.

입이 떨어지지 않았어. 남자가 우는 것, 이상하지 않아? 그러니까 저 무식한 요코초패 자식들한테 얕보이는 거야."라고 말을 하다말고, 자신이 약한 것을 부끄러워하는 표정. 자기도 모르게 미도리와 마주치는 눈매의 귀여움. "너 축제 때 굉장히 멋져서 부러웠어. 나도 내가 남자라면 너처럼 해 보고 싶어. 누구보다 멋졌어."라고 칭찬을 듣고는, "뭘 나 같은 것을. 너야말로 예뻤지. 유곽에 있는 오마키大쓸[53] 보다 예쁘다고 다들 그래. 네가 우리 누나라면 얼마나 자랑스러울까? 어디를 가나 따라다니며 엄청 뻐길 텐데. 나는 형제가 하나도 없어서 속상해. 있잖아, 미도리, 이번에 같이 사진 찍어 주지 않을래? 나는 축제 때 모습을 하고, 너는 얇은 견에 굵은 줄무늬가 있는 멋진 복장을 하고 말이야. 스이도지리水道尻에 있는 가토加藤 사진관에서 찍자. 류게지의 신뇨 그 자식이 부러워하게 말야. 정말이야. 그 자식 분명히 화낼 거야. 얼굴이 새파래져서 화낼 걸? 속이 부글부글 끓어오를 테니, 빨개지지는 않을 거야. 아니면 비웃을까? 비웃어도 상관없어. 크게 찍어서 간판처럼 내 거는 게 어때? 넌 싫어? 싫은 표정이네."라고 원망을 하는 것도 우습다. "얼굴이 이상하게 나오면 네가 싫어할 거잖아."라고 하며 미도리가 웃음을 터트리니, 크고 아름다운 그 웃음소리에 언짢았던 기분은 풀렸음을 알 수 있다.

---

[53] 오마키는 상급 유녀로 여기에서는 미도리의 언니를 말함.

아침에 선선했던 기운이 어느새 더운 햇살로 바뀌니, "쇼타, 저녁에 또 봐. 우리 집에도 놀러 와. 등롱 띄우고 물고기도 잡자. 연못 다리 다 고쳐져서 무서울 일은 없어."라는 말을 내던지고 일어서는 미도리의 뒷모습, 쇼타는 흐뭇하게 바라보며 예쁘다고 생각한다.

7

류게지의 신뇨, 다이코쿠야의 미도리 두 사람 모두 학교는 육영사育英舍다. 4월 말, 벚꽃이 지고 녹음의 그늘에서 등나무 꽃구경을 할 무렵, 일찍이 춘계 대운동회라고 해서 미즈노야水の谷 들판에서 열린 적이 있는데, 줄다리기, 공던지기, 줄넘기 놀이에 흥이 나서 긴 해가 지는 줄도 잊은 그 때쯤의 일이다. 신뇨는 어찌된 일인지 침착했던 평소와는 달리 연못 주변 소나무 밑동에 걸려 붉은 흙길에 넘어져서 하오리 자락도 흙투성이가 되어 딱해 보였다. 마침 같이 있던 미도리가 그냥 보고 있을 수가 없어서 자기의 빨간 비단 손수건을 꺼내, "이걸로 닦아."라고 하며 보살펴 주었는데, 친구 중 질투를 하던 아이가 그것을 보고, "후지모토는 중 주제에 여자하고 이야기를 하며 싱글벙글하며 고맙다고 하는데 이상하지 않니? 아마 미도리는 후지모토 마누라가 될 건가 봐. 스님 마누라

니까 다이코쿠大黑[54]님이라고 하는 것이구나."라고 크게 떠들어댔다. 신뇨는 이런 일에 대해서는 다른 사람 이야기를 듣는 것도 싫어해서 떨떠름한 표정으로 외면을 하는 성질인데, 자기 일이고 보니 더 참을 수가 없다. 그 이후 미도리라는 이름을 들을 때마다 두렵기도 하고, 또 친구들이 그 이야기를 꺼낼까 하여 마음속으로 찜찜하기도 해서 말도 못하게 싫은 기분이다. 그러나 일이 있을 때마다 화를 낼 수도 없는 노릇이므로 될 수 있는 한 모르는 척 하고 태연하게 언짢은 얼굴을 하고 넘어간 줄 알았는데, 막상 대놓고 물어보면 당혹스러워하며 대개는, "몰라."라는 한 마디로 끝내지만, 온몸에 식은 땀이 흐르고 불안해진다. 미도리는 그런 것도 마음에 담아 두지 않기 때문에, 처음에는 후지모토, 후지모토 하며 친근하게 말을 붙이고 학교가 끝나고 돌아오는 길에, 자기는 한 걸음 먼저 가서 길가에 신기한 꽃이 피어 있는 것이 보이면 늦게 오는 신뇨를 기다렸다가, "애, 여기 이렇게 예쁜 꽃이 피어 있는데 가지가 높아서 나는 꺾을 수가 없어. 신뇨 너는 키가 크니까 손이 닿지? 부탁이니까 꺾어 줘."라고 무리들 중에서는 나이가 많은 것을 알고 부탁을 하니, 아무리 신뇨라도 소매를 뿌리치고 그냥 지나칠 수 없다. 그렇다고 해도 남들이 어떻게 생각할지 신경이 쓰여 가까이에 있는 가지를 잡아당겨 예쁘든 말든 아무렇게나 꺾어 주는 시늉만

---

[54] 승려의 아내를 부르는 속칭.

하고 내던지듯 주고는 후다닥 지나가는 것을, "쟤는 참 무뚝뚝하기도 하지."하고 어이없어 하는 일도 있었는데, 이런 일이 거듭되자 급기야는 당연히 일부러 심술을 부리는 것으로 생각되어, 다른 사람들한테는 안 그러면서 나한테만 매정하게 굴고 뭘 물어 보면 제대로 대답도 하지 않고 곁에 가면 도망을 치고 말을 붙이면 화를 내고 뚱하고 갑갑하니, 어찌해야 좋을지 비위를 맞출 수도 없다. 원래 저런 까탈쟁이는 제 멋대로 굴고 마음이 배배 꼬여 화를 내고 심술을 부리고 싶어하는 것이니, 친구로 생각하지 않으면 말을 붙일 일도 없지 라고 미도리도 좀 짜증이 나서 용건이 없으면 서로 지나쳐도 말을 거는 일도 없고 도중에 만나도 인사도 나누지 않게 되어, 어느새 두 사람 사이에는 커다란 강이 하나 생겨 배도 뗏목도 여기에서는 아무 소용없이 그저 강가를 따라 제각각 길을 걸을 뿐이었다.

축제는 어제로 끝이 났고, 다음날부터 미도리가 학교에 나오지 않고 갑자기 모습을 보이기를 뚝 끊은 것은, 말할 것도 없이 이마의 흙을 씻어도 씻어도 지워지지 않는 치욕으로 뼛속 깊이 분하게 여기기 때문이다. 요코초패든 오모테마치패든 같은 교실에 나란히 앉아 있는 이상, 친구들임에는 변함이 없는 것을, 이상하게도 거리가 생겨 평소부터 오기를 부리며, 자신은 도저히 어찌할 수 없는 여자의 약점을 잡아 축제날 저녁에 한 짓은 얼마나 비겁한가. 막무가내인 조키치는 더 없는 난폭 아이로 누구나 인정하지만, 신뇨가 뒤에서 받쳐주지 않으면 그렇게 과감하게 오모테마치패들을 휘저을 수는 없었을 것이다. 사람들 앞에서는 똑똑하고 착한 척하면서 뒤로 돌아서서는 아이들을 조정한 것은 후지모토의 짓이 뻔하다. 비록 급은 더 위라고 해도, 공부는 더 잘한다고 해도, 류게지의 젊은 주인이라고 해도, 다이코쿠야의 미도리는 종이 한 장 신세를 진 일이 없거늘 그렇게 거지취급을 받을 일은 없다. 류게지에 얼마나 대단한 단가檀家[55]가 있는지 모르지만 우리 언니의 삼년지기에는 은행가 가와川 님, 가부토초兜町의 요네米 님도 있고, 의원 아저씨가 "낙적을 해서 아내로 삼고 싶다"라고 하신 것을, 성격이 마음에 들지 않는다고 언니가 싫어해서 받아들이지 않았는데, 그 분은 세상에 고명한 분이라고 유곽아주머니 분들이 말씀들 하셨다구. 거짓말이라고 생각하면 물어 보든지. 다이코쿠야에 우리 언니가 없으면 그 기루는 캄캄하다고 하잖아. 그러니까 가게 주인어른도 우리 엄마, 아버지, 나를 함부로 하지 못하고 늘 귀히 여겨서, 도코노마床の間[56]에 놓아 둔 다이코쿠님大黑樣[57] 도자기를 언젠가 내가 방 안에서 하네쓰키를 친다고 난리를 피우다 옆에 나란히 놓아 둔 꽃병을 쓰러뜨려 산산조각을 냈는데도, 주인어른은 옆방

---

55 일정한 절에 속하여 시주를 하며 절의 재정을 돕는 집.

56 일본식 방의 상좌(上座)에 바닥을 한층 높게 만든 곳. 벽에는 족자를 걸고, 바닥에는 꽃이나 장식물을 꾸며 놓음.

57 재물과 복덕의 신이며, 장사를 기원하는 의미로 미도리의 언니가 일하는 기루 이름도 같은 이름을 쓰고 있다.

에서 술을 드시면서 "미도리, 장난이 심하구나"라고만 하셨을 뿐 한 마디 잔소리도 없으셨다고. 다른 사람 같으면 이만 저만 난리가 아니었을 텐데라고 여자들이 두고두고 부러워 한 것도 결국은 언니의 위광이 있어서 그런 거라고. 나는 기숙사 살이를 하며 남들 없을 때 집을 보고 있다지만, 언니는 다이코쿠야의 오마키, 조키치 같은 것한테 밀릴 몸이 아닌데, 류게지 중이 나를 못살게 굴다니 어처구니가 없어 라고 하며, 이후 학교에 다니는 것도 재미가 없어지고 제 멋대로 구는 자신의 본성을 무시당한 것이 분해서 석필石筆을 부러뜨리고 묵을 집어 던지고, 책도 주판도 필요 없다며, 사이가 좋은 친구들과 난잡하게 놀고 있다.

8

　수레를 달려라 날려라 하는 활기찬 저녁 때와는 정반대로 새벽의 이별에 비몽사몽 꿈을 싣고 가는 인력거의 쓸쓸함이여. 모자를 깊이 눌러쓰고 남들 이목을 꺼리는 나으리도 있고, 수건으로 얼굴을 감싸고 여자가 헤어질 때 보인 아쉬운 일격에 아픔이 뼈에 사무치게 생각이 날수록 기뻐하며 징그럽게 히죽히죽 웃는 얼굴도 있다. 언덕 아래로 내려가면 조심해야 해서, 센주千住에서 돌아오는 야채장수 수레에 치일까 발걸음이 위태롭다. 미시마신사 모퉁이까지는 정 없는 가도, 얼굴은 모두 표정이 풀려서 내 세상인 양 여

자에게 정신을 못 차리니, 다 그렇고 그런 치들로, "뭐 대단한 나으리라고 해도 눈꼽 만큼의 값어치도 없어"라고 하며, 네거리에 서서 무례하게 떠드는 사람도 있었다. "양가楊家의 딸 양귀비가 당현종의 총애를 받아서"라는 장한가를 끌어낼 것도 없이, 딸자식은 어디서나 귀히 여기는 요즘이지만 이 근방에서 가구야히메赫奕姬[58]가 태어난, 그런 예는 꽤 많다. 쓰키지築地의 모 가게로 주거를 옮기고 지금은 지체 높으신 분들을 상대하며, 춤을 기가 막히게 추는 유키雪라는 미인은, 지금은 술자리에서, "쌀은 어떤 나무에서 열리는 거예요?"라며 지극히 천진난만한 소리를 하고 있지만, 원래는 이 마을 그만그만한 곳에서 솜옷을 입고 화투를 부업으로 하던 사람이다. 평판이 좋을 때는 좋지만 떠나는 사람은 하루하루 잊혀진다고 하듯이 명물이 하나 사라지니, 두 번째 꽃은 염색집 처녀, 지금은 센조쿠초千束町에서 '신쓰타야新った屋'라는 옥호가 적힌 가게의 신등神燈[59]을 밝히며 고키치小吉라 불리는, 우에노 공원에서 보기 드문 미인도 출신은 같아서 이곳에서 나고 자랐다. 밤낮 없이 떠도는 소문에도 출세를 했다고 하는 것은 여자에 한한 이야기로, 남자는 쓰레기더미를 뒤지고 다니는 검은 얼룩 꼬리를 한 개처럼 있으나마나해 보이는 것 같다. 이 변두리에서 젊은 축으로 불리

---

58 헤이안시대의 문학 작품인 『다케토리이야기(竹取物語)』의 여주인공으로 대나무에서 태어난 미인. 비유적으로, 가난한 집 태생의 아름다운 소녀를 말함.
59 직인(職人), 예인(芸人) 등이 집 입구에 달아 놓은 '어신등(御神灯)'이라고 쓴 초롱불.

는 이 거리의 남자 아이들은, 한창 창창할 나이인 열일고여덟 무렵부터 다섯 명씩, 일곱 명씩 무리를 지어 다니며, 허리에 샤쿠하치尺八[60]를 끼고 다닐 만큼 겉멋이 든 것은 아니지만, 어찌어찌해서 위엄이 있는 고명한 우두머리 수하에 붙어 똑같은 수건에 긴 등롱을 든 차림, 도박을 배우기 전에는 희롱을 하러 가서 격자 너머로 유녀에게 과감한 농담도 하기 힘들지만, 착실하게 자기 집 일을 하는 것은 낮동안뿐으로 목욕을 한 번 하고 날이 저물면 나막신을 걸쳐 신고 시치고산七五三[61] 모양으로 옷을 차려 입고, "모 집에 새로 온 애 봤어? 가네스기金杉 실가게 집 딸하고 닮았는데, 엄청 난 납작코야."라며, 머릿속은 온통 이런 생각으로 가득하여, 가게마다 격자 너머로 담배를 억지로 빼앗고, 휴지를 아무렇게나 버리며 갖가지 농담을 주고받는 것을 평생의 자랑으로 여기고 있다. 건실한 집안의 상속자도 어느새 배회하는 불량배로 이름이 바뀌어 나이몬 주변으로 시비를 걸러 나오는 일도 있었다. 여자들의 기세 보란 듯이 계절을 가리지 않는 고초마치五丁町의 떠들썩함. 손님을 전송하는 등롱이라는 것은 지금은 유행하지 않지만, 히키테찻집引手茶屋[62]으로 향하는 여자들의 굽높은 나막신 소리에 섞여 울려퍼지는 가무음곡. 그 소리에 마음이 들떠 요시와라로 들어가는 사람들에게 무

---

60 퉁소와 비슷한 악기로 길이가 한 자 여덟 치이고 앞에 네 개, 뒤에 한 개의 구멍이 있음.
61 뒷폭이 7촌(寸), 앞폭이 5촌, 섶의 폭이 3촌으로, 옷자락 앞이 벌어진 멋쟁이 옷.
62 유곽에서, 손님을 창녀집으로 안내하는 찻집.

엇을 보러 가느냐 물으니, "붉은 옷깃에 샤구마로 묶은 머리에 우치카케打掛け[63] 자락 길게 생긋 웃는 입매와 눈매, 그런 유녀들. 어디가 아름다운지는 말하기 어렵지만 그것이 최고라는 것이 이곳의 습관. 다른 곳에서는 그런 것 알 리가 없겠죠."

　이런 곳에서 매일 지내다보니, 흰 바탕에 붉은 물이 드는 것도 무리가 아니라, 미도리의 눈에 남자라는 것이 그렇게까지 무섭지도 않고 두렵지도 않으며 창녀라는 것이 그렇게 천한 직업이라는 생각도 들지 않았기 때문에, 일찍이 고향을 떠날 당시 울며 언니를 보낸 일이 꿈처럼 생각되고 오늘날 이렇게 전성기를 맞아 언니가 부모에게 효도를 다하는 것이 부럽고, 가게에서 제일 잘 나가는 언니의 처지의 불우함이나 괴로움도 몰라서 기다리는 사람을 부르는 쥐울음소리나 격자너머로 부르는 주문, 헤어질 때 손님의 등을 두드리는 손맛의 비밀까지 그저 재미있게 들리며, 유곽에서 쓰는 말을 동네에서 쓰는 것도 별로 부끄러운 줄 모르는 것도 가였다. 나이는 이제 열넷, 인형을 안고 볼에 비비는 마음은 화족의 따님들이나 다를 바 없지만, 수신 강의나 가정학은 학교에서 배운 몇 가지뿐, 날이 새나 밝으나 하루 종일 귀에 들어오는 것은, 좋다 싫다 하는 손님에 대한 소문이나 의상이나 이불 등을 히키테찻집에 보

---

63 일본 여자 옷으로 띠를 두른 위에 걸쳐 입는 덧옷. 옛날, 무사 부인의 예복. 지금은 결혼식 등에 입음.

내는 이야기 따위 뿐. 화려한 것은 훌륭해 보이고 그렇지 않은 것은 초라해 보였으며, 다른 사람의 일과 자신의 일을 분별하기에는 아직 이르다. 어린 마음에도 눈앞에 있는 화려한 것만 눈에 들어오고 지기 싫어하는 타고난 성질이 제멋대로 내달려 구름 같은 망상을 만들었다.

미친 가도, 잠이 덜 깬 가도로 불리는 요리와라 부근의 길도, 아침에 손님들이 돌아가서 일이 한차례 끝나면, 아침이 늦는 거리라고는 해도 문 앞도 깨끗이 비질이 되어 파도 모양이 그려지고, 그 위에는 물이 뿌려진다. 그런 오모테마치 거리를 바라다보니, 어허 참 만넨초, 야마부시초山伏町, 신타니마치新谷町에 거주하면서 한 가지 재주는 다들 갖춰 예인으로 불리는 사람들. 엿장수, 곡예사, 인형조종꾼, 사자춤, 스미요시춤, 그리고 가쿠베사자角兵衛獅子 탈. 제각각의 모습을 하고, 쪼글쪼글한 비단으로 된 얇은 능직 차림도 있는가 하면 붓으로 살짝 스친 잔무늬가 있는 사쓰마薩摩絣 천을 뺀 것에 검은 수자繻子직의 폭이 좁은 허리띠를 한 자, 좋은 여자도 있고 좋은 남자도 있으며, 다섯 명, 일곱 명, 열 명 한 조가 된 대 살림도 있는가 하면, 혼자 쓸쓸히 망가진 샤미센을 끌어안고 가는 노인도 있으며, 대여섯 살쯤 되는 여자아이에게 붉은 다스키를 걸치게 하고 〈저것은 기노쿠니紀ノ国〉라는 속요에 맞춰 춤을 추게 하는 사람도 보인다. 단골손님은 유곽에 눌어 붙은 손님들과 창녀, 손님들을 위로해 주고, 창녀의 울적함을 풀어 주며, 이곳에 오는 사람들로서는 평생 그만둘 수 없는 매력이 있는지 이 거리에서는 조금의 보수도 요구하지 않고, 옷자락이 해초처럼 너덜너덜해진 천한 거지들조차 문 앞에 멈춰 서지 않고 지나가 버리는구나.

예쁜 얼굴을 한 여자 예능인이 삿갓 아래 숨긴 뺨을 살짝살짝 보여 주며 목소리 자랑, 솜씨 자랑, 아아, 정말이지 저런 목소리를 이 마을에서는 들려 주지 않는 것이 밉살스럽다, 라고 문방구 아줌마가 혀를 끌끌 차며 이야기하자, 목욕탕에서 돌아오는 길에 가게 앞에 앉아 거리를 구경하고 있던 미도리가 주워 듣고는 앞으로 찰랑찰랑 내려온 앞머리를 뽕나무 빗으로 싹 쓸어올리며, "아주머니, 그럼 제가 저 예능인 불러 올게요."라고 하더니 그 예인에게 다다닥 달려가서 소맷자락에 매달려 부탁을 한다. 물론 그 소맷자락에 사례금을 던져 넣은 것은, 미소를 지을 뿐, 아무에게도 이야기하지 않는다. 그리고 미도리가 좋아하는 〈아케가라스明鳥〉[64]를 시원하게 한곡 내뽑게 했다.

"또 잘 부탁드려요."라고 애교 있는 목소리, 이것은 간단히 살 수 있는 것은 아니다. "저게 어린 아이가 할 수 있는 일인가?"라고 모여든 사람들은 혀를 내두르며 예능인보다는 미도리 쪽을 더 보

---

64 조루리(浄瑠璃) 『아케가라스유메노아와유키(明烏夢泡雪)』에 나오는 노래. 초대 쓰루가 와카사노조(鶴賀若狭掾)의 작사 작곡으로 1772년 성립. 에도 미카와시마(三河島)에서 있었던 정사사건을 요시와라의 유녀 우라자토(浦里)와 가스가야 도키지로(春日屋時次郞)의 정사로 각색한 것.

는 것이었다. "위세를 부리며 지나가는 여자 예능인을 불러 세워 샤미센 소리, 피리 소리, 북 소리에 노래를 부르게 하고 춤을 추게 하며 사람들이 하지 않는 일을 해 보고 싶어."라고 마침 옆에 있던 쇼타에게 속삭이자 깜짝 놀라 어이없어 하며, "나는 싫어."라고 한다.

9

여시아문如是我聞[65] 불설아미타경佛説阿彌陀經, 목소리는 송풍에 섞여 마음의 먼지도 날려 버릴 듯한 부처님의 부엌에서 비린내 나는 생선을 굽는 연기가 일고 난탑장卵塔場[66]에는 아기의 기저귀가 널려 있는 등, 종지宗旨와는 상관없는 일이지만 법사를 감정이 없는 나무조각으로 알고 있는 눈으로 보기에는 공연히 비린내가 나는 것 같다. 류게지의 큰스님은 재산만큼이나 살이 쪄서 불뚝 튀어 나온 배가 몹시도 훌륭하고 혈색이 좋기는 어떤 말로 칭찬을 해야 할지 모를 정도, 벚꽃 색도 아니고 진분홍 복숭아꽃 색도 아니며, 박박 민 머리 하며 얼굴 하며 목덜미에 이르기까지 구리빛으로 번

---

65 "나는 이와 같이 들었다"라는 의미. '나'는 붓다의 설법을 들은 아난다(阿難, Ānanda) 를 가리키며, 아난다가 붓다의 가르침을 사실 그대로 전한다는 의미에서 경전의 서두 에 사용하는 말.

66 달걀 모양의 탑이 있는 장소(場所)란 뜻에서, 묘지(墓地)를 이르는 말.

쩍이는데 흐린 곳 한 군데도 없고, 희끗희끗 센 털이 섞인 눈썹을 치켜들고 마음껏 큰 소리로 웃을 때는, 본당의 여래님도 깜짝 놀라 대좌臺座에서 굴러떨어질 듯 위태롭다. 부인은 아직 마흔을 갓 넘 겼는데, 얼굴이 희고 머리숱은 적으며 틀어올린 머리도 작게 묶어 밉지 않은 인품, 참배객들에게도 싹싹하여 문앞 꽃집 입이 건 아주 머니도 어쨌든 흉을 보지 않는 것을 보면, 아마 헌 유카타, 남은 반 찬 등 은혜를 입고 있는 것 같다. 원래는 단가의 한 명이었으나, 일 찍이 남편을 잃고 의지가지할 데 없는 처지로 잠시 이곳에서 바느 질일을 하며 삼시 세끼 먹여 주시기만 하면 된다고 하고 빨래를 비 롯하여 반찬은 물론 묘지 청소에 남자들 일손까지 도울 정도로 일 을 하니, 스님의 경제적 계산에서 비롯된 동정심으로 나이가 스무 해 이상 차이가 나서 민망한 줄은 여자도 알면서, 갈 곳 없는 신세 이다 보니 결국 이곳이 죽을 곳이라고 남들 이목을 부끄러워하지 않게 되었다. 몹시 불쾌한 일이기는 하지만, 여자의 마음씨가 나쁘 지 않아서 단가 사람들도 그렇게까지 탓을 하지는 않았고, 위 아이 인 오하나お花를 회임했을 무렵, 단가 사람들 중에서도 다른 사람 들 일 참견하기를 좋아한다는 사카모토坂本 기름집 은거 노인이 중 매라고 할 것 까지도 없지만 나서서 일을 추진해서 공식적으로 버 젓이 부부가 된 것이었다. 신뇨도 이 사람의 배에서 태어나서 아들 딸 두 남매, 하나는 타고난 성격이 편벽하고 비뚤어져서 하루 종 일 방안에서 말뚱말뚱 음침하게 지내며, 누나인 오하나는 아름다 운 피부의 이중턱이 귀엽게 생긴 아이라서 미인이라고 할 정도까

지는 아니지만, 나이도 그렇고 사람들 평판도 좋아서 그냥 집에 두기는 아까운 축에 속했다. 그렇다고는 해도 절의 스님 딸이 옷자락을 왼쪽으로 여며 입는 게이샤芸者[67]를 하는 것은, 부처님이 샤미센을 타는 세상이라면 모를까, 사람들 평판도 조금은 신경이 쓰여서 다마치田町 거리에 예쁜 엽차가게를 차려서 카운터 격자 안에 이 딸을 앉혀 놓고 애교를 팔게 하니, 저울 눈금은 어쨌거나 계산을 할 줄 모르는 젊은이들은, 아무 생각 없이 몰려들어 거의 매일 밤 열두 시 종소리가 날 때까지 손님의 발길이 끊이는 일이 없다. 바쁜 것은 큰스님으로 빚 수금, 가게 돌아보기, 이런 저런 법회法用일, 한 달의 며칠은 정해진 설교를 해야 하고, 장부를 들춰 보랴 경을 읽으랴 이래서는 몸이 견딜 수가 없다며, 저녁 툇마루에 화문석을 깔고 한쪽 어깨를 드러내고 부채질을 하면서 큰 잔에 아와모리泡盛[68]를 찰랑찰랑 따르게 해서는 안주는 좋아하는 생선 양념구이를 오모테마치의 무사시야에서 기름지고 굵은 놈으로 맞추는데, 그것을 가지러 심부름을 가는 것은 신뇨의 몫으로 그것이 싫기가 뼈에 사무칠 정도라 길을 걸을 때도 위를 보는 일이 없고 비스듬히 마주보고 있는 문방구에서 아이들이 목소리가 들리면 내 욕을 하는가 싶어 한심해서 모르는 척하고 장어집 문을 지나서는 주변에

---

67 예능으로 술자리에서 여흥을 더해주는 접객부.
68 아와모리는 류큐(琉球) 제도의 증류주로 술로도 마시고 오키나와(沖繩) 요리의 조미료로도 많이 사용.

사람들의 눈이 없는 틈을 살펴 달려서 돌아올 때의 심정, 나만은 비린 것은 먹지 않을 거야 라고 하는 것이었다.

　부친인 스님은 어디까지나 세상물정에 환하여 탁 트인 사람으로 조금은 욕심이 많다고 하지만, 남들 소문을 신경 쓸 정도로 소심하지는 않으며, 틈이 나면 복갈퀴를 만드는 부업도 해야지 하는 기풍이기 때문에 11월 유일酉日에는 물론 절문 앞의 공터에 비녀 가게를 열고 부인에게 수건을 씌워 재수가 좋은 비녀 사세요 라고 외치게 하는 취향. 부인은 처음에는 부끄럽게 생각했지만, 평범한 아마추어의 일로 막대한 돈을 벌었다는 이야기를 들으니 이 혼잡스런 가운데 아무도 신경을 쓰지 않을 것이기 때문에 날이 저물고 나면 눈에 띠지 않을 것이라 생각하고 낮 동안은 꽃집 여주인에게 도와 달라고 하고 밤이 되어서는 직접 일어서서 외쳐대고 있자니 욕심이 있어서 그런가 어느새 부끄러운 마음도 사라지고 자신도 모르게 소리를 높여, “깎아 드려요, 깎아 드려요.”라며 손님의 뒤를 쫓게 되었다. 인파에 섞여 사는 쪽도 눈이 어두워질 때이므로, 현재 후세의 복을 빌러 그저께 이 문 앞에 왔던 것도 잊고는, “비녀 세 개에 75전에 드릴게요.”라고 흥정을 하면, “다섯 개에 73전이면 살 텐데.”라며 값을 깎고 간다. 세상에 눈 먼 돈 버는 일은 이것 말고도 더 있을 것이나, 신뇨는 이런 일이 너무 괴로워서 만약 단가의 귀에라도 들어가면 어쩌나 근처 사람들이 어떻게 생각할까, 아이들 사이에서, “류게지에서는 비녀 가게를 내서 신뇨네 엄마가 미친 듯이 물건을 팔고 있었어."라는 소문이 나지는 않을까 부끄러워 하며, "그런 일 하지 마세요."라고 말리기도 했지만, 큰스님은 큰 목소리로 웃어넘기며, "가만히 있거라, 가만히 있어. 네가 알바 아니다."라고 하며 통 상대를 해 주지 않고, 아침에는 염불 저녁에는 돈 계산, 주판을 손에 들고 싱글벙글하는 표정은 자기 아버지이지만 한심해서, "그러려면 뭣 하러 머리는 박박 민 거지?"라고 원망을 하기도 했다.

원래 한 배에서 태어난 누나와 한 쌍의 부부 사이에서 자라서 남이 섞이지 않는 화목한 집안이기 때문에, 딱히 이 아이가 음침하게 클 원인도 없지만, 타고난 천성이 점잖은데다가 자신이 하는 말이 통하지 않아서 어쨌든 일이 재미없고 아버지의 처사도 어머니의 태도도 누나의 교육도 모두 잘못된 것으로 생각되었지만, 말을 해도 듣지 않는다고 체념을 하니, 슬프고 한심하다. 친구들은 마음이 배배 꼬인 심술쟁이라고 여겨도 자연히 울적하게 가라앉는 나약한 마음, 누가 뒤에서 자기 욕을 조금이라도 하는 사람이 있다는 이야기를 들으면, 벌떡 일어서서 싸울 용기도 없어 방에 틀어박혀 사람들 얼굴을 마주할 수도 없는 겁쟁이이기 짝이 없는 몸이었지만, 학교 성적으로 보나 천하지 않은 신분으로 보나 그런 겁쟁이일 것이라고 아는 사람도 없고, 류게지의 후지모토는 어정쩡한 떡처럼 심지가 있어서 신경이 쓰이는 녀석이라며 미워하는 사람도 있었다.

10

축제날 밤에는 다마치에 있는 누나에게 심부름을 가라고 해서, 밤이 깊어질 때까지 자기 집으로 돌아가지 못했기 때문에 문방구의 소동은 꿈에도 모르고 다음 날이 되어서야 우시마쓰나 분지 기타 다른 아이들한데 이런저런 이야기를 전해 듣고는 조키치의 행패에 새삼 놀랐지만, 이미 끝난 일이기에 뭐라 나무랄 수도 없고 자신의 이름을 내세우고 싸운 것만은 너무나 난처하다고 생각되어 자신이 한 짓은 아니라도 사람들에게 나쁜 짓을 한 것이 자기 한 사람의 책임인 것처럼 여겨졌다. 조키치도 조금은 자신이 한 짓이 잘못되었다고 알고 부끄럽게 생각하는지, 신뇨를 만나면 잔소리를 들을 것이라 생각해서 근 삼사 일은 모습도 보이지 않고 소동이 좀 진정이 된 후에, "신뇨, 너는 화를 낼지도 모르지만, 그만 일이 그리 되다 보니 일어난 일이니까 용서해 줘. 그게 말야, 있잖아. 쇼타가 없는 것을 아무도 몰랐잖아. 뭐 계집애 하나 정도 상대를 해서 산고로를 패주려고 한 것은 아니었는데, 만등을 휘두르고 보니 그냥 돌아갈 수는 없잖아. 정말 분위기에 휩쓸려 한심한 짓을 하고 말았어. 물론 어디까지나 내가 잘못 한 거지. 네 말을 듣지 않은 것이 잘못이기는 한데, 지금 화를 내도 어쩔 수가 없어. 너라는 든든한 벽이 있어서 나는 큰 배를 탄 것처럼 마음을 놓고 있는데, 날 버리면 난 어쩌겠냐구. 싫어도 우리 편 대장으로 있어 줘. 그렇게 얼빠진 짓만 하고 있지는 않을 테니까 말야." 라고 면목이 없다는 듯이 사과를 하고 있으니, 그래도 나는 싫어라고 할 수도 없어서, "할 수 없지. 할 수 있는 데까지 할게. 약한 사람을 괴롭히는 것은 우리의 수치니까 산고로나 미도리를 상대하면 안 돼. 쇼타에게 부하가 붙으면 그건 그때 알아서 하면 되는 거고, 절대로 이쪽에서 먼저 손찌검을 하면 안 돼."라고 말렸다. 그렇게 심하게 조키치를 야단을 치지 않았지만, 다시는 싸움이 일어나지 않기를 빌지 않을 수 없었다.

제일 억울한 것은 요코초패의 산고로이다. 흠씬 두들겨 맞고 걸어채여서, 요 며칠 동안 앉고 일어서는 것도 힘들었고, 저녁에 아버지가 빈 수레를 오십 채의 히키테찻집까지 끌고 갈 때도, "산고로, 어찌된 거냐. 너무 힘이 없어 보이는 것 같구나."라고 아는 배달집 주인에게 꾸지람을 들었을 정도였지만, 아버지는, "인사쟁이 데쓰鐵"라고 해서 윗사람에게 고개를 든 적이 없고 유곽 안의 주인들은 물론 집주인이나 땅주인 모두 무리한 부탁을 해도 예예하며 받아들이는 성질이기 때문에, "조키치하고 싸움을 했는데 여차저차 조키치한테 맞았습니다."라고 호소를 해 봤자, "그건 어쩔수가 없지. 집주인 아들이 아니냐? 이쪽이 이유가 있건 그쪽에 잘못이 있건, 싸움 상대가 되어서는 안 된다. 사과하고 와, 사과하고 오라구. 엉뚱한 녀석 같으니라구."라고 자기 아들을 야단치며 조키치네 집으로 사과를 하러 보낼 것이 뻔하므로, 산고로는 억울함을 참았고, 이레, 열흘 시간이 가니 아픈 곳이 나음과 동시에 어느새 그 원한도 잊혀져서, 우두머리 집의 아기를 봐 준 값으로 2전의 댓가를 받고는 기뻐하며, "자장자장, 잘도 잔다."하며 업고 돌아다니는 모습, 나이는 어떻게 되냐 하면 건방기가 한창일 열여섯이나 되었으면서 덩치 값도 못하고 오모테마치 마을에도 어슬렁어슬렁 나가면 늘 미도리와 쇼타의 희롱의 대상이 되어, "대체 너는 배알은 어디에 두고 다니는 거니?"라고 놀림을 당하면서도, 노는 무리들에게서 벗어나는 일이 없었다.

봄날 밤의 떠들썩한 벚꽃 구경에서 시작하여, 죽은 다마기쿠玉菊[69]를 위해 등롱을 드는 시기, 그리고 계속해서 가을의 신니와카 극을 할 때는 10분간 수레가 달려가는 게 이 거리만 해도 75량이나 되었는데, 보름간에 걸친 이 니와카 축제도 어느새 지나갔고, 들판에는 고추잠자리가 어지러이 날아다니며 요코보리橫堀에서는 메추리가 우는 계절이 되었다. 아침 저녁 가을 바람이 몸에 스며들고 잡화점 조세이上淸의 모기향은 손난로에 자리를 내 주니, 이시바시石橋에 있는 센베가게 다무라야田村屋의 가루를 빻는 절구소리 쓸쓸하고, 가도에비角海老[70]의 시계 소리는 어쩐지 애처롭게 울

---

69 다마기쿠(玉菊,1702.-1726.3.29.). 에도시대 신요시와라(新吉原)의 유녀, 상급 연예인. 가도마치나카만지야(角町中万字屋)의 간베(勘兵衛)가 고용했으며, 차, 꽃꽂이, 하이카이(俳諧), 금곡(琴曲) 등 제 예능에 뛰어났으며 재색을 겸비하였다. 특히 가토부시(河東節)의 샤미센과 가위바위보 게임에 능했다. 1702년 우란본(盂蘭盆) 때 요시와라의 히키테 찻집에서는 집집마다 등롱을 내걸어 다마기쿠의 혼령을 위로했다. 이것이 다마기쿠등롱으로 요시와라 삼대행사가 되었다.

70 요시와라 유곽에 있는 옥호(屋号). 메이지 시대 요시와라에서 봉공을 하던 미야자와 헤이키치(宮沢平吉)가 '가도에비루(角海老楼)'라는 시계대가 딸린 3층짜리 목조건물의

려 퍼진다. 사시사철 끊임없는 닛포리日暮里 화장터의 불빛도 저게 사람을 태우는 연기인가 싶어 어쩐지 슬프고, 찻집 뒤로 지나가는 둑방 아래 오솔길에 떨어지는 듯한 샤미센 소리를 올려다보며 들으니, 이는 나카노마치仲之町 게이샤[71]의 맑디 맑은 솜씨로, "그대를 그리다 깜빡 잠이 든 잠자리에"라고 부르는 노래 가락 애절하기 그지없고, 이 시절부터 다니기 시작하는 손님은 마음이 들뜬 유객遊客들이 아니라 진심으로 절실한 마음에서 다니는 분들이라는 이야기를 유녀 출신의 어떤 여자가 한 적이 있다. 그 사이에 있었던 이야기를 다 쓰는 것은 장황하다. 다이온지 앞에서 신기한 이야기라면 안마를 하는 스물 정도 되는 장님 처녀가 이루지 못한 사랑에 자신의 몸이 불구인 것을 원망하여 미즈노야水の谷의 연못에 빠진 것을 새로운 일로 전하는 정도이다. 야채가게 기치고로吉五郎와 목수인 다키치太吉가 모습을 싹 감추었길래 어찌된 일인가 물으니, 이 건으로 불려갔습니다, 라고 얼굴 한 가운데를 손가락으로 가리켜 도박을 했다고 가르쳐 주지만[72], 더 이상 자세한 정황을 알 수 없어 드러내 놓고 소문을 내는 사람도 없다. 아무 것도 모르는

대루(大楼)를 지음. 역대 총리가 놀러 오는 격식 있는 가게.

71 요시와라에는 기루나 히키테찻집에 고용된 '우치게이샤(內芸者)'와 권번에서 나오는 '겐반게이샤(見番芸者)'가 있는데, 이 겐반게이샤는 나카노마치게이샤라고 하여 예능에 뛰어나고 격식이 있어서 몸을 팔지 않는다는 자부심이 있었다.

72 얼굴 한 가운데란 코 즉 일본어로 '하나(鼻)'이고 이는 동음이의어인 '하나(花)' 즉 화투를 비유하는 표현.

아이들이 삼삼오오 손을 잡고, "피이었네, 피었네, 무슨 꽃이 피었나."하고 아무 생각 없이 노는 것도 자연스럽고 조용하여, 유곽을 드나드는 수레소리만 여느 때와 다름없이 활기차게 들려왔다.

　가을비가 추적추적 내리는가 싶더니, 쐐하는 소리가 나며 밀려오는 듯한 외로운 밤, 뜨내기 손님을 기다리는 가게가 아니므로, 문방구 여주인은 초저녁 무렵부터 바깥문을 닫아 놓았고 안에 모여 있는 것은 예의 미도리에 쇼타에 그 외에 어린 아이들 두 셋, 모여서 유치하게 비단고둥 맞추기 놀이를 하고 있는 동안 미도리가 문득 귀를 쫑긋하며, "어, 누가 뭘 사러 온 것 아냐? 도랑 나무판자를 밟는 발자국소리가 나네."라고 하니, "어, 그런가. 아이쿠 전혀 못 들었네."라고 쇼타도 둘 넷 여섯 하며 세던 손을 멈추고 누군가 같은 패가 온 게 아닐까 하며 기뻐했지만, 문 앞에 서 있는 사람이 이 가게 앞까지 온 발자국 소리만 들렸을 뿐, 이후에는 소리가 뚝 끊겨 아무 소리도 없다.

11

　쇼타는 쪽문을 열고 누구? 하고 얼굴을 내밀었지만, 그 사람은 두세 채 앞에 있는 처마 밑으로 터벅터벅 가는 뒷모습, "누구야? 누구야? 들어와."라고 부르며, 미도리가 맨발에 나막신을 걸치고 내리는 비도 아랑곳 않고 뛰어나가려 했지만, 쇼타는 "아아, 저 자식이군."하고 한 마디 하고 돌아보며, "미도리, 불러도 소용없어. 저 자식인 걸 뭐."라고 자기 머리를 둥글게 해서 보여 주었다.

"신뇨였어?"라고 대답을 하며, "정말 꼴 보기 싫은 중이네. 분명 연필이나 뭐나 사러 온 것인데, 우리들이 있으니까 서서 엿듣다가 돌아가는 거겠지. 심술쟁이, 배배 꼬이고 뒤틀리고 벙어리 같은 뻐드렁니, 정말 보기 싫은 놈. 들어왔으면 잔뜩 골려 주었을 텐데. 돌아가다니 참 아깝네. 어디 신발 좀 빌려 줘 봐. 좀 봐 두게."라고 쇼타 대신 얼굴을 내미니, 처마의 낙숫물이 앞머리로 떨어져, "아아, 기분 나빠."라고 목을 움추리며 대여섯 채 앞에 있는 개스 등 밑을 검은 우산을 어깨에 걸치고 고개를 좀 숙인 듯이 터벅터벅 걸어가는 신뇨의 뒷모습, 언제까시고 언제까시고 언제까시고 바라보고 있으니, "미도리, 무슨 일이야?"라고 쇼타는 이상해 하며 등을 쿡쿡 찔렀다.

"아무 일 없어."라고 무심하게 대답을 하고는 위로 올라와서 공기를 세며, "정말이지 너무 보기 싫은 중이라니까. 대놓고 당당하게 싸우지도 못하고 얌전한 표정을 짓고는 뒤에서 음흉하게 일을 꾸미는 근성이라니까. 얄밉지 않아? 우리 엄마가 그랬어. 원래 덜렁거리는 사람은 마음씨가 좋다고. 그러니까 뒤에서 음흉하게 일을 꾸미는 신뇨 걔는 틀림없이 마음씨가 나쁠 거야. 그렇지, 쇼타? 그렇지?"라고 있는 힘을 다해 신뇨의 욕을 하자, "그래도 류게 지는 뭘 알고나 있지. 조키치 자식, 그 자식은 정말 질색이야."라고 건방지게 어른 말투를 흉내내니, "그만해, 쇼타. 어린애 주제에 애늙은이 같아서 이상해. 너는 어지간히 익살꾼이라니까."라고 하며 미도리가 쇼타의 볼을 쿡쿡 찌르며, "그 진지한 얼굴은."하고 웃었더니, "나도 이제 조금만 더 있으면 어른이 된다구. 가마타 야蒲田屋 주인처럼 네모난 소매 외투인지 뭔지 입고 말야. 할머니 가 간수해 둔 금시계를 받고, 그리고 반지도 맞추고 권련초를 피우 며 신발은 뭐가 좋을까? 나는 나막신보다는 굽이 높은 셋타가 좋으 니까 바닥을 세 장 대고 수진繡珍 끈이 달린 것을 신을 거야. 어울 리겠지?"라고 하니까 미도리는 키득키득 웃으면서, "키가 작은 사 람이 네모난 소매 외투에 셋타를 신고, 참 얼마나 우스울까. 안약 병이 걷는 것 같을 거야."라고 비웃자, "무슨 바보 같은 소리야. 그 때 쯤이 되면 나도 크지. 이렇게 난쟁이처럼 작지는 않지."라고 으 스대지만, "그럼 아직 언제가 될지는 모르는 거네. 어머, 천정에 쥐 가, 저것 좀 봐."라고 손가락질을 하며 놀리자, 문방구 아주머니를 비롯하여 자리에 있던 사람들은 모두 배꼽을 잡고 웃었다.

쇼타는 혼자 진지해져서 예의 눈알을 이리저리 굴리며, "미도 리, 농담을 하고 있네. 누구나 어른이 되지 않는 사람은 없는데, 내 가 하는 말이 뭐가 웃기다는 것이지? 예쁜 색시를 얻어서 데리고 다닐 거니까 말야. 나는 뭐든 예쁜 게 좋으니까 만약 전병집 오후

쿠ぉ福 같은 곰보나 땔나무가게의 짱구 같은 것이 오면 바로 내쫓아서 집에 들이지 않을 거야. 나는 곰보하고 헌데는 질색이야."라고 힘주어 말하자, 주인 아주머니는 풋하고 웃으며, "그래도, 우리 가게에는 잘 오네. 아줌마 곰보얼굴은 안 보여?"라고 하며 웃으니, "그래도 아줌마는 나이를 먹었잖아. 내가 말하는 것은 색시 말이지. 나이가 든 사람은 아무려면 어때."라고 한다. 그러자 "거참 실망이네."라며 문방구 아주머니는 재미 삼아 비위를 맞췄다.

"동네에서 얼굴이 제일 예쁜 것은 꽃집의 오로쿠ぉ六에, 과일가게의 기이㐂い, 그보다 그보다 훨씬 예쁜 것은 네 옆에 앉아 계시는데, 쇼타는 글쎄 누구로 할까? 오로쿠의 눈매일까, 기이의 기요모토清元[73]일까, 그래 누구로 할래?"라고 질문을 받고는 쇼타는 얼굴이 빨개져서, "뭐야, 오로쿠고 기이고 간에 어디가 예쁘다는 거야?"라고 하며 매달려 있는 램프 아래에서 좀 뒤로 물러나서 벽 쪽으로 엉덩이를 들이밀었다. 거기에, "그럼 미도리가 좋은 게로구나? 그렇게 정한 거지?"라고 정곡을 찌르자, "그런 거 알 게 뭐야. 뭐야 그런 걸."라고 뒤를 홱 돌아보며 벽 아래쪽에 덧바른 종이를 손가락으로 두들기며 〈돌아라 돌아라 물레방아〉[74]를 작은 목소리

---

73 '기요모토부시(清元節)'의 준말로 에도 시대 후기, 조루리(浄瑠璃)로부터 나온 샤미센 음악의 일종.

74 당시 유행했던 소학교 창가.

로 부르기 시작한다. 미도리는 공기를 많이 모아서, "자, 처음부터 다시 한 번 하자."라고 하는데, 이쪽은 얼굴도 붉히지 않는다.

12

신뇨가 평소 다마치에 다닐 때는, 지나가지 않아도 괜찮았지만, 말하자면 지름길인 둑방 바로 앞에 작은 격자문이 있어서 들여다보면, 안장을 얹은 말의 석등롱石燈籠에 싸리 울타리가 우미하게 보이고 마루 끝에 말아 올린 발의 모습도 보기 좋으며, 가운데에 유리를 댄 장지문 안에서는 당대풍 아제치다이나곤按察大納言의 후실[75]이 손끝으로 염주를 굴리고 단발머리를 한 와카무라사키若紫[76]가 나올까 싶은, 그런 집이 바로 다이코쿠야의 숙소이다.

어제도 오늘도 늦가을 비가 내릴 날씨였지만, 다마치의 누나에게서 부탁을 받은 방한용 속옷 나가도기長胴着가 다 되면, 조금이라도 빨리 껴입게 하고 싶은 것이 어머니 마음이라는 것이다. 신뇨는, "수고스럽겠지만 학교에 가기 전에 잠깐 갖다 주지 않겠니? 아마 누나도 기다리고 있을 테니까."라고 어머니에게서 부탁을 받으

---

75 『겐지이야기(源氏物語)』에 나오는 무라사키노우에(紫の上)의 할머니.
76 『겐지이야기』에 나오는 무라사키노우에의 소녀시대를 부르는 말.

니, 굳이 싫다고 거절할 수도 없을 정도로 얌전한 아이라서, 그저 "네, 네."라고 대답을 하고는 작은 보따리를 안고 회색 무명 끈이 달린 박나무 굽 나막신 소리를 딱딱 내며, 우산을 쓰고 나갔다.

오하구로 도랑 모퉁이를 돌아 늘 다니던 오솔길을 터덜터덜 걷고 있자니 하필 재수없게 다이코쿠야 앞에 왔을 때, 바람이 다이코쿠우산大黒傘[77] 위를 잡아 공중으로 끌어올리는 게 아닌가 싶을 정도로 세게 휙 불어서, "이거 안 되겠네."하고 다리에 힘을 주고 딱 버틴 순간, 그렇게 약한 줄은 몰랐던 나막신의 앞 끈이 쭈욱 빠져서 우산보다 이거야 말로 일대 참사가 되고 말았다.

신뇨는 난처하여 혀를 끌끌 찼지만 지금에 와서 어찌할 도리도 없기에, 나이코쿠야 문에 우산을 기대어 세워 놓고, 내리는 비를 처마 밑에서 피하면서 나막신 끈을 고치려 했다. 하지만 평소 익숙하지 않은 스님, 이것은 어찌된 일인지 마음만 초조하고 아무리 해도 끈이 제대로 끼워지지 않는 안타까움에 조바심에 조바심이 났다. 옷자락 안에서 작문 초고를 써 둔 대반지大半紙를 꺼내서 북북 찢어 실을 꼬듯 꼬았다. 그러나 심술 맞은 태풍이 또 홱 불어와서 세워 두었던 우산이 데굴데굴 구르기 시작하니, "정말 짜증나네."

---

77 근세 오사카의 다이코쿠야(大黒屋)가 만들어 판 우산의 총칭. 조잡하지만 튼튼하며 종이우산의 총칭.

라고 화를 내며 잡으려고 손을 뻗치자, 어이없게도 무릎에 올려 둔 작은 보따리가 떨어져서 흙투성이가 되고, 자신이 입고 있는 옷자락까지 더러워져 버리고 말았다.

보기에도 딱한 것은, 빗속에서 우산도 없고 도중에 나막신 끈이 끊어져 버린 것 만한 것이 없다. 미도리는 장지문 안에서 유리 너머로 멀찍이 바라보다가, "아니, 누구야? 나막신 끈이 끊어진 사람이 있네. 엄마, 헝겊 조각 줘도 돼요?"라고 묻고, 바느질 상자에서 유젠 염색을 한 쪼글쪼글한 비단 조각을 꺼내더니, 후다닥 마당에서 신는 나막신을 신고는 마루 끝으로 달려가 우산을 쓰기가 바쁘게 정원의 징검돌을 따라 서둘러 찾아간다.

가서 누구인지 알고는 미도리의 얼굴은 빨개졌고, 어떤 중요한 사람이라도 조우한 것이 아닌가 하는 생각이 들 만큼, 가슴이 두근거리는 것을, 누가 볼까 하여 뒤를 돌아보지 않을 수 없었고 주저주저하며 문 옆쪽으로 다가간다. 그러자 신뇨도 문득 뒤를 돌아보고 이쪽도 말이 없는 가운데 겨드랑이를 흐르는 식은 땀, 맨발로 도망을 치고 싶은 심정이었다.

평소 때 미도리라면 신뇨가 난처해 하고 있는 모습을 가리키며, "저저, 칠칠치 못하게스리."라며 웃고웃고 또 웃으며 있는 대로 욕을 하고, "축제 날 밤에는 쇼타에게 보복을 한다고 우리들이 노는 것을 방해를 하고 아무 죄도 없는 산고로를 때리게 하고는,

너는 잘난 고견으로 지시를 하고 계셨다지. 어서 사과 안 해? 뭐라고? 날 보고 조키치에게 '창녀 계집애, 창녀 계집애'라고 욕을 하게 한 것도 네 짓이지? 창녀가 뭐 어때서. 너한테 십 원 한 장 신세진 일도 없잖아. 나는 아버지도 있고 엄마도 있고, 다이코쿠야 주인 어른도 있고 언니도 있어. 너 같은 비린내 나는 중한테 신세 질 일 없으니 쓸데없이 창녀라고 부르는 건 그만 하지 그래? 할 말이 있으면 뒤에서 음흉하게 굴지 여기에서 하라구. 언제든 상대는 해 줄 테니까. 어서, 무슨 말이든 해 보라구."라며 소매를 걷어붙이고 한참 퍼부을 기세일 것이다. 그렇게 되면 신뇨도 감당하기 힘들었을 텐데. 하지만 오늘은 웬일인지, 말도 없이 격자 뒤에 가만히 숨어서, 그렇다고 자리를 뜨는 것도 아니고, 그저 우물쭈물 가슴만 두근거리고 이다. 이는 여느 때의 미도리의 모습은 아니었다.

13

이곳은 다이코쿠야 앞이지 라고 생각했을 때부터, 신뇨는 어쩐지 겁이 나서 좌우 살피지도 않고 그저 걷고 있었는데, 공교롭게도 비가 내리고 또 바람이 불어 나막신 끈까지 밟아서 끊어져 버려 어찌할 도리도 없이 문 아래에서 종이로 끈을 꼬는 심정, 괴롭기가 이만저만이 아니라 도저히 견딜 수가 없는 차에, 마당의 징검돌을

밟는 발자국소리가 등 뒤에서 찬물을 끼얹은 것처럼 들려왔다. 돌아보지 않아도 그 사람이라고 알 수 있기 때문에 부들부들 떨며 안색도 바뀌었을 터, 뒤를 보이고는 여전히 나막신 끈을 끼우느라 안간힘을 쓰는 것 같지만 반은 제정신이 아니고, 이 나막신은 시간이 아무리 흘러도 신을 수 있을 것 같지가 않았다.

마당에 있는 미도리는 목을 쭉 빼고 격자문 사이로 내다보며, "아유, 저렇게 서툰 솜씨로 뭐가 되겠어. 종이끈은 거꾸로 꼬았고 지푸라기 따위 앞쪽에 끼워 봤자 오래 가지도 못 하는데. 어이쿠 저런, 하오리 자락이 땅바닥에 닿아서 흙이 묻은 것도 모르나? 앗, 우산이 굴러가네. 저건 접어서 세워 놓으면 될 텐데."라고 하나하나 안타깝고 답답히 그지없지만, "여기 헝겊 조각 있어. 이걸로 끼워"라고 하며, 부르지도 못하고, 그저 딱 멈춰 서서 내리는 비가 소매를 차갑게 적시는 것을 어찌하지도 못한 채 조용히 숨어서 엿보고 있었다. 하지만 그런 줄도 모르는 어머니는 멀리서 소리를 지르며, "다리미 불 피웠어. 아니 미도리는 뭘 하고 놀고 있는 거지. 이렇게 비가 오는데, 밖에 나가서 장난하면 안 된다. 지난번처럼 또 감기에 걸릴라."라며 불러대니, "네, 지금 가요."라고 크게 대답을 해 버린다. 그 소리가 신뇨에게 들린 것이 부끄러워서 가슴은 두근두근 상기하고, 아무래도 열 수가 없는 문 옆에서 그래도 그냥 보고 지나칠 수 없는 곤란한 지경에 이리저리 머리를 굴려 격자 사이로 손에 든 헝겊 조각을 말도 하지 않고 내던졌다. 그래도 신뇨가 보지 않은 척 보고도 모르는 척하자, "피, 네가 하는 짓이 늘 그렇지, 뭐."하고 안타까운 마음을 눈에 모아 살짝 눈물을 글썽거리는 원망스런 표정이 되었다. "뭐가 그리 미워서 그렇게 쌀쌀맞은 척을 하는 거지. 할 말은 이쪽에 있는데. 너무해. 쟤는."라고 북받치는 감정이 가득했지만, 어머니가 자꾸 부르는 소리도 쓸쓸하여 어쩔 수 없이 한 걸음 두 걸음 발걸음을 옮기며, "치, 무슨 미련이 있다고. 이런 생각하는 것 창피해."라고 몸을 돌려 또각또각 징검돌을 건너갔다. 신뇨는 그제서야 쓸쓸하게 돌아보니 진홍색 유젠 조각이 비에 젖어, 단풍 무늬가 예쁜 것이 자기 발밑 근처에 떨어져 있다. 무턱대고 마음이 끌리기는 했지만 손으로 집어들지도 못하고 그저 허무하게 바라보며 우울한 기분이 드는 것이었다.

자신의 서툰 솜씨를 포기하고 하오리 끈을 긴 것을 떼어서 둘둘 삼아 묶으니 보기 흉하기는 하지만 어떻게든 돼서, 이 성노면 되겠지 하고 시험 삼아 발을 디뎌 보았지만, 걷기 힘든 것은 말할 것도 없고 이 나막신을 신고 다마치까지 가야 하나 라고 새삼 난감했다. 어쩔 수 없이 일어선 신뇨는 작은 보따리를 옆에 끼고 두 걸음 정도 이 문을 떠났지만 유젠의 단풍이 눈에 남아 버리고 가는 것도 아쉬워 견딜 수 없어서 뒤를 돌아보는 것이었다. 그 때, "신뇨, 어찌 된 거야? 나막신 끈이 끊어진 거야? 그 꼴은 뭐지? 보기 흉해."라고 갑자기 말을 건 사람이 있었다. 깜짝 놀라 돌아보니, 말썽쟁이 조키치, 지금 유곽에서 돌아오는 길인지 유카타를 겹친 도잔唐棧[78] 기모노에 감색 3척 허리띠를 여느 때처럼 허리 끝에 매고, 검고 두꺼운 견으로 된 옷깃이 달린 새 한텐半天[79]에 기루 표시가 된 우산을 쓰고, 굽이 높은 나막신의 앞도 오늘 아침 새로 댄 것이 분명한 옻칠, 눈에 띄게 돋보여 자랑스런 기색이다.

"나막신 끈이 끊어져서 어떻게 해야 하나 하고 있어. 정말 난 감하네."라고 신뇨가 풀이 죽어 말하니, "그렇겠지. 네가 나막신 끈을 끼울 수 있을 리가 없지. 그래, 내 나막신을 신고 가. 이 나막신 끈은 튼튼하다구." 라고 하니, "그러면 너는 어쩌구?"라고 신뇨가 묻자, 조키치는 "뭐, 나는 익숙한 걸. 이렇게 해서 이렇게 하면 돼." 라고 하며 후다닥 7부 3부로 옷자락을 걷어 올리고는, "그렇게 묶으니 이게 더 확실하지."라고 하며 나막신을 벗는 것이었다. "너 맨발로 가려고? 그럼, 미안하지."라고 신뇨가 미안해서 어쩔 줄 몰라 하자, "괜찮아. 나는 익숙한 걸. 신뇨, 너는 발바닥이 부드러우니까 맨발로 돌길을 걷지 못하지? 자, 이거 신고 가."라고 나막신을 가지런히 해서 내미는 친절. 남들은 역병 귀신처럼 싫어하는 송충이 눈썹을 움직이며 상냥한 말을 내뱉는 것도 우습다. 조키치는 "신뇨, 네 나막신은 내가 들고 갈게. 부엌에 던져 두면 문제없을 거야. 자 어서 갈아 신고 그거 내 봐."라고 참견을 하며, 끈

---

78 에도시대 이래 유럽이나 중국에서 온 면직물 및 그것을 모방한 직물.
79 하오리(羽織)와 비슷한 짧은 겉옷의 하나. 깃을 뒤로 접지 않고 가슴의 옷고름 끈이 없음.

이 끊어진 나막신을 한 손에 들고, "그럼, 신뇨, 다녀와. 나중에 학교에서 보자."라고 약속을 한다. 둘은 각각 헤어져서 신뇨는 다마치의 누나에게, 조키치는 자기 집으로 갔지만, 마음에 남은 진홍색 유젠은 애처로운 모습으로 허무하게 격자문 밖에 떨어져 있었다.

14

올해는 삼유三酉까지 있어서 가운데 하루는 망쳤지만, 전후 두 날은 날씨가 좋아서 오도리신사의 떠들썩한 활기는 대단했다. 이를 핑계로 검사장 문으로 어지러이 밀려 들어오는 젊은이들의 기세라니, 하늘을 받치는 기둥인 천주天柱가 무너지고, 지유地維[80]도 꺼질 듯한 웃음소리가 울려 퍼진다. 나카노초仲ノ町 거리는 갑자기 방향이 바뀐 것처럼 보이고[81], 스미초角町나 교마치京町 곳곳에 있는 도개교에서는, "웃샤 웃샤, 밀어 밀어."하고 조키배猪牙舟[82] 처럼 기세 좋게 구령을 붙이며 인파를 헤치고 가는 무리들도 있었다. 강가 작은 가게들에서 나는 재잘거리는 이야기소리에서 멋지고 훌륭한 오마가키大籬의 누각 위까지 여러 가지 현가絃歌 소리가 끊

---

80 대지를 지탱하고 있다는 줄(綱), 대지(大地).

81 평소에는 다이몬만이 입구였는데, 반대편인 검사장의 비상문이 열리고 도개교도 내려
　져 있어서 여러 방향으로 사람들이 들어오는 상황을 말한다.

82 에도시대의 배로, 길쭉하고 끝이 뾰족하며 지붕이 없고 매우 빠름.

어오르듯 울려퍼지는 재미는 대부분의 사람들에게는 잊을 수 없는 추억이라 생각하는 사람도 있을 것이다.

쇼타는 이 날, 일수를 걷으러 다니는 일을 쉬고, 산고로네 감자, 고구마 가게를 살펴보고 단고야団子屋라는 무뚝뚝한 얼뜨기네 팥빙수집을 찾았다. "어때, 장사는 좀 돼나?"라고 하니, "쇼타, 너 마침 잘 왔어. 우린 벌써 팥소가 떨어져서 이제 뭘 팔지? 바로 앉혀 놓기는 했는데, 그 사이에 오는 손님을 그냥 돌려 보낼 수가 없잖아. 어떻게 하지?"라고 의논을 한다. 그러자 "참, 답답하게 꼭 막힌 녀석. 큰 냄비 가장자리에 그 정도는 붙어 있지 않아? 거기에 뜨거운 물을 붓고 빙빙 돌려서 녹인 후에 설탕만 넣어 달게 하면 10인분이고 20인분이고 나오잖아. 어디서나 모두 그렇게 한다구. 너희만 그렇게 하는 건 아니야. 아니, 이 난리 북새통에 맛이 좋으니 나쁘니 하는 사람이 있을 것 같아? 무조건 팔아, 팔아야지."라고 하면서 자기가 먼저 일어나서 설탕 단지를 끌어당겼다. 애꾸눈인 어머니는 깜짝 놀란 얼굴을 하고, "너 정말 장사꾼이 다 되었구나. 지혜가 대단하네."라고 칭찬을 하자, "뭘, 이런 걸 가지고 지혜가 있다고 하지? 지금 요코초패의 시오부키潮吹 네 가게에서도 소가 부족하다고 해서 이렇게 하고 있는 것을 보고 온 것이지, 내가 발명한 게 아냐."라고 내뱉었다. 그리고, "너는 몰라? 미도리가 어디 있는지? 내가 오늘 아침부터 찾고 있는데 어디를 갔는지, 문방구에도 오지 않았다고 하던데. 유곽에 갔나?"라고 물으니, 단고야의 얼뜨기는, "음, 미도리는 말야, 방금 전에 우리 집 앞으로 해서 아게 야마치揚屋町의 도개교로 들어갔어. 쇼타, 정말 큰일이야. 오늘 말야 머리를 이렇게 말야 이렇게 시마다마게島田髷[83]로 묶고 말야." 라며 이상한 손짓을 하면서, "예뻐, 그 아가씨는."라고 코를 닦으며 말한다. "언니보다 더 예뻐. 하지만 걔도 유녀가 된다고 생각하니 불쌍해."라고 바닥을 보며 쇼타가 대답하자, 단고야의 얼뜨기는 "좋지 않아? 유녀가 되면. 나는 내년부터 계절용품 장사를 해서 돈을 벌 거야. 그 돈으로 사러 갈 거야."라고 얼빠진 소리를 한다. "가당치도 않은 말을 하고 있네. 그러면 넌 분명히 채일 거야." "왜, 왜?" "어쨌든 이유가 있어서 채일 거야."라고 쇼타는 조금 얼굴이 빨개지며 웃고는, "그럼 나도 한 바퀴 둘러보고 올까? 이따가 또 올게."라고 내뱉듯이 한 마디 하고 밖으로 나가더니, "열여섯 열일곱까지는 금이야 옥이야 하며 자라고."라며 야릇하게 떨리는 목소리로 요즘 이곳에서 유행하는 유행가 가락을 부르는데, "지금은 하는 일이 사무쳐서"라고 입안에서 몇 번이고 반복하며 여느 때와 다름없이 셋타 소리를 높이 내면서 들뜬 사람들 속에 섞여 작은 신체는 순식간에 사라져 버렸다.

인파를 헤치고 나온 유곽 모퉁이, 저쪽에서 반토신조番頭新造[84]

---

83 여자 머리 모양의 하나로, 주로 처녀나 결혼식 때에 틀어 올림.
84 요시와라 유곽에서 유녀 옆에 붙어서 신변을 돌봐 주거나 외부와의 교섭을 해 주는 여

아주머니와 나란히 서서 오는 것을 보니, 틀림없이 다이코쿠야의 미도리였는데, 정말로 얼뜨기가 이야기한 것처럼 풋풋하게 머리를 시마다로 크게 틀어올리고, 솜처럼 시보리바나시絞り放し[85]를 풍성하게 걸치고 별갑을 꽂고 술이 달린 꽃비녀를 반짝이며 평소보다는 극채색 차림을 하여 그저 교토인형을 보는 듯 했다. 쇼타가, "앗."하는 소리도 내지 못하고 멈춰 선 채, 평소처럼 부둥켜안지도 못하고 지켜보고 있자, 미도리는 "너, 쇼타구나."라고 한다. 그리고 달려가서는, "아주머니, 장 볼 것이 있으면 이제 여기에서 헤어져요. 저는 이 사람하고 같이 돌아갈 게요. 그럼 이만." 하고 고개를 숙이자, 아주머니는 "아유, 미도리 참 똑똑하기도 하지. 이제 바래다 주는 것은 필요 없다는 것이지? 그럼 나는 교마치京町에서 장을 볼 게." 라고 하며 종종 걸음으로 나가야의 좁은 길로 달려 들어갔다. 쇼타는 처음으로 미도리의 소매를 당기며, "잘 어울리네. 언제 묶었어? 오늘 아침에? 어제? 왜 빨리 보여 주지 않았어?"라고 원망스러운 듯이 어리광을 부리자, 미도리는 풀이 폭 죽어 힘없이, "오늘 아침 언니 방에서 묶어 주었어. 난 싫어서 견딜 수가 없어." 라고 고개를 숙이며 지나가는 사람들의 눈을 부끄러워한다.

자. 매니저 역할.

85 염색법의 하나. 홀치기염색을 한 후, 옷감의 홀쳐맨 실을 푼 뒤 줄어든 채로 놓아 두는 일. 또는 그런 옷감.

15

미도리는 마음이 무겁고 부끄러워 꺼리는 마음이 있어서 남들이 칭찬을 하면 조소하는 것으로 들리고 시마다마게가 예뻐서 돌아보는 사람들을 자신을 경멸하는 눈빛으로 받아들였다. "쇼타, 나 집에 돌아갈래." 라고 하자, "왜 오늘은 안 놀 거야? 너 뭐 야단맞았어? 언니하고 싸운 거 아냐?"라고 유치하게 물어 보자, 뭐라 대답할지 몰라 얼굴이 붉어질 뿐이었다. 둘이서 나란히 경단집 앞으로 지나가자, 얼뜨기가 가게에서 소리를 지르며, "사이좋네요." 라고 떠들어대는 소리를 듣고 미도리는 울고 싶은 표정을 지으며, "쇼타, 같이 가는 거 싫어."라고 하며 쇼타 혼자 남겨 놓고 혼자 발걸음을 재촉했다.

오토리신사의 오토리お酉님을 참배하러 같이 가자고 하고서는, 미도리가 길을 홱 바꿔 자기 집으로 서둘러 가니, "너 같이 안 가 줄 거야? 왜 그쪽으로 가 버리는 거지? 너무하는 거 아냐?"라고 쇼타가 어느 때처럼 응석을 부리며 다가오는 것을, 미도리는 뿌리치듯 아무 말도 하지 않고 가는 것이었다. 어떤 이유인지 몰랐지만 쇼타는 어이가 없어 쫓아가서 소매를 붙잡고는 이상해 한다. 미도리는 얼굴만 붉히며 "아무 것도 아냐."라고 하는 데는 까닭이 있다.

미도리가 숙소 문으로 들어가자, 쇼타는 평소부터 자주 놀러 와서 그다지 어려운 집도 아니었기 때문에, 뒤를 따라가서 툇마루 끝으로 살짝 들어갔다. 그것을 어머니가 보자마자, "오오, 쇼타 어서 오너라. 오늘 아침부터 미도리가 기분이 언짢아서 모두 어떻게 대할지 난처했단다. 놀아 주렴." 라고 하니, 쇼타는 어른처럼 어려워하며, "어디 몸이 아픈가요?" 라고 진지하게 묻는다. "아니." 어머니는 묘하게 웃는 얼굴로, "조금 지나면 나을 거야. 늘 저렇게 제 멋대로 군다니까. 아마 친구들하고도 싸울 거야. 정말 어쩔 도리가 없는 애라니까." 라고 한다. 돌아보았지만, 미도리는 어느새 작은 방에다 이불과 솜을 둔 잠옷을 꺼내다 놓고는 윗옷과 허리띠만 벗어 던지고 푹 엎어져서 아무 말도 않고 있었다.

쇼타는 주저주저 머리맡으로 다가가, "미도리, 어떻게 된 거야? 병 났어? 기분이 안 좋아? 대체 무슨 일이야?" 라고 하며 더는 다가가지 못하고 무릎에 손을 올려 놓고 마음만 태우고 있었다. 미도리는 아무 대답도 없이 소매에 대고 숨죽여 울며 흘리는 눈물, 아직 묶이지 않은 앞머리카락이 젖어 보이는 것도 까닭이 있는 것은 분명했지만, 어린 마음에 쇼타는 아무런 위로의 말도 못하고, 그저 난감해 할 뿐이었다. "대체 뭐가 어떻게 된 거지? 나는 네가 화를 낼 일은 하지 않았는데. 뭐가 그렇게 화가 나는 거야?" 라고 들여다보며 어찌할 바를 몰라 하자, 미도리는 눈물을 닦으며, "쇼타, 나 화내는 거 아니야." 라고 한다.

"그러면 왜?"라고 물으니, 슬픈 일은 여러 가지, 이것은 아무래도 찜찜해서 남에게 이야기할 수 없는 것이기 때문에, 아무에게도 터놓을 수도 없다. 말을 하지 않아도 괜스레 뺨이 붉어지고 딱히 뭐라 할 수 없이 차츰차츰 마음이 쓸쓸해지는 것 같다. 모든 것이 어제의 미도리에게는 없었던 것, 뭔가 부끄러운 마음을 말로 표현할 길이 없다. "될 수 있으면 어둑어둑한 방안에서 아무도 말을 걸지도 않고 내 얼굴을 보는 사람도 없이 혼자서 마음대로 아침저녁을 지내고 싶어. 그렇게 하면 이렇게 우울한 일이 있어도 사람 눈을 신경 쓸 일이 없어서, 이렇게까지 수심에 잠길 일도 없을 거야. 언제까지고 언제까지고 인형과 종이인형을 상대로 소꿉놀이만 하고 있으면 좋을 텐데. 아아, 싫다, 싫어. 어른이 되는 것은 싫어. 왜 이렇게 나이를 먹는 것일까? 이제 일곱 달, 열 달, 일 년 전으로 돌아가고 싶은데."라고 늙은이 같은 생각을 하다가, 여기에 쇼타가 있다는 것을 생각하지도 않고 말을 걸면 있는 대로 걷어차며, "돌아가 줘, 쇼타. 제발 돌아가 줘. 네가 있으면 나는 죽어 버릴 거야. 누가 말을 걸면 두통이 나. 말을 하면 눈이 빙글빙글 돌아. 누구라도, 누구라도 나한테 오는 게 싫으니까 너도 제발 돌아 가."라고 평소와는 어울리지 않게 정나미가 뚝 떨어지는 소리를 했다. 쇼타는 까닭도 알 수가 없고 연기 속에 있는 것 같아서, "너, 아무래도 이상해. 이런 말을 할 리가 없는데 이상한 사람이네."라고 좀 분한 마음이 들어, 침착하게 말을 하면서도 눈에서는 마음 약하게 눈물이 고였다. 하지만 미도리가 어찌 그런 것에 신경을 쓸 수 있겠는가? "돌아가 줘, 돌아가 줘. 계속해서 이곳에 있으면 이제 친구도 아니고 아무것도 아니야. 쇼타 싫어."라고 밉살스럽게 하는 말을 듣자, 쇼타는, "그럼, 돌아갈게. 폐 끼쳐서 미안했습니다."라고 하며 목욕탕 물을 보고 있는 어머니에게 인사도 하지 않고 홱 일어나서 마당 끝으로 해서 달려 나갔다.

16

쇼타는 곧장 내달려서 사람들 사이를 헤치고 문방구 가게 안으로 뛰어 들어갔다. 그러자 산고로는 어느새 장사를 마치고, 배두렁이 속 지갑에 약간의 돈을 짤랑거리며 동생들을 데리고 와서는, "가지고 싶은 것 있으면 다 사."라고 신나게 형 노릇을 하는 중이었다. 그곳에 쇼타가 뛰어 들어온 것이다. 산고로는, "이야, 쇼타, 안 그래도 지금 너 찾고 있었어. 나, 오늘 꽤 벌었어. 뭔가 한턱 쏠까?"라고 하자, "바보 같은 소리. 내가 너한테 얻어먹을 일이 있겠냐? 입 닥치고 있어. 건방 떨지 말고."라고 평소와 달리 말이 거칠다. "그럴 게재가 아냐."라고 하며 우울한 표정을 하자, "무슨 일이야, 무슨 일? 싸웠어?"라고 산고로가 먹다 만 팥빵을 품속에 구겨 넣고, "상대가 누구야? 류게지냐? 조키치? 어디에서 시작됐지?

유곽 안 도리이鳥居[86] 앞에서? 축제 때하고는 다를 걸. 불시에 공격을 당하지만 않으면 지지는 않아. 내가 알지. 선수를 쳐야지. 쇼타, 마음 단단히 먹고 달려들어야 해."라고 당장 달려들 기세다. "어이쿠, 눈치도 빠르네. 싸운 거 아냐."라고 했지만, 정작 마음이 갑갑한 이유는 말을 하기 어려워 입을 다물자, "그래도 네가 대단한 기세로 뛰어들길래 나는 필시 싸웠다고만 생각했지. 하지만 쇼타, 오늘밤에 시작하지 않으면 이제 앞으로 싸움이 벌어지지는 못할 거야. 조키치 자식, 한쪽 팔이 없어지는 걸."라고 한다. "왜 한쪽 팔이 없어진다는 거지?" "너, 몰랐어? 나도 지금 막 우리 아버지가 류게지 아주머니하고 이야기하는 것을 들었는데, 신뇨는 이제 곧 어디 스님 학교에 들어간대. 법의를 입으면 이제 손을 내밀 수는 없지. 저렇게 영 펄럭거리는 끔찍한 긴 옷을 걷어 올리는 것이니 말이야. 그렇게 되면 내년부터 요고초패도 그렇고 오모테마치패도 그렇고 모조리 네 수하에 들어오는 거야."라고 산고로는 부추긴다. "그만 둬. 2전 받으면 조키치 편이 될 것이면서. 너 같은 것 같은 편이 백 명 있다고 해도, 조금도 기쁘지 않아. 붙고 싶은 곳 있으면 어디든 가서 붙으라구. 나는 남은 못 믿어. 진짜 실력으로 한 번 류게지하고 한 번 해 보고 싶었는데 말야. 다른 곳으로 가 버린다면 어쩔 수가 없지. 후지모토는 내년에 학교를 졸업하고 나서

---

86 신사(神社) 입구에 세운 기둥 문.

갈 거라고 들었는데, 왜 그렇게 빨라진 거지? 어쩔 수 없는 녀석이
네."라고 혀를 끌끌 차면서, 그것은 전혀 마음에 두지도 않고 미도
리의 태도가 자꾸만 생각이 나서, 쇼타는 늘 부르던 노래도 나오지
않는다. 대로에 오가는 사람들이 엄청나게 많은 것도 마음이 쓸쓸
해서 활기차 보이지도 않고. 저녁때부터 문방구에서 뒹굴거리며
오늘의 도리노이치酉の市는 여기도 저기도 뒤죽박죽 이상하게 되
었다.

　　미도리는 그 날을 시작으로 하여 완전히 다른 사람이 된 것처
럼 행동했다. 볼일이 있을 때는 유곽의 언니에게 가기는 가지만,
동네에서는 전혀 놀지 않게 되었다. 친구들이 심심해 하며 같이 놀
자고 찾아가면, "금방 갈게, 금방 갈게."라고 빈 말만 뿐 약속을 지
키지 않았고, 그렇게 사이가 좋았었던 쇼타도 가까이하지 않으며,
늘 부끄러운 듯이 얼굴만 붉히며 문방구에서 손춤을 추던 활발함
은 다시 보기 어렵게 되었다. 그것을 사람들은 이상하게 여겨 병이
난 게 아닌가 하여 걱정하는 사람도 있었지만, 어머니는 혼자 미소
를 짓고는, "곧 말괄량이 본성이 드러나겠지요. 잠시 잠잠해진 거
죠."라고 뭔가 내막이 있는 듯이 말하여, 모르는 사람들은 아무것
도 모르고, "여자답게 얌전해졌네."라고 칭찬을 하는 사람도 있는
가 하면, "모처럼 재미있던 아이가 아무 쓸모가 없게 되었네."라
고 비방을 하는 사람도 있었다. 오모테마치는 갑자기 불이 꺼진 듯
쓸쓸해지고 쇼타의 미성美聲이 들리는 일도 드물어졌다. 그저 밤

이면 밤마다 유미하리등롱弓張灯籠[87], 그 불빛에 일수 돈을 받으러 둑방을 가는 아주 추워 보이는 모습이 또렷하게 비쳤고, 가끔씩 동행을 하는 산고로의 목소리만 언제까지고 변함없이 익살스럽게 들렸다.

류게지의 신뇨가 자기 종가宗家의 수업을 받으러 떠났다는 소문도 미도리는 끝내 듣지 못했다. 옛날 그대로의 성격을 잠시 감추고 요 며칠 사이 일어난 이상한 현상에[88] 자기자신이 자신 같지 않아 그저 무슨 일이든 부끄러워하기만 할 뿐이었지만, 어느 서리 내린 날 아침, 수선화 조화를 격자문 밖에서 꽂아 둔 사람이 있었다. 누구의 짓인지 알 길이 없었지만, 미도리는 아무 이유도 없이 그리운 마음에 높이가 서로 다른 선반의 작은 꽃병에 꽂고 쓸쓸하게 청초한 모습을 들여다보고 있었는데, 무심결에 듣기로 그 다음날은 신뇨가 뭐 학림學林에서 소매의 색을 바꾸어 버린 당일이었다 한다.

(『문학계文學界』1895년 1, 2, 3, 8, 11, 12월 / 『문장구락부文藝俱樂部』 1896년 4월 일괄 게재)

---

87 활 모양으로 굽은 대막대기 아래위 양끝에 걸게 된 초롱.
88 초경을 말함.

가는 구름

상

사카오리노미야酒折の宮, 야마나시노오카山梨の岡, 시오야마鹽山, 사케이시裂石, 이런 지명은 아마 도쿄 사람들 귀에 익지는 않을 것이다. 힘든 고보토케小佛와 사사고笹子를 넘어 사루바시猿橋에서 흘러가는 강물을 보고 있자니 현기증이 날 지경, 쓰루세鶴瀬, 고마카이駒飼에는 이렇다 할만 한 마을도 없는데, 가쓰누마초勝沼の町라고 해도 도쿄에서 보면 변두리일 것이고, 고후甲府는 그야말로 크고 훌륭한 건물이 있고 쓰쓰지가사키躑躅ヶ崎 성터 등 명소가 있다고는 하지만, 기차편이 좋을 때라면 몰라도 일부러 마차나 인력거로 하루 밤낮을 흔들리며 애써 에린지惠林寺의 벚꽃을 보러 가는 사람은 없을 것이다. 다른 사람들은 모두 하코네箱根, 이카호伊香保 등으로 가는 가운데, 고향이라는 이유 하나만으로 매년 여름에 혼자 정처 없이 구름을 쫓아 야마나시山梨로 돌아가는 것은 어쩔 수 없는 일이지만, 올해는 도쿄를 떠나 하치오지八王子[89]로 발걸음을 옮기는 것이 지금까지 느껴 본 적이 없는 괴로운 일이다. 기억에 없이 괴롭다.

양아버지 세이자에몬清左衛門, 작년부터 몸이 좋지 않아 누웠다 일어났다 한다는 이야기를 듣기는 했지만 평소 건강했던 사람이기에 별 일은 없을 거라고 생각하고 의사의 지시만 전달하고, 자신은 구름 사이를 날아다니는 새처럼 날개를 활짝 펴고 자유로운 서생의 신분으로 조금 더 놀 생각으로 있었는데, 얼마 전에 고향에서 소식이 오기를,

"큰 어르신의 병세는 도련님이 떠난 후 별 차도가 없지만, 하루하루 성격이 급해지고 고집을 부리시는데, 이는 나이 탓인지 모르겠지만 주변 사람들도 비위를 맞추는 것이 너무 힘들어서 그것이 걱정입니다."

라고 왔다.

"나 같은 늙은이야 그럭저럭 지낼 수 있지만, 그래도 너무 경우에 없이 억지를 부리고 갑자기 사람을 닦달을 하실 때는 대책이 없습니다. 게다가 얼마 전부터는 자꾸만 도련님을 가까이에 불러다가 하루라도 빨리 집안을 잇게 하고 당신은 뒤로 물러나서 편안히 지내고 싶다고 하십니다. 이는 당연한 일로 친척 일동들도 동의를

---

89 철도는 하치오지까지 있었고, 그 이후는 마차나 인력거를 이용해야 했다.

했습니다. 저는 처음부터 도련님을 도쿄로 내보내는 것이 마음에 들지는 않았어서, 이렇게 말씀드리면 실례입니다만, 학문은 어중간하게 해 봤자 아무 소용도 없는 것, 아카오노히코赤尾の彦의 아들처럼 정신이 이상해져서 돌아오는 사람도 보았습니다. 물론 총명한 도련님은 그럴 염려는 없겠지만, 방탕해지기라도 하면 돌이킬 수가 없을 테고, 지금 시점에서 약혼을 하신 아가씨와 결혼을 해서 집안을 이어도 빠른 나이는 아닐 테니 저도 대찬성입니다. 아마 그곳 도쿄에서는 하시던 일도 있으실 테니 그것을 정리를 하고, 사람은 떠난 자리가 깨끗해야 한다고, '오후지大藤의 대자산가의 아들 소리를 듣는 노자와 게이지野澤桂次는 생각이 틀려먹은 녀석이다, 다른 사람에게 돈을 빌리고 남에게 책임을 떠밀고 도망을 쳤다' 이런 소리 듣지 않도록, 우편환에 적혀 있는 만큼의 돈을 보내니 만약 금액이 부족하면 우에스기上杉 님께 대신 갚아 달라고 부탁을 해서 만사 깨끗이 정리하고 돌아오세요. 돈으로 망신을 당하시면 금고를 맡고 있는 저희들이 면목이 없습니다. 방금 전 말씀드린 바와 같이, 참을성이 없어진 큰 어르신께서 목이 빠져라 기다리시며 재촉을 하고 계시니, 그쪽 볼 일이 정리되는 대로, 하루라도 빨리 돌아오셨으면 합니다."

출퇴근을 하는 로쿠조六藏라는 지배인이 이런 편지를 써서 보내니, 싫다고 할 수도 없는 노릇이다.

그 집에서 태어난 친 아들이면 이런 편지가 열 번이고 스무 번이고 와도, "모처럼 마음을 먹고 공부를 시작했으니 일단 학문을 마칠 때까지는 불효의 죄를 용서하세요."라고 편지를 쓰면, 그런 고집이 통할 수도 있겠지만, 어려운 것은 양자의 처지인지라, 게이지는 다른 사람의 자유를 몹시 부러워하며, 장래가 마치 쇠사슬에 묶여 있는 것 같았다.

일곱 살 때부터 가난한 본가에서 양자로 보내어져서, 만약 그대로 있었더라면 맨발에 엉덩이까지 오는 한텐을 입고 논밭으로 도시락을 나르고 밤에는 소나무뿌리에 붙인 불빛을 의지하여 짚신을 짜며 마부꾼들이 부르는 노래를 부르고 있었을 처지이다. 그런데 이목구비가 어딘가 모르게 죽은 큰 아들을 닮았다고 하여, 지금은 죽고 없는 주인아주머니가 예뻐해서, 처음에는 부잣집의 어르신이라고 부르면 존경했던 그 사람을 아버지라고 부르게 된 것은 복을 받은 일이다. 하지만 그것은 반드시 복을 받은 것이라고만은 할 수 없는 사정이 그 안에 있었다. 게이시보나 여섯 살 아래인 열일곱 살 된 오사쿠ぉ作라는 딸이 있는데, 무지한 시골처녀로 아무래도 그녀를 아내로 삼아야 했다. 그래도 고향을 떠나기 전까지는 그것을 그렇게 불운한 인연이라고 생각지는 않았다. 하지만 요즘에는 보내오는 사진을 보는 것만으로도 마음이 무거워지고, 이런 아내를 데리고 야마나시의 히가시고오리東郡에 칩거하듯이 묻혀 사는 것이 내 운명인가 하고 생각하니 남들로부터 부러움을 사는 양조업자의 재산은 별로 중요하지 않은 것 같기도 했다. 설령 집안을 잇는다고 해도 친척들의 간섭이 심해서 일 전 한 푼 내 마음대로 할 수 없고, 말하자면 창고지기 신세로 일생을 마칠 것을

생각하니, 마음에 들지 않는 아내가 점점 더 무거운 짐이 되어, 세상에 의리라는 번거로운 것만 없으면, 창고의 재산을 주인에게 돌려주고 긴 인생의 짐이 될 아내도 다른 사람에게 양보한 후, 나는 이 도쿄를 십 년이고 이십 년이고 떠나고 싶지 않았다. 왜 그러냐고 묻는 사람이 있다면 시원하게 이유를 못 댈 것도 없지만, 솔직하게 말하자면 이곳 도쿄에 혼자 두고 가기에 아까운 처녀가 있어서, 헤어져서 얼굴도 보지 못할 것을 생각하면 지금부터 가슴이 먹먹하여 저절로 마음이 무거워지는 원인이 되고 있다.

게이지가 지금 있는 이 집은 양아버지의 인연으로 큰아버지, 큰어머니 뻘 되는 사이이다. 이 집에 처음 온 것은 열여덟 되던 해 봄, 집에서 지은 줄무늬 기모노에 소매를 집어 올린 것이 촌스럽다고 웃으며, 겨드랑이 아래쪽으로 터진 소매부분을 막아 어른스럽게 고친 이래로 스물둘이 된 오늘날까지 반쯤은 다른 곳에서 하숙을 했다고 어림잡아도 적어도 아마 삼 년간은 신세를 지고 있으니, 백부의 건실한 성격이 까다로워 아무에게나 고집을 부리면서도 오로지 마누라한테만은 부드러운, 그 이상한 성격을 이해했고, 또 큰 어머니라는 사람이 말만 번지르르해서 아무한테도 진심으로 친절하지 않고 자신의 욕심을 채울 수 없어 보이면 미소를 짓던 입도 꾹 다물어 보이는 계산적 성격도 거듭되는 경험으로 대충은 파악을 했다. 그런 이 집에 있을 생각이라면 돈 문제가 깔끔해서 손해를 끼치지 않고 겉으로는 어디까지나 시골 서생이 눌러앉아 신세를 지고 있는 것으로 해 두지 않으면, 첫째로 큰어머니의 비위를 맞출 수가 없다. 우에스기라는 성을 좋은 구실로 삼아 자신의 집안은 다이묘大名[90]의 분가입네 하며 더없이 거들먹거리는 큰어머니는, 하녀들에게 자신을 마님으로 부르게 하며 옷은 옷자락이 질질 끌리도록 길게 입고 돌아다녀서 볼일을 보고 나면 어깨가 뻐근하다고 한다. 고작 월급 30엔을 받는 회사원의 아내가 이런 형상으로 집안을 꾸려나갈 수 있는 것은 확실히 이 여자의 능력 덕분으로, 그것으로 남편이 번쩍번쩍 빛이 나면 모르겠지만, 실례가 되는 것은 노자와 게이지野澤桂次라고 버젓이 제대로 된 이름이 있는 남자를, 뒤에서는 우리 집 서생이라고 함부로 불러대며 마치 문지기처럼 이야기하는 것은 어처구니 없기가 절정에 이른 것이다. 그렇지 않아도 가까이 가고 싶지 않은 이유는 충분히 있지만, 그렇다고 해서 이 집을 떠날 수도 없고 찜찜한 기분으로 하숙생활을 하려고 했다가도 2주 정도 지나면 다시 찾아오게 된다.

10년 정도 전에 죽은 전처 소생인 오누이縫라는, 지금 여주인에게는 의붓자식인 딸이 있다. 게이지가 처음 보았을 때는 열서너 살이었는데, 머리는 위에서 한가운데를 열십자 모양으로 갈라서 묶고, 거기에 빨간 천으로 장식을 해서 얼굴은 어려 보이지만 새어머니 밑에서 자라는 아이는 어딘가 모르게 어른스럽다고 딱하게 여기는 것은 자신도 다른 사람 손에 자랐기 때문에 동정을 해서이

90 에도시대에 봉록이 1만 석 이상인 무가(武家).

다. 무엇을 해도 매사에 어머니를 어려워하고 아버지의 눈치까지 보게 되어, 자연히 말수도 적어지고, 얼핏 보기에는 참하고 온순해 보이기만 하는 아가씨로 특별히 똑똑해 보인다거나 성질이 급해 보이지는 않는다. 아버지도 어머니도 모두 살아 있어서 집안에만 틀어박혀 있어도 괜찮을 아가씨가, 사람들 눈에 띌 만큼 재원이라는 말을 듣는 것은 아마 말괄량이에 경박한 사람으로 응석을 부리며 제멋대로 굴고 조심성이 없이 거만하기 때문에 생기는 평판으로, 무슨 일이든 신중하고 삼가 조심하는 마음이 있으면 열 가지 재능이 있어도 일곱으로 보여 셋 정도는 손해를 보는 것이라며, 게이지는 고향에 있는 오사쿠와 비교까지 하고 결국에는 오누이의 처지가 마음 아프게 여겨져 큰어머니의 거만한 얼굴을 보는 것은 너무너무 싫지만 그 거만한 큰어머니에게 그 온순한 성격으로 아무것도 아닌 것처럼 시키는 대로 따를 것을 생각하니, 하다못해 가까이에 있으면서 마음이라도 함께 하며 위로해 주고 싶었다. 이는 자기가 생각하기에도 만약 다른 사람들이 알게 되면 이상해 할 것 같기는 하지만, 오누이의 일이라면 자기 일처럼 기뻐하고 슬퍼하며 지냈는데, 그런 오누이를 내버려 두고 지금 자기가 고향으로 돌아가 버리면 남아 있는 오누이가 얼마나 외로울까, 가엾은 것은 의붓딸의 신세, 한심한 것은 양자인 나라고 하며, 새삼 세상이 재미없게 여겨지는 것이었다.

중

　새엄마 손에 자란 아이라고 모두들 말을 하지만, 그 중에서도 여자 아이가 티 없이 자라기는 힘이 드는 일이다. 조금 평범해서 따돌림을 당하는 굼뜬 아이는 심보가 나쁘고 쇠고집이라고 하며 사람들이 싫어하고, 눈치가 빠른 아이는 약삭빠른 근성이 생겨서 가면을 쓴 겉으로만 대단한 사람이 되는 경우도 있으며, 반듯하고 정직한 성격을 가진 아이는 비뚤어진 아이로 오해를 받아 평생 손해를 보게 되는 것 같다. 우에스기 오누이라는 아가씨는 게이지가 열을 올릴 만큼 용모도 보통 이상이고 읽기, 쓰기, 주판 같은 것은 소학교에서 배운 것 정도는 할 줄 알며, 자기 이름하고 관련이 있는 바느질[91] 솜씨는 바지 정도는 거뜬히 만들 수 있을 정도로 좋다. 열 살 무렵까지는 나름 장난도 심해서, 여자아이가 참, 하며 돌아가신 어머니의 이맛살을 찌푸리게 하기도 했고 옷을 뜯어먹기도 해서 잔소리도 많이 들었다. 지금의 어머니는 아버지의 상사였던 사람의 숨겨 둔 처인지 첩인지 해서 여러 가지로 어려운 사람이라고 하는데, 의리상 아내로 맞이하지 않으면 안 되는 사정이 있어서 맞이한 것인지, 아니면 아버지가 좋아서 받아들인 것인지 그 점은 확실하지 않지만, 세력이 강해서 마누라천하와 같은 상황이다. 그

---

91 오누이의 '누이(縫)'는 일본어로 '꿰매다'라는 뜻.

러니 의붓자식의 신세인 오누이가 이러한 처지에 울고 있는 것은 당연하여, 말을 하면 흘겨보고 웃으면 화를 내고 눈치껏 하면 약삭빠르다고 하며 조심스럽게 하면 미련하다고 야단을 친다.

갓 돋아난 떡잎에 눈과 서리가 내려 이래도 죽지 않고 자랄 거냐 라고 짓누르는 상황이니, 그것을 견디고 똑바로 자랄 수 있는 사람은 없다. 울고 울고 울다 지쳐 하소연을 하고 싶어도 아버지는 쇳덩어리처럼 차가워서 미지근한 물 한 잔도 주지 않을 만큼 매정하니, 하물며 남에게 어찌 불평불만을 털어놓을 수 있단 말인가?

초열흘에 야나카谷中의 절에 있는 어머니의 무덤을 찾는 것을 낙으로 삼고, 붓순나무와 선향을 받치기도 전에, 어머니, 어머니 저를 데리고 가 주세요라고 하며 석탑을 끌어안고 뜨거운 눈물을 흘리며 펑펑 우니, 그것을 이끼 낀 무덤 아래에 계신 어머니가 들으면 돌비석이라도 들어올리고 밖으로 나올 것이다. 죽으려고 우물 가장자리에 손을 얹고 물속을 들여다 본 적도 서너 번에 이르지만, 곰곰이 생각해 보면 무정하기는 해도 아버지인 것은 틀림없으니 내가 죽어서 좋지 않은 소문이 나면 그 수치는 다름 아닌 아버지에게 돌아갈 것이다. 죽는 것도 분에 넘치는 신세라고 각오를 하고 마음속으로 빌며, 아무래도 죽지도 못하는 세상 살아서 눈을 뜨고 지내고자 하니, 누구 못지않게 슬프고 괴로운 것이 참기 힘들다. 평생 50년 동안 장님으로 살다가 끝나면 아무 일이 없겠지 라고 하며, 이후로는 오로지 어머니의 비위를 맞추고 아버지의 마음에 들고자 일체 내 몸은 없는 것으로 치고 열심히 일을 하면 집안에 평지풍파도 일지 않고, 모든 것이 무탈하게 끝나지 않을까? 이를 세상 사람들은 어떤 눈으로 볼까? 어머니는 말은 번지르르해서 사람들로부터 외면을 당하지 않게 하는 데 능하여, 자기 한 몸 없는 듯 하며 어둠을 헤매는 딸보다는 한 수 위로 평판이 나쁘지는 않은 것 같다.

오누이는 아직 나이도 어리고 게이지의 친절이 기쁘지 않은 것도 아니다. 부모에게서조차 버려지다시피 한 나 같은 것을 마음을 쓰며 귀여워 해 주시는 것은 황송하게 생각하지만, 게이지가 오누이를 생각하는 마음이 깊은 데 비해서, 오누이의 마음은 훨씬 더 침착하고 냉정해서,

"오누이, 나 드디어 내일 고향으로 내려가는데, 그러면 너는 어떤 생각이 들 것 같아? 아침, 저녁 손이 줄고 귀찮은 일이 줄어 들어서 편해졌다고 기뻐할까, 아니면 가끔씩 떠들기를 좋아하는 수다쟁이인 내가 없어졌으니 쓸쓸해졌다고 기억을 해 줄까? 어떨 것 같아?"

라고 물으니,

"그야 당연히 온 집안이 쓸쓸해지겠죠. 이곳 도쿄에 계셔도 한 달씩 하숙집으로 나가 계실 때는 일요일이 기다려져서 아침에 문이 열리면 발소리가 들리지 않을까 하고 생각하는 것을, 고향으로 돌아가시면 도쿄에 오시는 것도 쉽지 않을 테니 또 얼마나 오래 동안 헤어져 있어야 할까요? 그래도 철도가 다니게 되면 가끔씩 와 주시겠지요? 그렇게 되면 기쁠 텐데요."

라고 한다.

"나도 고향에 돌아가고 싶어서 돌아가는 것이 아니야. 이곳에 있을 수 있으면 돌아가고 싶지도 않고, 또 형편이 되면 돌아와서 신세를 지고 싶기도 해. 될 수 있으면 잠깐 돌아갔다가 곧 도쿄로 올라오고 싶어."

라고 가볍게 말하자,

"그래도 당신은 일가의 주인이 되어서 집안일을 지휘해야 하잖아요. 지금까지처럼 편안한 신분으로 계실 수 없을 거예요."

라고 꼭 짚어 말을 한다.

"그러면 정말이지 큰 재난을 당했다고 생각해 줘. 나의 양가는 오후지무라大藤村의 나카하기와라中萩原라고 해서, 바라다보이는 곳 모두가 덴모쿠산天目山, 대보살언덕大菩薩峠의 산봉우리 봉우리가 울타리를 만들고, 서남쪽으로 우뚝 솟은 하얀 후지富士 봉우리는 그 모습을 아껴서 면영을 잘 보여 주지 않지. 겨울에는 바람이 눈보라를 일으키며 인정사정없이 몸을 에일 듯 불어대고, 생선이라고는 고후까지 50리는 가서 잡아야 겨우 다랑어회 맛을 볼 정도야. 너는 모르겠지만, 아버님께 물어 봐. 그곳은 아주 불편하고 불결해서 여름에 도쿄에서 돌아가 있을 때는 참기 어려울 때가 있어. 나는 그런 곳에 꼭 묶여서 재미도 없는 일에 쫓기며 만나고 싶은 사람도 만나지 못하고 보고 싶은 곳도 제대로 가지 못하고 힘든 세월을 보내야 한다고 생각하니 가슴이 답답해지는 것도 당연하지. 하다못해 너만이라도 나를 불쌍히 여겨 줘. 불쌍하지 않아?"

라고 한다. 오누이가,

"당신은 그렇게 말씀하셔도 어머니는 부러운 신분이라고 하셨어요."

라고 대답하자,

"대체 뭐가 부러운 신분이라는 거지? 이곳에서 내가 행복이라는 것을 생각해 보니, 고향으로 돌아가기에 앞서 오사쿠가 급사를 하는 일이 일어나면, 외동딸의 일이니 아버지도 깜짝 놀라 집안 상속 문제 같은 것은 중지를 할 테고, 그러는 동안에 많지는 않지만 번거롭게 재산이 좀 있으니 피 한 방울 섞이지 않은 타인인 내게 재산을 넘기는 것이 아까워질 것이야. 아니면 친척 중 욕심이 있는 사람은 가만히 있지 않고 움직일 것이 뻔해. 그렇게 되는 날에는 조금만 일이 잘못되어도 나는 순조롭게 연이 끊어져서 들판에 우뚝 선 삼나무가 될 것이야. 그렇게 되면 나는 사유의 몸이 되니 그때 행복이라는 말을 해 주길 바래."

라고 하며 웃는다. 오누이는 어이없어하며,

"당신, 제정신으로 하시는 말씀이에요? 평소에는 마음이 따뜻한 분이라고 생각했는데, 오사쿠에게 급사를 하라니 아무리 뒤에서 하는 농담이라 해도 너무해요. 오사쿠 씨가 불쌍해요."

라고 눈물을 글썽이며 오사쿠를 감싼다. 그러자,

"그건 네가 당사자를 보지 않아서 불쌍하다고 생각할지 모르지만, 오사쿠보다는 나를 불쌍히 여기는 것이 좋을 것이야. 눈에 보이지 않는 줄에 묶여 끌려 다니는 나에 대해서는 진심으로 아무 생각도 해 주지 않고, 마음대로 하라는 식으로 전혀 이해해 주려는 모습이 보이지 않아. 지금도 말로는 없어지면 쓸쓸하겠지라고 하지만, 그런 사람 빨리 나가 버려, 라고 빗자루질을 하고, 나가 버린 후에는 속 시원하다 하며 소금을 뿌릴지도 모르지. 나 혼자 신이 나서 폐를 끼치고 오래 눌러 붙어 있으면서 신세를 졌으니 면목이 없네. 싫어 죽겠는 시골로 돌아가기는 해야 하고 정이 들었다고 생각하는 너는 이렇게 나 몰라라 하니, 결국 세상은 이렇게나 재미가 없는 것이군. 그러면 마음대로 하는 수밖에 없겠네."

라고 일부러 삐친 척 하며 뚱한 표정을 지어 보인다. 오누이는,

"노자와 씨 정말이지 어떻게 되신 거 아니예요? 뭐가 그리 거슬린 것이죠?"

라고 아름다운 눈썹에 주름을 모으며 노자와의 마음을 이해하기 어려워하는 모습.

"그야 물론 정상인의 눈으로 보면, 미친 사람처럼 보이겠지. 내가 생각해도 미친 것 같지만, 미친 사람이라고 해서 이유도 없이 미치는 것은 아니고, 여러 가지 일이 겹쳐져서 두뇌가 뒤얽혀 버려 일어나는 일이지. 내가 미쳐서 그러는 것인지 열병에 걸려 그러는 것일지 모르겠지만, 제 정신인 당신이 생각지도 못한 일을 생각하며 남 몰래 울고 웃으며, 행여 어렸을 때 찍은 천진난만한 어떤 사람의 사진을 받고는 그것을 밤이나 낮이나 꺼내 보고 얼굴을 직접 보고서는 하지도 못할 말을 늘어놓는다거나, 책상 서랍에 정성껏 간수해 두고 잠꼬대를 하거나, 꿈을 꾸기도 하며 평생 그렇게 산다

면, 사람들은 필시 큰 바보라 생각할 것이고, 그렇게 바보가 되어서까지 서로 생각하는 마음이 통하지 못하고 인연이 없는 것이라면, 하다못해 말이라도 따뜻하게 해서 성불을 하게 해 달라고 하면 좋을 것을, 모르는 척하고 매정한 소리만 하며 와 주지 않으면 쓸쓸하겠지요 정도의 말만 하다니 너무 심하지 않아? 제 정신인 너는 어떻게 생각하는지 모르겠지만, 나처럼 미치고 보면 네 마음이 너무 매정한 것 같아서 원망스러워. 여자가 좀 더 상냥해도 되지 않냐 말이야."

라고 단숨에 퍼부어댄다. 이에 오누이는 뭐라 대답을 해야 할지 몰라,

"제가 무슨 말을 해야 할지 말재주가 없어서, 대답도 못하겠고 그저 마음만 졸이고 있습니다."

라고 하며 몸을 움츠리고 뒤로 물러난다. 게이지는 맥이 탁 풀리고 급기야는 머리가 무거워졌다.

우에스기가의 옆집은 무슨 종宗인지 모르지만 절로, 넓디넓은 마당에 복숭아나무와 벚나무 등 여러 가지 나무가 심어져 있다. 2층에서 내려다보면 구름이 쭉 깔린 천상계와 같아서, 꽃잎은 허리까지 오는 검은 승복을 입고 비에 젖어 있는 관음상의 어깨며 허리며에 팔랑팔랑 떨어져 있고, 그 앞에 바친 붓순나무가지에도 쌓여 있는 것이 아름다우며, 그 밑으로 지나가는 아이 보는 애의 머리에 두른 수건에도 마치 잠깐 머물 곳을 빌려 달라고 하기라도 하듯 하늘하늘 떨어지는 봄의 정경, 어슴프레한 저녁 달빛에 사람의 얼굴

도 아른아른 그늘져 보인다. 바람이 살랑살랑 부는 절 안의 꽃을 작년에도 보고 재작년에도 보고 그 전해에도 보며, 거의 모든 시기를 이 우에스기가를 거처로 삼고 어슬렁어슬렁 찾았던 곳이므로 올해라고 해서 특별히 더 멋지고 아름다운 것도 아닌데, 내년 봄부터는 다시는 들어가 볼 수 없는 곳이 아닌가 하고 생각하니, 비에 젖은 불상도 많이 아쉬워 저녁 식사를 끝내고 초저녁부터 절을 찾아가서 관음상께 합장을 하고는 연인의 앞날을 지켜 달라고 빌었다. 그 마음 언제까지고 변하지 않으면 좋으련만.

하

자기 혼자서만 열을 올려 이명 현상이 나는 것인지 게이지는 열이 심하게 났지만, 오누이는 나무로 만들어진 사람 같아서, 우에스기 집안에는 연애를 둘러싸고 번거로운 일도 일어나지 않았고, 오후지무라에 있는 오사쿠의 꿈자리도 편안한 것 같다. 4월 15일로 귀향 날짜가 정해지고, 선물은 마침 때가 때인지라 청일전쟁의 전쟁화, 대승리 보따리[92], 바클, 하오리 끈, 분, 비녀, 사쿠라카櫻香라는 잡화점의 기름, 친인척이 많아서 각각 향수와 비누 등 여러 가지로 세심하게 선물들을 샀고, 오누이는 게이지의 미래의 아

---

92 청일전쟁 대승리를 축하하여 밀폐된 보따리를 복주머니처럼 만들어 판매한 것.

내에게 주라며 선물 중에 연보라색 속옷의 옷깃에 하얀 모란꽃 무늬가 있는 것을 주니, 그것을 바라볼 때의 게이지의 표정이란 보는 사람이 딱할 정도였다고 나중에 하녀 다케ⁿ가 말했다.

　게이지에게 보내 온 오사쿠의 사진은, 있는데 몰래 감추어 두고 남들에게는 보여 주지 않는 것인지, 아니면 남들 몰래 화로에 넣어 태워 버렸는지, 게이지 이외에는 알 수도 없다. 어느 날 엽서에 용건을 적어 보낸 글씨체는 남자의 것으로 이름도 로쿠조라고 적혀 있었지만, 글씨를 아주 잘 써서 남에게 보여 줘도 부끄럽지 않은 글씨라고 아버지가 자만을 해서 딸에게 편지를 쓰게 한 것이 틀림없다며, 이곳 사모님이 사악한 눈으로 째려보았지만, 필적을 보고 사람의 얼굴을 상상하는 것은 이름을 듣고 사람의 선악을 판단하는 것과 같아서 현대의 서도가 중에는 아리와라 나리히라在原業平[93] 처럼 미남이 아닌 사람도 있다. 하지만 마음씀씀이 하나로 악필이라도 보기 좋게 쓰는 경우도 있을 텐데, 달필인 것처럼 쓰지만 맥락도 없이 휘갈겨 써서 읽을 수가 없게 쓰더라도 어쩔 수가 없다. 오사쿠의 글씨는 어떤지 모르겠지만, 이곳 사모님의 눈에 비친 모습은, 얼굴 폭이 넓고 짧은 얼굴에 눈과 코의 생김새는 나쁘지 않지만, 머리숱이 적고, 목선이 뚜렷하지 않으며 몸체보다는 다

---

93 아리와라노 나리히라(在原業平, 825-880.7.9). 헤이안시대(平安時代) 초기에서 전기에 걸친 귀족, 가인, 헤이제이천황(平城天皇)의 손자. 『이세이야기(伊勢物語)』의 주인공으로 미남의 대명사.

리가 긴 여자로 생각된다고 하는데, 이유는 글씨의 마지막에 덧붙여서 찍는 점이 길어서 보기 싫고 우습기 때문이라고 한다. 게이지는 도쿄에서 봐도 못생긴 편은 아닌데다 오후지무라에서는 히카루겐지光源氏[94]로, 고향에 돌아가면 베를 짜던 여자들이 분칠을 잔뜩 하기 시작할 것이라는 것이 이곳에서의 평판이며, 예쁘지 않은 아내를 갖는 것쯤은 참을 수 있을 터, 가난한 소작인의 아들로 일약 큰 부자의 대를 잇게 된 것이니 말이다 라며, 결국에는 친가까지 들먹이며 쑥덕거리는 것을 큰아버지와 큰어머니도 하나가 되어 조롱투로 하는 말이 게이지의 귀에 들어가지 않아 다행인 것 같기는 한데, 혼자서 딱하다고 생각하는 것은 오누이이다.

짐은 우편으로 먼저 보냈기 때문에 몸만 하나 남아 단촐한 게이지, 오늘도 내일도 친구들을 이리저리 찾아다니며 뭔가 볼일이 있는 것 같다. 겨우 사람 눈이 없는 틈을 타서 오누이의 소매를 붙잡고,

"나는 네가 싫어해서 헤어지지만, 꿈에서라도 조금도 원망하지 않을 것이야. 너는 너의 본래 모습이라는 것이 있어서, 그 시마다마게를 마루마게丸髷[95]로 바꾸어 묶는 날도 올 것이고 아름다운 젖을 귀여운 아기에게 물릴 때도 있겠지. 나는 그저 네가 행복하고 건강하기만을 빌고 있을 테니까, 이 긴 인생을 살아 가기 위해서는

---

94 『겐지이야기(源氏物語)』의 주인공. 기리쓰보(桐壺) 천황과 기리쓰보 고이(更衣) 사이에서 태어난 황자로 너무나 아름다워서 사람들이 '빛나는 왕자(光る君)'라고 불렀다.
95 결혼한 일본 여자의 둥글게 틀어 올린 머리.

부모님께 효도를 하길 바래. 너는 어머니의 뜻을 거스르지는 못하겠지만, 그 점을 제일 조심하라고. 하고 싶은 말은 많고 생각하는 바도 많아서 이 세상이 끝날 때까지 네게 편지를 끊임없이 쓸 생각인데, 너도 열 통에 한 통 정도는 답장을 해 주었으면 해. 잠 못 이루는 가을밤에 그것을 가슴에 품고 너의 환영이라도 보고 싶어."

라고 이것저것 늘어 놓으며 남자가 울면서 흐르는 눈물을 숨기려 얼굴을 위로 하고 손수건으로 닦는 것은 마음 약한 사람처럼 보이지만, 이는 누구나 다 그런 것이다. 지금 돌아가고자 하는 고향이나 양아버지 집안의 일, 자신의 신변에 관한 일과 오사쿠에 대한 생각 등 모든 것을 잊고 세상에는 사람이 오누이 한 명 밖에 없는 것으로 생각되는 것도 심란스럽고, 이런 때 이런 경우에 덧없는 여심을 사로잡아 평생 지워지지 않는 슬픈 면영을 가슴에 새기는 사람도 있지만, 목석 같은 오누이는 무슨 생각을 하는지 눈물을 뚝뚝 흘리며 한 마디도 하지 않는다.

구름다리처럼 덧없는 봄날 밤의 꿈에서 깨니 눈앞에 보이는 것은 산봉우리에 가로로 걸린 구름이 떠나가는 새벽 하늘[96], 따로 들릴 곳도 있어서 신주쿠新宿까지는 인력거가 좋다고 한다. 하치오지八王子까지는 기차로, 내려서는 마차에 흔들리니 얼마 안 가서

---

96 이 구절은 『신고금와카집(新古今和歌集)』에 수록된 후지와라노 데이카(藤原定家, 1162-1241)의 노래. 상구는 사랑에 고민하는 짧은 봄날 밤에 얕은 잠을 자다가 덧없이 깨는 꿈으로 『겐지이야기』의 마지막 권 「꿈속의 구름다리(夢の浮橋)」를 연상시키는 덧없는 사랑이야기이며, 하구는 떠나가는 구름=사람으로 덧없는 심정을 드러낸다.

고보토케小佛 언덕도 넘고, 우에노하라上野原, 쓰루카와鶴川, 노다
지리野田尻, 이누메犬目, 도리사와鳥澤를 지나서 그 날 밤은 사루하
시猿橋 근처에서 자야 했다. 하쿄巴峽의 외침은 들리지 않아도 후에
후키가와笛吹川의 울림에 잠이 깨니 그 울림은 애간장을 녹이는 듯
들리고, 가쓰누마勝沼에서 엽서가 한 장 와 있다. 4일째는 나나사
토七里의 소인이 찍한 봉서가 두 장, 하나는 오누이에게 쓴 것으로
길었고, 게이지는 이렇게 해서 오후지무라의 사람이 되었다.

　세상에 믿지 못할 것은 남자의 마음이라. 가을날 저녁 해가 갑
자기 흐려서 우산도 없는 들판에 비가 몰아치고 만나는 사람마다
모두 난처하다 하지만 그것은 모두 그 때뿐으로, 장래를 서로 약속
한 사이도 아니고 남자의 색을 파는 몸도 아니니 거짓눈물을 흘려
봐야 아무 소용도 없다. 어제 불쌍하다고 여긴 것은 어제 일이고,
오늘의 나는 할 일이 태산 같은 몸이니, 어느새 잊혀진다. 인생 꿈
같고 이슬 같은 세상이라고 하면 그만이지만, 더없이 덧없다. 생각
하면 남자는 약혼자가 있는 몸, 좋든 싫든 이 사람이 세상의 의리
를 져 버리는 것을 감당할 수 있을까? 무사히 〈다카사고高砂〉[97]를
부르니 새로운 부부 한 쌍이 생기고, 결국은 아버지라 불리는 몸이
되어 모든 인연이 이에서 이어져 끊어 내기 어려운 속박이 차차 늘

---

[97] 다정한 노부부(老夫婦)의 전설을 다룬 요쿄쿠(謠曲)의 하나로, 축복하는 뜻에서 혼례
자리에서 많이 불림.

어나니 이제 일개 노자와 게이지가 아니다. 운 좋게 만 엔의 재산이 십만 엔으로 늘어나서 야마나시현의 다액납세자로 이름이 났는지 어떤지 알 수는 없어도, 언약의 말은 항구에 남기고 배는 물 흐르는 대로 사람은 세상에 이끌려 천 리, 이천 리, 만 리. 이곳에서는 삼백 리 밖에 떨어져 있지 않지만, 몸이 멀어지면 마음도 멀어진다고, 꽃이 지고 푸른 잎이 우거질 무렵까지 오누이의 손에 들어온 편지는 세 통, 아주 상세한 내용이 적혀 있었고, 날이 개일 틈도 없이 처마 끝에 장마비가 내려 사람이 그리워질 무렵에는 그쪽에서 여러 가지 추억을 써서 보내 주는 것을 기쁜 마음으로 보았다. 그것도 지나가자 소식은 한 달에 한두 번, 처음에는 서너 번이나 오던 것이 나중에는 한 번으로 된 것을 원망하였으나, 가을 누에 자리를 바꿔 줄 무렵이 되자 두 달에 한 번, 세 달에 한 번, 그러더니 곧 반 년, 일 년, 연하장과 여름에 안부를 묻는 정도가 되어, 편지를 쓰는 것이 귀찮으면 엽서로라도 충분할 텐데. 아, 무상하다, 우습다. 처마끝 벚꽃은 올해도 활짝 웃고, 옆집 절의 관음상은 손을 무릎 위에 올려 놓고 온화한 표정으로 웃으며, 한창 젊은 때의 열정이라는 것을 가엾게 생각하는 것 같은데, 이 냉정한 오누이도 뺨에 미소를 띠며 세상을 살아갈 수는 없는 것일까? 변함없이 아버지의 비위를 맞추고 어머니의 심기를 살피며 없는 사람인 듯 우에스기 가의 안온을 꾀하고 있지만, 서로 꿰맨 마음의 올이 터져 버리면 이는 곤란한 일이다.

(『태양太陽』1895년 5월)

십삼야[98]

상

평소 같으면, 위세 좋게 검은 칠을 한 인력거를 타고 와서 보란
듯이 현관 앞에 세우고, 우리 딸이 아닌가 하며 부모님이 나와서
맞이하게 했을 것이다. 그런데 오늘 밤에는 네거리에서 내려 인력
거는 돌려보내고, 풀이 죽어 힘없이 격자문 밖에 서 있다.

집안에서는 아버지가 여전히 큰 소리로.

"말하자면 나도 참 복 받은 사람 중의 한 명이야. 아이들이 모
두 순하고 착해서 힘들지 않게 키웠다고 사람들이 칭찬을 하지. 분
에 넘치는 욕심만 부리지 않으면 더 이상 바랄 게 없지. 참 고마운
일 아닌가?"

이야기 상대는 필시 어머니일 것이다.

아아, 아무것도 모르고 저렇게 기뻐하시는 것을, 무슨 얼굴로
이혼장을 받아 달라고 말씀을 드릴 수 있단 말인가? 야단을 맞는

---

[98] 달맞이 풍습이 있는 음력 9월 13일 밤. 또는 그 밤의 달.

것은 사필귀정. 아들 다로太郎도 있는데 그 아이를 두고 도망을 치기까지는 여러 가지로 고민에 고민을 거듭하기는 했지만, 지금에 와서 노인네들을 놀라게 하고 지금까지의 기쁨을 물거품으로 만드는 것은 참으로 괴롭다.

차라리 말을 하지 말고 돌아가 버릴까? 돌아가면 다로의 엄마라 불리우며 언제까지고 하라다原田의 사모님. 부모님께는 전도유망한 주임奏任[99] 사위가 있는 몸이라고 자랑을 하게 하고, 나만 검약하게 노력을 하면 가끔은 입맛에 맞는 과자도 사 드릴 수 있고 용돈도 드릴 수 있는데, 내가 고집을 부려 이혼을 하게 되면, 다로에게는 계모의 설움을 겪게 하고 딸 자랑을 하던 부모님의 코는 납작해져서 사람들 입방아에 오르내릴 것도 걱정이 되고 세상물정 모르는 남동생의 장래도 걱정이 된다. 아아, 내 마음가짐 하나로 인해 앞길을 막을 수도 없다. 돌아갈까, 돌아갈까, 그 악마 같은 나의 남편에게 돌아갈까, 그 악마 같은, 악마 남편에게. 아, 싫어 싫어라며 도리질을 치는 순간, 비틀비틀 자기도 모르게 격자문에 부딪혀 쿵하고 소리를 내니, 누구야라고 큰 소리로 묻는 아버지. 지나가던 건달이 장난을 친 것으로 잘못 아신 것 같다.

밖에 서 있는 사람은 호호호하고 웃으며,

"아버지 저예요"

---

99 1945년 이전, 관리 임명 형식의 하나. 내각의 주천(奏薦)에 의해 천황이 임명.

라고 더 없이 귀여운 소리를 내 본다.

"이야, 누구? 누구?"

라고 하며 아버지는 장지문을 열고,

"어이쿠, 오세키ぉ關 아니냐? 왜 그렇게 서 있냐, 들어오지 않구. 그리고 또 왜 이렇게 늦은 시간에 왔어? 인력거도 없이. 하녀도 데려오지 않았냐? 아이쿠, 어서 안으로 들어오너라. 자, 어서 들어와. 뭐 갑자기 놀란 것 같은데, 꾸물거리지 말고 들어오너라. 문은 닫지 않아도 돼. 내가 닫을 테니까. 안쪽이 좋지. 달빛이 비치는 저 안쪽에. 자, 방석에 앉거라. 방석에. 아무래도 다다미가 더러워서 집주인에게 말은 해 두었는데 직인이 일이 있다고 해서 말야. 마음 쓰지 말고 옷이 더러워지니까 그것을 깔고 앉거라. 아니 그런데 어찌 이렇게 늦게 왔느냐? 하라다 댁은 모두 별고 없으신 게지?"

라고 평소와 다름없는 말투로 기쁘게 맞아 주신다. 마치 바늘방석에 앉은 심정으로 사모님 대접을 받으니 한심하여 가만히 눈물을 삼키고는,

"예, 모두 별고 없으세요. 저, 죄송스럽게도 그 동안 연락을 드리지 못했지만, 아버님도 어머님도 건강하시지요?"

라고 물으니,

"아니 뭐, 나야 기침 한 번 하지 않을 정도로 건강하고, 엄마는 마침 피가 돌지 않아서 힘이 들지만 그것도 뭐 이불을 덮고 한 나절만 누워 있으면 씻은 듯이 낫는 병이니 문제는 없지."

라며 껄껄 웃는다.

"그런데, 이노亥之가 보이지 않네요. 오늘밤에는 어디 갔나요? 그 아이도 여전히 열심히 일하고 있지요?"

라고 물으니, 어머니는 기쁜 듯이 차를 홀짝홀짝 마시며,

"걔도 네 덕분에 얼마 전에 월급도 올랐고 과장님도 잘 봐 주셔서 얼마나 마음이 든든한지 모른다. 이것도 역시 모두 하라다 씨하고 연이 있어서 그런 거라고 집에서는 매일 이야기하고 있단다. 얘야, 너도 빈틈이 없겠지만, 앞으로도 하라다 비위에 거슬리지 않도록 잘 부탁한다. 이노는 저렇게 말주변머리가 없어서 어쩌다 뵈어도 인사도 하나 제대로 못 할 것이니, 모쪼록 네가 중간에서 우리들 마음이 잘 전해지도록 해라. 이노의 장래도 잘 부탁해 두려무나.

그런데 환절기라서 날씨도 좋지 않지만, 다로는 여전히 장난이 심하냐? 왜 오늘 밤에는 데리고 오지 않았냐? 할아버지도 보고 싶다고 하셨는데."

라고 하니 새삼 서글퍼서,

"데리고 오려 했지만, 그 아이는 초저녁잠이 많아서 벌써 자길래 그냥 두고 왔어요. 정말이지 점점 더 장난이 심해져서 말도 안 듣고, 밖에 나가면 계속 뒤를 졸졸 따라다니고, 집안에 있으면 제 옆에만 붙어 있어서 정말이지 손이 너무 많이 가요. 왜 그런지 모르겠어요."

라고 말을 하다 말고 아이 생각이 나서 마치 눈물이 가슴 속에서 밀려 올라오는 것 같았다. 눈 딱 감고 두고 오기는 했지만, 지금

쯤 잠에서 깨어 엄마, 엄마 하고 하녀들을 힘들게 하며 떡이나 과자를 준다고 해도 듣지 않아서, 모두가 손을 잡아 끌며 귀신한테 잡아먹히게 한다 하며 겁을 주고 있을 것이다. 아아, 불쌍한 것 하며 소리를 내어 울고 싶은 것을, 부모님이 이렇게나 기분이 좋은 것을 보니 말을 꺼내기 힘들어 담배를 두세 모금 빨며 엄한 연기 핑계를 대고 헛기침을 하며 옷소매로 눈물을 닦는 것이 고작이었다.

"오늘밤은 음력 십삼일[100], 구폐스럽지만 달구경 흉내를 내어 경단을 만들어서 달님에게 바쳤다. 이것은 너도 좋아하는 것이니 별것 아니지만 이노스케亥之助에게 가져다 주라고 하려 했지만, 이노스케도 뭔가 심사가 뒤틀렸는지 그런 짓은 하지 말라고 하고, 십오야에도 주지 않으니까 짝이 안 맞는 달구경이 되어서 재수가 없을 것이고 해서, 너에게 먹이고 싶은 생각은 굴뚝 같았지만 마음뿐으로 줄 수가 없었단다. 그런데 오늘밤 이렇게 와 주었으니 꿈을 꾸는 것만 같고, 정말로 마음이 통한 것 같다. 하라다 댁에서는 맛있는 것이 쌨고 쌨겠지만, 어미가 만든 것은 또 별개이니 오늘은 사모님이라 생각 말고 옛날의 오세키お關가 되어서 체면 차리지 말고 콩이든 밤이든 좋아하는 것을 먹으려무나. 아버지하고 늘 하는

---

100 음력 9월 13일 밤. 1872년 음력에서 양력으로 고쳤지만, 일상생활에서는 음력을 따랐다. 음력 9월 13일 밤은 8월 15일 밤에 대해 훗달(後の月), 두명월(豆明月), 율명월(栗明月)이라고도 불렀다.

이야기인데, 확실히 출세를 하기는 했지만, 사람들이 보는 눈도 훌륭한 만큼 기품이 있는 분들이나 신분이 높은 사모님들하고 어울려야 하고, 어쨌든 하라다의 아내로 살아가는 데는 힘드는 일도 있을 것이다, 일하는 사람들을 부리는 것이나 물건을 사들이거나 하는 일도 그렇고, 남들 위에 있다는 것은 그만큼 마음 쓸 일이 많다는 것인데, 친정이 이 모양이니 더욱더 그럴 것이다. 남들한테 무시당하는 일이 없도록 신경도 써야 할 것이야. 이런 저런 여러 가지 생각을 해서 아버지도 그렇고 나도 그렇고 손자 얼굴도 보고 싶고 자식 얼굴도 보고 싶은 것은 당연하지만, 너무 번거롭게 드나들면 안 되겠다 싶어 조심을 하느라, 잠깐 네 집 앞으로 지나가는 일이 있어도 목면 기모노에 모수자毛繻子로 된 양산을 썼을 때는 뻔히 알면서도 2층 발을 보면서, 아아 오세키는 무엇을 하고 있을까 하고 생각만 하면서 그냥 지나가 버리곤 한단다. 친정이라도 좀 변변하면 너도 좀 기를 펼 수 있을 것이고, 똑같이 시집을 갔어도 조금 더 마음 편히 살 수 있을 것을, 아무리 말을 해도 이 모양이니 달구경 경단을 주려고 해도 찬합 모양 하며 부끄러워하지 않을까, 네 심정이 참으로 신경이 쓰인단다."

라고 하며 기쁜 가운데도 마음처럼 왕래를 할 수 없으니 한바탕 푸념을 늘어 놓으며, 신분이 천한 것을 참담하게 이야기하는 것을 듣고는,

"정말이지 저는 불효자라고 생각합니다. 정말이지 부드러운 고급 옷을 입고 인력거를 부리며 돌아다닐 때는 대단한 것처럼 보

이겠지만 아버지나 어머니에게 해 드리고 싶은 것도 마음대로 할 수 없고, 말하자면 하라다의 아내라는 것은 저의 겉모습일 뿐, 차라리 날일이라도 해서 아버지, 어머니 옆에서 사는 것이 훨씬 기분이 좋을 것 같습니다."

라고 말을 해 버렸다. 그러자 아버지는,

"바보 같이 무슨 소리야? 그런 말, 행여라도 입 밖에 내서는 안 된다. 시집을 간 처지에 친정 부모를 공양한다는 것은 당치도 않은 일. 친정에 있을 때는 사이토齋藤의 딸, 시집에 가서는 하라다의 부인이 아니냐? 이사무勇 씨의 마음에 들도록 집안살림을 잘 돌보기만 하면 아무 문제없다. 힘이 든다고 해도 이런 가난한 집에서 하라다 같은 대단한 집안에 시집을 갔으니 만큼 복을 받은 몸이니 견디지 못할 일은 없을 게다. 여자들은 아무래도 불평, 불만이 많아서 원, 네 어미가 쓸데없는 이야기를 하니 딱하구나. 아니 아무래도 경단을 먹일 수가 없다고 하루 종일 저렇게 안절부절니 말이다. 어지간히 열심히 만든 것 같으니 많이 먹고 안심을 하게 해 주거라. 어지간히 맛있을 거다."

라고 아버지가 수습을 하듯 익살스럽게 이야기하자, 이혼 이야기는 다시 꺼내지도 못하고 권하는 대로 밤과 콩을 고맙게 먹고 말았다.

시집을 간 지 칠 년 동안, 지금까지 밤늦게 친정에 온 일이 없고, 선물도 없이 혼자서 걸어서 오는 일도 전혀 없었다. 그래서인지 입고 있는 옷도 평소처럼 화사하지 않고, 오랜만에 만난 기쁨에 별로 눈치를 채지는 못했지만, 사위에게서 인사말 하나 없이 억지로 웃음을 지으면서 풀이 푹 죽어 있는 것이 뭔가 문제가 없으면 이해가 되지 않아, 아버지는 책상 위에 놓인 시계를 바라보며 어이쿠 이제 곧 열 시가 되는데 세키는 자고 가도 되는 것일까? 돌아갈 것이라면 이제 돌아가야 할 텐데 라며 넌지시 마음을 떠보는 부모의 얼굴. 딸은 새삼 올려다보며,

"아버님, 저 부탁드리고 싶은 일이 있어서 찾아뵈었습니다. 부디 들어 주세요."

라고 하며, 굳은 표정으로 바닥에 손을 짚었다. 그제서야 비로소 눈물 방울 한 방울이 떨어지며 겹겹이 쌓인 근심을 털어 놓기 시작한다. 아버지는 평온하지 않은 모습으로, 새삼 무슨 일이냐 하며 바싹 다가앉으니,

"저는 오늘부로 하라나 집안으로는 돌아가지 않을 생각으로 나왔습니다. 이사무의 허락을 받고 온 것이 아니라, 그 아이를 재우고, 다로를 재우고 이제 다시는 그 얼굴을 보지 않을 결심으로 나왔습니다. 아직 내 손 말고 그 어느 누구의 손에도 맡기는 것을 허락하지 않았을 정도로 사랑하는 그 아이를 속여서 재워 놓고 꿈을 꾸는 사이에 저는 악마가 되어 독한 마음을 먹고 나왔습니다. 아버지, 어머니 제 마음을 부디 헤아려 주세요. 저는 오늘날까지 하라다의 처지에 대해 말씀드린 적도 없고, 이사무와 제 사이를 남에게 이야기한 적도 없습니다. 하지만 백 번이고 천 번이고 다시 생각해도 오늘날까지 이 년이고 삼 년이고 울다 지쳐 이제는 아무

래도 이혼을 하는 수밖에 없다고 마음을 굳혔습니다. 제발 부탁
드려요. 이혼장을 받아 주세요. 앞으로 저는 부업이든 뭐든 해서
이노스케를 도울 수 있도록 힘을 쓸 테니 평생 혼자 살게 해 주세
요."

　라고 하고는 으윽 소리를 내며 소매자락을 입에 무니, 묵으로
그린 대나무 그림이 보라색으로 번져 보이는 것도 애절하다. 이게
대체 무슨 일이냐 라며 아버지도 어머니도 다그쳐 물으니,

　"지금까지는 입을 다물고 있었지만, 저희 집에서 부부가 서로
마주 보고 있는 것을 한 나절만 보고 있으면 대강 이해가 되실 거
예요. 제게 말을 붙이는 것은 볼일이 있어서 퉁명하게 명령을 할
때 뿐, 아침에 일어나서 기분이 어떠냐고 물으면 모르는 척 고개
를 돌려 일부러 정원의 화초를 칭찬해요. 이것도 화가 나기는 하
지만, 남편이 하는 일이니 하며 참고 다툰 일도 없어요. 하지만 아
침을 먹을 때부터 잔소리는 끊임이 없고 일하는 사람들 앞에서 제
가 하는 일이 서툴다느니 예의가 없다느니 호되게 잔소리를 늘어
놓아요. 그래도 그것은 아직 견딜 만 해요. 그 다음에는 무식한 것,
무식한 것 하며 멸시를 해요. 그야 원래 제가 처음부터 화족 여학
교 의자에 앉아서 큰 사람이 아닌 것은 틀림이 없고 동료들의 사모
님들처럼 꽃꽂이니 다도니 노래니 그림이니 배운 적도 없으니 그
이야기 상대를 할 수 없겠죠. 하지만, 할 수 없다면 사람들 모르게
배우게 해 주면 될 것을, 그저 친정이 변변치 못한 집안이라는 것
을 대놓고 떠들어대서 집안에서 일하는 여자들 모두에게 다 알리

지 않아도 되잖아요. 시집을 가서 딱 반 년 정도는 세키야, 세키야 하며 더없이 떠받들어 주더니, 저 애가 생기고 나서는 말하는 것이 완전히 다른 사람이 되어서 생각만 해도 끔찍해요. 저는 어두운 계곡 속에 떨어진 사람처럼 따뜻한 햇빛을 본 적이 없어요. 처음 얼마 동안에는 뭔가 일부러 농담으로 매정하게 대하는 것이라고 생각했지만, 실은 저한테 완전히 싫증이 난 것이에요. 이렇게 하면 제발로 나갈까, 저렇게 하면 이혼을 하자고 할까 하며 괴롭히고 또 괴롭혔어요. 아버지, 어머니도 제 성격은 아시잖아요. 설사 남편이 기생놀음을 하든 첩을 두든 그런 일을 가지고 질투를 할 저도 아니고, 하녀들한테서 그런 소문도 들리기는 하지만 그 정도로 활동을 하는 분이고 남자가 그 정도 신분이 되면 있을 수 있는 일이라고 생각하고, 밖에 나갈 때는 옷가지 하나에도 신경을 써서 기분을 거스르지 않으려고 마음을 쓰고 있었는데, 그서 제가 하는 일은 하나에서 열까지 다 마음에 들어 하지 않고 젓가락 들고 놓는 일까지 들먹이며, 일일이 집안이 즐겁지 않은 것은 아내가 제 역할을 제대로 하지 못해서라는 거예요. 그것도 어떻게 잘못됐다, 어디가 잘못됐다 이야기를 해 줄 것 같으면 괜찮은데, 그저 시답지 않다, 재미가 없다, 이해가 안 된다 하며 도저히 의논 상대가 되지 않는다는 거예요. 그러니까 다로의 유모로서 집에 있게 해 주는 것이라고 비웃을 뿐이예요.

정말이지 남편이 아니라 그 분은 악마예요. 자기 입으로 나가라는 말은 직접 하지 않지만, 제가 이렇게 주눅이 들어서 다로 때문에 참고 무슨 말이든 거스르지 않고 네네 하며 잔소리를 듣고 있으면, 의욕도 없고 생각도 없는 멍청한 것, 네 자체가 마음에 안 들어라고 하세요. 그런가 싶어 조금이라도 제 생각을 이야기해서 맞서려고 하면 그것을 트집 잡아서 나가라고 할 것은 뻔한 이치예요.

저는요, 어머니, 그 집을 나오는 것은 아무렇지도 않아요. 허울만 좋은 하라다 이사무에게 이혼을 당했다고 해도 눈꼽 만큼도 아쉬울 것 없지만, 아무 것도 모르는 다로가 엄마 없는 아이가 되는가 싶은 생각이 들어서, 아무런 의지도 없이 의욕도 없이 오기도 부리지 않고 무슨 일이든 잘못했다고 비위를 맞추며, 오늘날까지 말없이 참고 견디었어요. 아버지, 어머니, 저는 박복합니다.”

오세키가 이렇게 분하고 슬픈 심정을 토로하니, 생각지도 못한 이야기를 들은 양친은 얼굴을 서로 마주보며, 아 그렇게 싸늘한 사이였구나 하고 어이가 없어서 잠시 할 말을 잃었다.

어머니는 원래 자식한테는 약한 법, 이야기를 들을 때마다 하나하나 분이 사무치고, 아버지는 무슨 생각을 하는 지 짐작이 되지 않았지만, 어머니는 다르다.

“애초에 이쪽에서 원해서 시집을 보낸 딸도 아니야. 신분이 천하다고? 학교가 어쨌다고? 참 말도 잘도 같다 붙이네. 그쪽은 잊었는지 모르지만 나는 날짜까지 똑똑히 기억하고 있다고. 오세키가 열일곱 되던 해 설날, 아직 가도마쓰門松도 치우지도 않은 7일 아침에 그랬다고. 옛 사루가쿠초猿樂町에 있던 그 집 앞에서 옆집 여자애하고 하네쓰키를 하다가 그 아이가 친 하얀 하네고가 지나가던 하라다 씨의 인력거에 떨어졌고, 오세키가 그것을 받으러 간 거지. 그 때 처음 보았다고 하며 사람을 놓아서 자꾸만 오세키를 자기한테 달라고 하며 데려가고 싶어 한 거잖아. 이쪽이야 신분으로 봐도 격이 어울리지 않는데다 아직 완전히 어린아이여서 아무 것도 가르치지 못했고 혼수도 지금 처지가 이래서 제대로 준비가 어렵다며 몇 번이나 거절을 했다고. 그런 것을 어려운 시부모가 있는 것도 아니고 내가 원해서 내가 데려가고 싶은 것이니 신분이고 뭐고 아무것도 필요 없으니 말할 필요 없다, 가르쳐야 할 것이 있으면 일단 시집을 오고나서 가르쳐도 충분하니까 아무 걱정 마라, 어쨌든 시집을 보내 주기만 하면 귀하게 여길 테니까 라고 하며 그렇게 불 같이 재촉을 해서, 이쪽에서 원한 것도 아닌데 혼수 장만까지 자기가 다 했지. 그러니까 너는 공주 같이 귀한 아내라고. 나나 아버지가 그 집에 출입을 삼가는 것도 이사무 씨의 신분을 두려워해서가 아니야. 네가 첩으로 들어간 것도 아니고 정당하고 정당하게 하도 부탁을 해서 시집을 간 신부의 부모니 버젓이 고개를 들고 당당하게 출입을 해도 아무 문제 없지만, 그쪽이 훌륭하게 잘 살고 있는데 이쪽이 이렇게 초라한 살림을 하고 있으면 행여 너한테 들러붙어 사위의 도움을 받으려 하나 하고 남들이 뭐라 하면 그 것도 억울하잖아. 오기로 이러는 것은 아니지만 하라다의 신분을 생각해서 최선을 다하고 평소에는 보고 싶은 딸의 얼굴도 참고 안 보고 있었는데. 그런데 세상에 원, 마치 부모도 없는 애를 주워 간 것처럼 일을 잘 하느니 못 하느니 대단한 양 떠들어 대니, 가만히 있으면 한도 끝도 없이 점점 더 심해지고 결국엔 그게 버릇이 될 거라고. 첫째로 부리는 여자들 앞에서 사모님의 위광을 깎아내리면 결국에는 네가 하는 말을 들을 사람도 없고, 다로도 어머니를 그렇게 무시하는 것을 보고 자라면 어떻게 되겠냐는 거야. 할 말은 딱 부러지게 하고 여기가 잘못되었다고 잔소리를 하면 나도 집이 있어요 라고 나왔으면 됐잖아. 정말이지 바보 같이 이 정도로 심한 것을 오늘날까지 한 마디도 하지 않고 있었단 말이냐? 네가 너무 착해서 만만하니까 점점 더 그렇게 제멋대로 하게 된 게지. 듣는 것만으로도 화가 난다고. 이제 우리도 이렇게 뒤에서 보고 있을 수만은 없어. 신분이 뭐라고. 너한테는 아버지도 있고 엄마도 있어. 나이는 아직 어리지만 이노스케라는 동생도 있으니, 그런 지옥 속에서 가만히 참고 있을 수는 없지. 안 그래요? 여보, 당신이 이사무 씨를 한 번 만나서 한번 잘 구슬러 봐요."

어머니는 펄펄 뛰며 앞뒤 가리지 않는다.

아버지는 아까부터 팔짱을 끼고 눈을 감고 있다가,

"아, 여보 거 쓸 데 없는 소리 하지 말라구. 나도 처음 듣는 이야기라 어찌된 일인지 당황스럽다구. 저 무던한 오세키이고 보니, 웬만한 일로 이런 이야기를 하는 것은 아닐 테고, 힘든 것을 이제껏 용케 참아온 것 같구나. 그런데 오늘밤에는 사위는 집에 없냐? 오늘 뭐 특별한 일이라도 있었던 거냐? 이제 이혼을 해야겠다는 말이라도 듣고 온 게냐?"

라고 침착하게 묻는다.

"남편은 그저께부터 집에 들어오지 않았어요. 대엿새 동안 집을 비우는 일은 다반사, 그렇게 이상한 일도 아니지만, 나갈 때 골라 준 옷이 어울리지 않는다며 아무리 잘못 했다고 빌어도 들어 주지 않고 그것을 벗어서 내동댕이치고는 직접 양복을 갈아입고, 아아, 저만큼 불행한 사람은 없을 거예요, 너 같은 마누라하고 살고 있다니 라고 내뱉고는 나가 버렸어요. 글쎄요. 일 년 삼백육십오일 말을 붙이는 일도 없고 어쩌다 붙이는 말이라는 게 이렇게 매정한 말로, 그래도 네가 하라다의 아내라는 말을 듣고 싶은 거냐, 다로의 어머니입네 하는 얼굴을 하고 앉아 있을 생각이냐고 하는 거예요. 저도 제가 어디까지 참아야 하는 것인지 모르겠어요. 이제 저는 남편도 자식도 없는, 시집을 가기 전의 옛날이라고 생각하면 그뿐이에요. 아무것도 모르는 그 천진난만한 다로의 잠든 얼굴을 바라보며 그냥 두고 오기로 한 이상, 이제 아무래도 이사무 옆에 있을 수는 없어요. 부모가 없어도 아이들은 큰다는 말도 있고, 저 같은 불행한 어머니의 손에서 자라는 것보다 새엄마든 첩이든 마음에 맞는 사람한테 키워 달라고 하면 아버지 되는 사람도 조금은 예뻐해서 아이의 훗날에도 도움이 되겠지요. 저는 이제 오늘 밤을 끝으로 절대로 돌아가지 않을 거예요."

끊을 래야 끊을 수 없는 아이에 대한 정 때문에 말은 딱 잘라서 하는 것 같지만 목소리는 떨리고 있다.

아버지는 탄식을 하며, 그것도 무리는 아니지, 그런 하라다의 집에 있는 것은 괴롭겠지, 일이 힘들게 되었군 하며 잠시 오세키의 얼굴을 바라보았지만, 크게 틀어 올린 마루마게 밑동에 금테[101]를 두르고 쪼글쪼글한 비단으로 만든 검은 하오리를 아낌없이 자연스럽게 입고 있는 모습, 내 딸이지만 어느새 사모님 풍모가 물씬 난다. 이런 딸이 머리를 질끈 동여매고 면으로 된 한텐 작업복에 다스키를 걸치고 물일을 하는 것을 어찌 차마 보고 있으랴. 다로라는 아들도 있는데 말이다.

"한 때의 화를 참지 못하고 백 년 만의 행운을 물거품으로 만들어 남들의 비웃음을 사고, 자신은 옛날 사이토 가스베齋藤主計의 딸로 돌아가면, 울든 웃든 다시는 하라다 다로의 어머니로 불리우는 일은 없을 것이다. 남편한테는 미련이 없다지만, 사랑하는 아들의 정은 끊기 어려운 법으로 떨어져서 살면 점점 더 생각이 날 것이며, 지금의 고생을 그리워하는 날도 올 것이다. 이렇게 모양 좋게 태어난 불행한 신세, 어울리지 않는 연을 맺어 얼마간 고생을 시키니 그것 역시 안타까운 마음이 점점 더해 가지만, 아니 오세키, 이렇게 말하면 너는 이 애비가 무자비하고 네 마음을 알아 주지 못한다고 생각할지 모르지만, 절대로 너를 나무라는 것이 아니다. 신분에 서로 차이가 나면 자연히 생각하는 것도 달라져서 이쪽은 진심을 다한다 해도 받아들이기에 따라서는 부족하게 보이는 일도 있을 것이다. 이사무 씨도 저렇게 경우를 아는 현명한 사람이고 학

---

101 머리를 묶어 올린 밑동을 둘둘 마는 장식용 테. 연령에 따라 달랐으며 좋아하는 조각을 한다.

식도 꽤 있다. 아무렇게나 되는 대로 제 멋대로 괴롭히는 것은 아닐 것이다. 원래 세상에서 칭찬을 받는 민완가라는 사람들은 엄청나게 까칠한 법, 겉으로는 모르는 척하고 다니지만 일을 하다 보면 생기게 되는 불평 불만을 집에서 풀게 되는 것이지. 그걸 받아주려면 꽤나 힘이 들기는 할 게다. 하지만 그것은 그 정도의 남편을 둔 아내가 감수해야 하는 역할이지. 구청에 다니는 월급쟁이들이 솥에 불을 때 주는 것하고는 차원이 다른 거야. 그러니까 번거롭기도 하고 어렵기도 할 것이다. 남편 비위를 맞춰 잘 다독여 가는 것이 아내의 역할, 겉으로는 드러나지 않지만 세상에 소위 사모님들이라는 사람들은 모두 재미있고 신나기만 하지는 않을 게다. 나만 그런 건가 하니 그런 원망도 생기는 것이다. 하지만 그것이 세상의 도리인 게야. 특히 이렇게나 신분에 차이가 있으니 남들의 배는 힘든 것이 당연한 것. 네 어미가 주제넘은 이야기를 하기는 했지만, 이노스케가 지금처럼 월급을 받게 된 것도 결국은 하라다 씨가 말을 해 준 덕분이 아니냐? 칠광七光[102] 뿐만이 아니라 십광十光이나 받았고 간접적으로 얼마나 은덕을 입었는지 모를 것이다. 첫째는 부모를 위해, 둘째는 동생을 위해, 자식 다로도 있으니, 오늘날까지 견딘 것을 앞으로 더 못 견딜 일은 없지 않느냐. 이혼장을 들고 나왔지만 좋으냐? 다로는 하라다 집안의 아이, 너는 사이토의 딸,

---

102 부모님의 여덕은 가없음. 오래오래 비치는 부모님의 여광.

한 번 인연이 끊어지고 나면 두 번 다시 얼굴을 보러 갈 수도 없을 게다. 어차피 불행 속에서 울 것이라면 하라다의 아내로서 크게 울어라. 알겠냐? 오세키. 내 말을 알아들었으면 모든 것을 가슴에 담고 아무 일 없었던 것처럼, 오늘밤에는 돌아가고 지금까지처럼 조심하며 살거라. 네가 말을 하지 않더라도 이 부모가 다 안다. 동생도 안다. 눈물은 서로 나누자꾸나."

어쩔 수 없는 운명으로 알고 체념하라고 설득하는 아버지도 눈물을 훔치니, 오세키는 흐흑 하고 울며,

"그러면 이혼을 하겠다고 한 것도 제 멋대로 저지른 일이네요. 정말이지 다로와 헤어져서 얼굴을 보지 못하게 된다면 이 세상에 살아도 사는 게 아니지요. 단지 눈앞의 고통을 벗어난다고 해서 뭐가 어떻게 될까요? 그저 저만 나 죽었다 하고 살면 사방팔방이 평지풍파 없을 것이고, 어쨌든 그 아이도 양친 부모 슬하에서 자랄 수 있는 것을 쓸 데 없는 생각을 해서 아버님까지 마음을 불편하게 했습니다. 오늘밤을 끝으로 이 세키는 죽은 것이고 혼만 남아 그 아이를 지키는 것이라고 생각하면, 남편이 못살게 구는 것쯤이야 백 년도 참을 수 있는 일, 하신 말씀 잘 알겠습니다. 이제 이런 말씀은 다시는 드리지 않겠으니 걱정하지 마세요."

라고 하며 눈물을 닦고는 또 눈물을 흘린다. 어머니는 "아이구 불쌍한 우리 딸."하며 한탄을 하고 또 한 차례 큰 소리로 운다. 눈물의 비에 흐리지도 않은 달도 마침 쓸쓸해 보이고, 집 뒤쪽 둑방에 자연히 난 것을 동생 이노스케가 꺾어다 꽃병에 꽂아 둔 억새가

부르는 손짓도 서글퍼 보이는 밤이다.

친청은 우에노上野의 신자카新坂 아래에 있고, 스루가다이駿河臺로 가는 길이라고 하면 울창한 숲길로 어쩐지 쓸쓸하다. 하지만 오늘밤은 달도 밝디 밝고, 히로코지廣小路로 나오니 낮처럼 밝다. 친정은 인력거꾼을 두고 쓰는 집이 아니니, 길을 가는 인력거를 창문으로 불렀다. 내 얘기를 알아들었으면 어쨌든 돌아가라, 주인이 없는 집에서 말도 않고 외출을 했으니, 그것도 탓을 하려면 탓을 할 수 있을 터, 시각은 좀 늦었지만 인력거로 가면 단숨에 갈 수 있을 것이다, 이야기는 또 들으러 갈 것이다, 우선 오늘밤은 돌아가라 하며, 손을 잡고 데리고 나오는 것도 일을 크게 만들지 않으려는 부모의 마음. 오세키는 지금까지의 자신의 신세를 각오하고,

"아버지, 어머니, 오늘밤의 일은 이것으로 끝입니다. 이제 돌아가고 나면 서는 하라나의 아내입니다. 남편을 비방하는 섯은 미안한 일이니 이제 아무 말도 하지 않겠습니다. 세키는 훌륭한 남편을 가지고 있으니 동생을 위해서도 좋은 힘이 될 것입니다. 아아, 안심이다하고 기쁜 마음으로 계셔 주시면 저는 아무 걱정이 없을 것입니다. 절대로 절대로 나쁜 생각도 하지 않을 것이니, 그 점도 걱정 마세요. 제 몸은 오늘밤을 시작으로 이사무의 것이라고 생각하고, 그 사람이 원하는 대로 뭐든지 하겠습니다. 그럼 이제 저는 돌아갈 게요. 이노스케가 돌아오면 부디 안부 전해 주세요. 아버님, 어머님도 안녕히 계세요. 다음에는 웃으며 올 게요."

라고 어쩔 수 없이 일어서니, 어머니는 얼마 되지 않는 돈이 든

염낭을 들고 나와 스루가다이까지 얼마면 가냐고 문 앞에 서 있는 인력거꾼에게 묻는다.

"아, 어머니, 그것은 제가 내요. 고마워요."

라고 얌전하게 인사를 하고 격자문으로 나와서는 얼굴에 소매를 대고 눈물을 감추며 올라타는 가련함. 집에서는 아버지의 기침 소리, 이것도 눈물에 젖은 목소리.

하

맑고 밝은 달빛에 바람소리 살랑살랑, 벌레 울음소리 드문드문. 서글픈 우에노에 들어서서 아직 일 정町[103] 밖에 오지 못했구나라고 생각하는데, 어찌된 일인지 인력거꾼이 갑자기 인력거를 모는 채를 딱 멈추고는 느닷없이,

"참으로 어려운 말씀이지만, 저는 이만 실례하겠습니다. 차비는 필요 없으니 내리세요."

라고 한다. 생각지도 못한 일이라 오세키는 가슴이 철렁하여,

"아니, 당신 그렇게 말씀하시면 어떻게 해요? 좀 급하기도 하고 수고비는 더 생각해 드릴 테니 좀 수고해 주세요. 이렇게 휑한 곳이라 갈아탈 인력거도 없을 거 아니에요? 당신 사람을 곤란하게

---

103 거리의 단위. 약 109m.

하고 있잖아요. 꾸물거리지 말고 가 주세요."

라고 조금 떨며 부탁하듯이 이야기를 한다.

"돈을 더 받고 싶어서 그러는 것이 아닙니다. 제가 부탁드립니다. 부디 내려 주세요. 이제 인력거를 끄는 것이 싫어져서 그래요."

라고 하니,

"그럼 당신 어디 몸이 안 좋아요? 아, 어떻게 된 거지. 여기까지 와서 느닷없이 싫어졌다고 하면 다가 아니잖아요."

라고 목소리에 힘을 주어 인력거꾼을 야단을 친다.

"죄송합니다. 이제 아무래도 싫어져서요."

라고 하며 등불을 든 채 옆으로 홱 빗겨 섰다.

"당신, 정말 제멋대로 구는 인력거꾼이군요. 그렇다면 약정한 곳까지 가 달라고 하지는 않을게요. 내신 갈아탈 인력서가 있는 곳까지는 가 주세요. 수고비는 드릴 테니, 어디 적당한 곳까지, 하다 못해 히로코지까지는 가 주세요."

상냥한 목소리로 타이르듯이 이야기하니,

"그래요, 젊으신 분이니 이런 휑한 곳에 내려 드리면 필시 곤란하시겠지요. 제가 잘못 했습니다. 그럼 태워 드리지요. 모셔다 드리지요. 아마 놀라셨겠지요."

라고 하는 것이 그리 나쁜 사람 같지는 않고 등불을 바꿔 들고 인력거를 끌기 시작한다. 그제서야 오세키는 가슴을 쓸어내리며 안심을 하고 인력거꾼의 얼굴을 보니, 나이는 스물 대여섯, 얼굴이 검고 덩치는 작고 야위어 보인다. 아, 달빛을 등진 저 얼굴, 누구였지? 누군가를 닮았는데, 이름도 거의 목구멍까지 올라 와서, 혹시 당신, 하고 자기도 모르게 말을 걸어 버렸다.

"네?"

하고 돌아보는 남자.

"어머, 당신은 그 분 아니예요? 설마 저를 잊지는 않았겠지요?"

라고 하며 인력거에서 미끄러지듯 내려가서 찬찬히 살펴보더니,

"당신, 사이토 오세키 씨? 면목이 없네. 이런 모습으로. 뒤에 눈이 없으니 전혀 모르고 있었네요. 그래도 목소리를 알아들었을 텐데, 나도 참 둔하네요."

라고 하며 고개를 숙이고 부끄러워한다. 오세키는 그를 머리끝에서 발끝까지 살펴보고는,

"아니, 아니, 저도 길에서 스쳐 지나갔다면 당신을 못 알아보았을 거예요. 지금까지는 그저 생판 모르는 인력거꾼이라고만 생각했으니 모르는 것이 당연하지요. 안타까운 일이지만 모르고 한 일이니 용서해 주세요. 아, 그런데 언제부터 이런 일을 하고 있었나요? 이렇게 약한 몸으로 지장은 없나요? 아주머니가 시골로 내려가서 오가와마치小川町의 가게를 그만 두셨다는 소문은 사람들한테서 들어서 알고 있지만, 저도 옛날의 제가 아니라서 여러 가지로 걸리는 일이 있어서요. 찾아뵙는 것은 물론 편지도 드리지 못했

어요. 지금 사는 곳은 어디이고, 아내도 잘 지내는지요, 아이는 있는지요? 지금도 나는 가끔 오가와마치의 권공장勸工場[104]을 보러 갈 때마다, 지나가면서 가게가 옛날 그대로 노토야 라는 담배가게로 되어 있는 것을 보며, 아아, 고사카 로쿠노스케高坂錄之助 씨가 어렸을 때, 학교에서 돌아올 때 들려서는 권련초 부스러기를 얻어서 건방진 모습으로 피워대곤 했는데, 지금은 어디서 무엇을 할까? 마음이 착한 분인데 이렇게 험한 세상에 무슨 일을 하며 먹고 살고 있을까? 그런 것이 마음에 걸려 친정에 갈 때마다 어떻게 사는지 혹시 알고 있나 하고 물어 보았지만, 사루가쿠초를 떠난 지 지금으로부터 5년 전으로, 통 소식을 들을 수가 없어서 얼마나 그리워했던지."

오세키가 자신의 처지도 잊고 물어 보니, 남자는 흐르는 땀을 손수건으로 닦으며,

"남 부끄러운 처지가 되어서 지금은 집이랄 것도 없습니다. 먹고 자는 곳은 아사쿠사초淺草町의 싸구려 여인숙, 무라타村田라는 여인숙 2층에서 뒹굴다 마음이 내키면 오늘밤처럼 늦게까지 인력거를 끄는 경우도 있고, 그것도 싫으면 하루 종일 뒹굴뒹굴하며 연기처럼 살고 있어요. 당신은 여전히 아름답네요. 지체 높은 사모님이 되었다는 이야기를 들었을 때부터 그래도 한 번은 뵐 수 있을

---

104 메이지, 다이쇼시대에 많은 상점들이 한 건물 안에 여러 종류의 상품을 늘어 놓고 팔던 곳. 백화점 같은 곳.

까, 죽기 전에 다시 또 말을 나눌 수가 있을까 하고 허망하게 빌고 있었지요. 오늘날까지 필요도 없는 목숨, 버린 셈 치고 살고 있었는데, 역시 살아 있으니 이렇게 당신 얼굴도 보고, 또 용케도 저를 고사카 로쿠노스케라고 기억도 해 주시네요. 황송합니다."

라고 고개를 숙인다. 오세키는 하염없이 울고 싶은 심정이 되어,

"누구나 이렇게 모진 세상 혼자라고 생각해 주세요. 부인은 계세요?"

라고 묻는다.

"알고 계시죠? 비스듬히 마주보고 있던 집의 스기다야杉田ゃ의 딸로, 살결이 희고 잘 생겼다고 해서 세상 사람들이 무턱대고 추켜세웠던 여자 말이에요. 내가 정말이지 있는 대로 방탕을 해서 집 가까이에도 갈 수 없이 된 것을, 장가를 갈 수 있을 때 장가를 가지 않아서 그런 것이라며 벽창호 같은 친척이 착각을 했어요. 그 때 마침, 그 여자가 그 아이라면 괜찮을 것이라고 어머니 눈에 들었지요. 해서, 꼭 아내로 들여라, 꼭 들여 라고 막무가내로 갖다 붙이는 통에 귀찮아서 어떻게든 되라지, 될 대로 되라지 하는 마음에 그 여자를 들인 것은 마침 당신이 회임을 했다는 소식을 들었을 때의 일이었습니다. 일 년 되던 해, 우리에게도 일찌감치 아이가 태어나 사람들한테서 축하를 받았고, 강아지인형이나 풍차도 늘어 놓게 되었어요. 그런데 그만한 일로 저의 방탕한 생활이 그칠 리가 없었습니다. 사람들은 얼굴이 예쁜 아내를 얻으면 방탕한 생활을 접을

까, 아이가 태어나면 마음을 고쳐먹을까 하고 생각했겠지만, 설령 오노노 고마치小野の小町[105] 와 서시西施[106] 씨가 함께 손을 잡고 온다 해도, 소토오리히메衣通姫[107] 가 춤을 추며 내려와 주어도 나의 방탕한 생활은 끝이 날 줄 몰랐던 것을, 어찌 젖비린내 나는 아이 얼굴을 보고 개과천선을 할 수 있었겠습니까? 놀고 놀고 또 놀고, 마시고 마시고 또 마시고 집이건 일이건 다 제쳐 놓고 젓가락 하나 남지 않게 된 것은 재작년의 일. 어머니는 시골로 시집을 간 누나가 모셔 갔고, 마누라는 아이를 데리고 친정으로 돌아가서 소식이 뚝 끊어졌지요. 계집아이이기도 하여 아깝지도 않았지만, 그 딸아이도 작년 말에 티푸스에 걸려 죽었다고 합니다. 딸아이는 철이 일찍 들어서 죽을 때는 필시 아버지를 찾았겠지요. 살아 있었으면 올해 다섯 살이 되었을 겁니다. 별 볼 일 없는 제 신세, 말씀드릴 것도 없습니다."

남자는 쓸쓸한 얼굴에 웃음을 띠며,

"당신인 줄도 모르고 당치도 않게 내 멋대로 굴었네요. 자, 타세요. 모셔다 드릴 게요. 아마 갑작스러워서 놀랐겠지요. 인력거

---

105 헤이안시대 전기인 9세기 무렵의 여류가인. 생몰연도는 미상이며, 절세미인으로 노(能)나 조루리의 제재가 됨.

106 중국 춘추시대 월국(越國)의 미녀. 중국의 4대 미녀 중 한 명으로 손꼽히며 부자에게 접근하여 오나라를 멸망하게 하였다.

107 인교천황(允恭天皇)의 비. 아름다운 모습이 빛이 날 정도였으며 그것이 옷을 통해 겉으로 드러났다 해서 붙은 이름. 미모와 와카(和歌)에 능한 것으로 유명하며 미인의 대명사로 많은 문학 작품의 제재가 됨.

를 끄는 것도 명목뿐이고 뭐가 즐거워서 채를 잡고 인력거를 끌겠습니까? 무엇을 바라고 우마 흉내를 내겠습니까? 돈을 받으니 기쁘겠어요? 술을 마실 수 있으니 기분이 좋겠어요? 생각해 보면 이도 저도 다 싫어서, 손님을 태우든 빈 수레일 때든 싫어지면 인정사정없이 싫어져요. 어이없고 제멋대로 사는 남자 정말 정나미가 떨어지지 않나요? 자, 어서 타세요."

라고 권유를 한다. 오세키는,

"아유, 몰랐을 때는 어쩔 수 없었지만, 알고서야 어떻게 당신 인력거를 타겠어요? 하지만 이렇게 휑한 곳을 혼자 가는 것도 불안하니, 히로코지까지 그냥 길동무나 해 줘요. 이야기나 하면서 가요."

라고 하며 옷자락을 걷어올리니, 옻칠을 한 나막신 소리, 이 역시 쓸쓸하다.

옛 친구 중에서도 료쿠노스케는 잊을 수 없는 인연이 있는 사람. 오가와마치의 고사카라고 해서 아담한 담배가게의 외동아들. 지금은 이렇게 까무잡잡해 보이는 남자가 되었지만, 기억에 남는 료쿠노스케의 모습은 도잔唐棧 기모노에 단정한 앞치마, 말씨도 싹싹하고 붙임성도 있고 거기다 나이에 비해 야무져서, 아버지가 있었을 때보다 가게는 오히려 더 번창한다고 소문이 난 똑똑한 사람. 그런 사람이 이렇게 바뀐 것은, 내가 시집을 간다는 소문을 들었을 무렵부터이다. 자포자기하는 마음으로 노느라 정신을 못 차린 고사카의 아들은 마치 사람이 바뀐 것처럼 마라도 뻗쳤는지 앙화를 입기라도 했는지. 설마 설마 하며 이는 보통일이 아니라는 이야기는 그 무렵에 듣기는 들었지만, 오늘 저녁에 보니 너무나도 한심한 행색, 싸구려 여인숙에서 먹고 자고 하리라고는 꿈도 꾸지 못했다. 나는 이 사람을 생각하면서 열두 살 때부터 열일곱 살 때까지 자나깨나 얼굴을 마주할 때마다 먼 미래에는 그 가게에 앉아 신문을 보면서 장사를 할 것이라고 생각을 하기는 했다. 하지만, 생각지도 못한 사람하고 인연이 정해지고 부모님들이 시키는 일이니 어찌 토를 달 수 있으랴. 담배가게의 료쿠노스케한테 시집을 가야지 라고 생각은 했지만 그것은 단지 어렸을 적 철없는 마음, 그쪽에서도 입 밖에 내어 말을 한 적도 없고, 이쪽은 더더구나 여자이니 어찌 말을 할 수 있으랴. 이는 덧없는 꿈과 같은 사랑인 것을, 눈 딱 감고 단념해 버리자, 단념해 버리자, 체념해 버리자 라고 마음을 정하고, 지금의 하라나에게 시집을 갔다. 그렇게 시집을 가기는 했지만, 마지막 순간까지도 눈물이 흘러 잊을 수 없었던 사람. 내가 이렇게 생각을 할 때는 이 사람도 내 생각을 하느라, 그 연유로 신세를 망쳤을지도 모르는 것을, 나는 이렇게 마루마게로 머리를 묶고 아무런 일이 없는 것처럼 사모님 모습을 하고 있으니 얼마나 얄미울까? 그렇게 편안한 처지는 절대로 아니지만 말이다. 오세키, 뒤를 돌아 료쿠노스케를 보니, 무슨 생각을 하는지 멍한 표정, 어쩌다 만난 오세키가 그리 반가운 것 같지도 않다.

　히로코지로 나오니 잡을 수 있는 인력거도 많이 있다. 오세키는 지갑에서 지폐를 몇 장 꺼내어 미농지에 곱게 싸서 주며,

"료쿠노스케 씨, 이것 정말 실례입니다만, 휴지라도 사세요. 오랜만에 뵈어서 뭔가 하고 싶은 말은 산더미 같은데 말이 나오지 않는 것을 이해해 주세요. 그럼 저는 이만 실례하겠습니다. 부디 몸조심 하시기를 바랍니다. 아주머니께도 어서 안심을 시켜드리도록 하세요. 뒤에서나마 저도 빌어 드리겠습니다. 부디 예전의 료쿠노스케 씨로 돌아가셔서 다시 가게도 훌륭하게 여는 모습을 보여주세요. 그러면 이만."

하고 인사를 한다. 료쿠노스케는 종이꾸러미를 받고는,

"사양을 해야겠지만, 당신이 손수 주시는 것이니 감사히 받고 추억으로 삼겠습니다. 헤어지는 것이 아쉽기는 하지만, 이것이 꿈이라면 어쩔 수 없는 일. 자, 어서 가세요. 저도 돌아가겠습니다. 밤이 더 깊어지면 가시는 길이 더 쓸쓸하겠지요."

라고 하며 빈 인력거를 끌고 뒤를 향한다. 그 사람은 동쪽으로, 이 사람은 남쪽으로. 대로의 버드나무, 달빛에 나부끼고 옻칠을 한 나막신은 힘없는 소리를 내니, 무라다야의 2층도 하라다의 집안도 애절한 것은 서로 생각하는 것이 많아서이다.

(『문예구락부文藝俱樂部 임시증간』1895년)

이 아이

　내 입으로 내 아이가 귀엽다고 말씀드리면 아마 모든 분들은 크게 웃으시겠지요. 그야 누구라도 자신의 아이가 미운 사람은 없을 것입니다. 뭐, 특별히 이렇게 저만 훌륭한 보물을 가지고 있는 것처럼 자랑스럽게 말씀드리는 것은 우습겠지요. 그러니까 저는 제 입으로 그렇게 허풍스럽게 떠벌리지는 않겠습니다. 하지만, 마음속에서는 정말이지 너무너무 귀엽다거나 밉다거나 하지는 않습니다. 다만 두 손을 맞잡고 빌 만큼 고맙게 생각합니다.

　저의 이 아이는 말하자면 제게는 수호신으로, 이렇게 귀여운 얼굴을 하고 무심하게 놀고 있습니다만, 무심하게 웃는 이 얼굴이 제게 가르쳐 준 중요한 것을 남김없이 다 말씀드리지는 못할 것입니다. 학교에서 읽은 책, 교사에게서 배운 여러 가지 것들, 그것은 확실히 제게 도움이 되기도 했고, 무슨 일이 있을 때마다 생각을 해 내고는 아, 그랬었지, 아, 이랬었지 라며 일일이 돌아보게 됩니다만, 이 아이의 웃는 얼굴처럼 직접 눈앞에서 달려 나가는 발걸음을 멈추게 하고 혼란스런 마음을 가라앉혀 주는 것은 없습니다. 이 아이가 아무 생각 없이, 팥베개를 베고 두 손을 어깨 옆을 쭉 펴고 잠들어 있을 때의 그 얼굴은 대학자가 머리 위에서 큰 소리로 어려운 것을 가르쳐 주는 것과 달리 마음속 깊은 곳에서 눈물이 솟게 하여 아무리 고집이 세고 강한 저도, 아이 따위 조금도 귀엽지 않다고 하며 잘난 척을 할 수는 없었습니다.

작년 말이 다 되어서 첫울음소리를 내며 처음으로 이 빨간 얼굴을 보여 주었을 때, 저는 그 때는 아직 우주를 헤매는 심정이었기 때문에, 지금 생각하면 한심하지만, 아 왜 건강하게 태어났을까, 너만 죽어 주었다면 나는 산후 몸이 회복되는 대로 친정으로 돌아가 버렸을 텐데, 이런 남편 옆에 한 시도 붙어 있지 않았을 텐데, 왜 건강하게 태어난 것일까? 싫다, 싫다. 왜 이런 인연으로 묶여 앞으로 오랫동안 빛도 없는 세상에서 살아야 하는 것일까? 싫다. 한심한 신세. 이런 생각을 하고 남들은 축하한다고들 하지만, 저는 조금도 기쁘지 않았고 그저 제 신세가 점점 더 별 볼 일 없게 되는 것만 슬퍼했습니다.

하지만 그 시절에 다른 사람이 제 입장에 처해 있었다고 생각해 보세요. 그러면 아무리 체념을 잘하고 현명한 분이라고 해도, 분명히 이 세상은 별 볼 일 없고 재미없는 것으로 꽤나 혹독하고 매정하여 필시 하느님이 뭔가 잘못을 하신 것이라고 생각할 것입니다. 제가 건방진 마음에서 그러는 것만은 아닐 것입니다. 절대로 꼭 누구라도 그렇게 말할 것입니다.

저는 전혀 잘 못이 없다, 잘못을 저지른 적이 없다, 라고 믿고 있었기 때문에, 모든 충돌이 남편의 마음가짐 하나에서 일어난 것이라고 생각하고 그저 남편을 원망하고 있었습니다. 또한 이런 남편을 일부러 골라서 제 인생을 힘들게 했나 싶어 친정 부모, 네 부모죠, 그것은 은혜를 입은 백부님입니다만, 그 분도 원망스러웠습니다. 첫째 아무 죄도 없는 저를, 시키는 대로 얌전히 시집을 온 저를 자연히 이런 신세로 만들어 놓고, 마치 장님을 계곡 속으로 밀어 떨어뜨리는 것 같은 짓을 하신, 하느님이라고나 해야 할까요, 뭐라 해야 할까요, 그런 분이 정말 원망스럽고, 그래서 이 세상이 정말 싫다, 이렇게 생각을 하고 말았습니다.

지기 싫어하는 마음은 좋은 것으로 그런 마음이 없으면 어려운 일도 해 나갈 수 없고, 이래도 좋고 저래도 좋은 물러터진 성격만으로는 늘 사람이 해삼 같을 것이라고 말씀하시는 분도 있습니다. 하지만 그것도 때와 경우에 따르는 것으로, 끊임없이 승부욕만 가지고 살아갈 수는 없습니다. 그 중에서도 여자의 승부욕, 그것을 마음속에 잘 감추고 매사에 현명하게 대처했더라면 좋았을지도 모르겠습니다만, 저처럼 지기 싫어하는 성격을 겉으로 드러내는 사람은 보는 사람에 따라서는 한심해 보이기도 할 것입니다. 못난 아내를 가졌다는 생각은 오히려 남편이 더 많이 했을 것입니다. 하지만 저는 그 때 제 자신을 돌아보고자 하는 마음이 없었기 때문에 남편의 마음을 살피지 못했습니다. 싫은 표정을 하면 그것이 바로 거슬렸고 잔소리라도 한 번 할라 치면 불 같이 화를 내며, 말대답은 하지 않았지만 말도 하지 않고 먹지도 않고 하녀들에게 마구 분풀이를 해대고 하루 종일 자리에 누워 있던 일도 한두 번이 아니었습니다. 게다가 저는 울보였기 때문에, 고집이 센데도 불구하고 칠칠치 못할 만큼 이불을 부여잡고 울었습니다. 그저 분해서 흘리는 눈물이고 오기로 이유도 없이 억울해서 흘리는 눈물이었습니다.

제가 시집을 온 것은 삼 년 전, 당시에는 사이도 아주 좋았고 서로에게 불만도 없었습니다만, 서로 익숙해진다고 하는 것은 일장일단으로 서로 자신의 본성을 드러내게 됩니다. 모든 욕심이 끓어넘치듯 밖으로 드러나기 때문에 모든 것이 부족한 것 투성이이고, 게다가 저는 건방져서 결국은 주제넘게 남편이 밖에서 하는 일까지 참견을 하며,

"아무래도 당신은 제게 숨기는 일이 있어서 바깥일은 전혀 이야기를 하지 않으시는 것 같네요. 그것은 제게 마음의 거리가 생겨서겠지요."

라고 원망을 했습니다. 그러자,

"뭐, 그런 싱거운 짓은 하지 않아. 뭐든지 다 이야기해 주잖아."

라고 하며 상대도 하지 않고 웃고 있는 겁니다.

"뭔가 감추고 있는 것이 뻔히 다 보여요. 이제 더 이상 참지 못하겠어요."라고 하며 한 가지를 의심하기 시작하니, 열 가지 스무 가지가 다 의심스러워져서 아침저녁으로, 어머 또 그런 거짓말을 하네 라고 생각하게 되어, 뭔가 우습기도 하고 혼란스럽기도 하여

아무래도 속 시원하게 이해가 되지 않았습니다. 지금 생각하면 역시 숨기는 것도 있었겠지요. 아무래도 저는 여자이니까 입이 가벼워서 업무와 관련된 일은 이야기할 수 없었을 것입니다. 지금도 숨기는 일은 엄청 많이 있습니다. 그것은 그럴 것이라고 이해를 합니다만, 지금은 조금도 원망하지 않습니다. 역시 그런 이야기를 하지 않는 것은 남편의 의지가 강해서 그런 것으로, 그 정도로 내가 울며 원망을 해도 상대해 주지 않은 것은 남편이 그 만큼 대단하다는 것입니다. 그 때처럼 경박한 제게 만일 법원에서 있었던 일이라도 이야기해 주었더라면 얼마나 당치도 않은 일을 저질렀겠습니까? 그렇지 않아도 드나드는 사람들의 손을 빌려 내 손에까지 이상한 것을 보내, 이러이러한 사정으로 매우 고생을 하고 있습니다, 이 재판 판결에 따라 생사가 갈립니다 라고 하며 원고니 피고니 하는 사람들의 청탁이 많이 들어왔습니다. 하지만 그것을 제가 일체 받아들이지 않은 것은, 야마구치 노보루山口昇라는 재판관의 아내로서 공명정대하게 거절을 한 것이 아니라, 집안 일로 갈등을 하고 있어서 그런 이야기를 꺼낼 여지도 없었고 이야기를 해서 재미도 없는 인사를 듣느니 차라리 가만히 입 다물고 있는 것이 더 세련된 것이라는 정도의 생각에서였습니다. 그리하여, 다행히 뇌물을 받는 지저분한 일은 없이 끝났습니다. 하지만 남편과 저 사이의 거리는 더 벌어졌고 운무가 점점 더 짙어져서 서로의 마음을 알 수 없게 되었습니다. 지금 생각하면 제가 시비를 건 것이니, 제가 잘못한 것이 틀림없습니다. 남편의 마음을 늘 삐딱하게 만든 것은 제 마음가짐이 잘못되었기 때문이라고 지금은 후회가 막심하여 눈물이 납니다.

사이가 제일 안 좋았을 때는 두 사람 모두 등을 지고 밖에 나갈 때도 어디 가냐고 묻지도 않고 가는 곳을 이야기하지도 않았습니다. 남편이 집에 없을 때 밖에서 누가 소식을 가져 오면 아무리 급한 일이라도 봉투를 뜯어 보는 일도 없고, 아내라고는 해도 목석같이 집에 앉아서 그저 우편물을 받았다고 도장만 꾹 찍고는 바로 쫓아 보내고 그 우편물은 냉담하게 던져 두니, 남편이 화를 내는 것은 두말할 필요도 없었습니다. 처음에는 잔소리도 하고 가르치기도 하고 타이르기도 하고 위로를 하기도 하였지만, 아무래도 제가 고집불통이라서 뭔가를 숨기는 일이 있다는 것을 방패로 어지간히 좋은 말로는 움직일 것 같지도 않게 집요하게 토라져 있으니까, 남편도 질려서 결국 포기하고 말았습니다. 허울만이라도 가정 안에서 다툼이 있는 동안에는 아직 괜찮았지만, 말도 하지 않고 서로 노려보기만 하게 되고 나서는 단지 지붕이 있고, 천정이 있고, 벽이 있을 뿐, 이슬을 맞으며 노숙을 하는 것보다 더 불쌍하여 참으로 냉정하고 박정하여 흐르는 눈물이 얼어붙지 않는 것이 오히려 더 이상할 지경이었습니다.

생각해 보면 사람들은 모두 자기 편할 대로 생각하는 법이라서, 좋을 때는 아무 생각도 하지 않지만, 힘들거나 괴로울 때는 꼭 이전에 있었던 일이나 앞으로 있을 일에 대해서 엄청 좋을 것 같고 훌륭할 것 같고 멋질 것 같은 일만 생각합니다. 그런 생각을 하기 때문에, 현재의 상황이 더 싫어지고 어떻게든 이 상황을 벗어나고 싶다, 이런 구속을 끊어 버리고 싶다, 이곳을 떠나면 얼마나 아름답고 좋은 곳으로 갈 수 있을까, 그런 생각을 꼭 하게 됩니다. 그렇기 때문에 저 역시 그런 허황된 생각에 나도 이렇게 불행하게 끝날 운명은 아니다, 이 집에 시집을 오기 전, 아직 고무로小室의 양녀의 친자식이었을 때 여러 사람들이 신경을 써 주어서 결혼 신청을 한 사람들도 많았다, 그 중에는 우시오다潮田라는 훌륭한 해군도 있었고, 호소이細井라는 훤칠한 의학사하고도 이야기가 다 되었었는데, 일이 잘못되어서 남편 같이 무뚝뚝한 사람에게 시집을 온 것은 순간의 잘못에서 비롯된 것이다, 이런 잘못된 인연을 이대로 계속 이어 나가서 허망한 인생을 사는 것은 참으로 한심하다는 생각을 하며, 내 잘못을 고칠 생각은 하지 않고 남을 원망하기만 했습니다.

그런 쓸 데 없는 생각을 하며 쓸 데 없이 시비를 거는 아내에게 얼마나 좋은 사람이라야 따뜻하게 대해 줄 수 있을까요? 관청에서 퇴근해서 돌아오면 규칙대로 나가서 맞이해 주기는 했지만, 제대로 얼굴을 보고 허심탄회하게 마음을 이야기하지도 않고 화를 내려면 내라지, 마음대로 하라지 하며 나무로 콧구멍을 후비는 척하고 있으니, 남편이 참지 못하고 휙 일어나서 집을 나갑니다. 가는 곳은 뻔해서 늘 유흥가의 신등이 켜진 문을 들어가든가 요정의 술자리. 그게 분해서 저는 원망을 했습니다만, 사실을 말하자면, 제가 비위를 제대로 못 맞추니까 집에 있는 것이 기분이 나빠서 도락을 하게 된 것입니다. 그렇게 해서 저는 남편을 방탕한 생활에 빠

지게 했습니다. 남편은 아주 제대로, 집에 붙어 있지 않는 도락자
가 되어 버렸습니다.

　남편도 돈 많은 집 자식들이 게이샤들의 부추김에 넘어가서 정
신이 팔리는 것과는 달라서 진심으로 재미있게 논 것은 아닐 것입
니다. 말하자면 화가 나는 것을 억누르고 기분을 전환하려는 것으
로 술을 마셔도 기분 좋게 취하는 것이 아니라, 늘 얼굴이 창백했
고 이마에는 늘 파랗게 힘줄이 드러나 있었습니다.

　말을 하는 목소리도 무뚝뚝하고 거칠어서 아무것도 아닌 것을
가지고 일하는 하녀들을 야단을 쳐대고, 내 얼굴을 곁눈으로 흘겨
보며 잔소리는 하지 않지만 그 까칠한 성격이라니, 요즘 남편의 부
드러운 모습이라고는 눈꼽 만큼도 없고 끔찍하고 무섭고 밉살스
런 표정을 하고 있었습니다. 그 옆에서 제가 분노를 띤 모습으로
버티고 있으니까 일을 하는 하녀들도 견디지를 못합니다. 아마 한
달에 두 명 정도는 하녀가 바뀌었고, 그 때마다 분실물이 생기고
물건은 깨지고 손해가 막심해서, 어떻게 하면 이렇게 몰인정한 사
람들만 오게 되는 것인가, 어떻게 세상 전체가 이렇게 몰인정한 것
인가, 아니면 나 한 사람을 울리려고 내 가까운 사람들 모두를 몰
인정하게 만드는 것인가, 앞을 봐도 뒤를 봐도 의지할 만한 사람
은 한 명도 없어서 아아 싫다 하며 될 대로 되라지 하는 기분이 들
었습니다. 그래서 만나는 사람들에게 싹싹하게 굴지도 않고 남편
의 동료들이 왔을 때도 남편이 지시하지 않으면 아무 것도 하지 않
고 딱 시키는 것만 차려서 대접을 했습니다. 식사 자리에는 하녀만

내보내고, 나는 이가 아프다느니, 머리가 아프다느니 하며, 손님이 있거나 말거나 내 마음대로 하며 불러도 대답도 하지 않았습니다. 그런 저를 사람들이 어떻게 보았을까요. 아마 야마구치는 철천지 원수라고 비판을 하고 아내라고는 해도 도저히 같이 살 수 없는 여자라고 했을 겁니다.

그 무렵 남편이 이혼을 하자는 말을 한 마디라도 했다면, 그 길로 바로 저는 분명히 아무 사려분별 없이 하직 인사를 하고 내 잘못은 돌아보지도 않고, 하느님이 내 인생을 이렇게 불행하고 매정하고 억울하게 만들어 놓은 것이라면, 그래 아무래도 좋아, 마음대로 하세요, 나는 나대로 내 생각대로 할 테니 상황이 더 나빠지려면 나빠지라지, 만약 좋아진다면 그거야 횡재하는 것이지 라는 식으로 어거지 논리를 갖다 붙여서, 지금쯤 어찌 되었을까요. 생각만으로도 끔찍합니다. 남편은 과감하게 결난을 내려 이혼을 하는 사태까지는 가지 않았고 용케도 저를 말려 주었습니다. 그것은 화가난 나머지 섣불리 배려를 한다고 이혼을 하기보다는 언제까지고 우리 안에 가두어 두고 괴롭히려는 생각이었는지도 모릅니다. 하지만 지금 저는 아무것도 원망하지 않습니다. 남편에게도 아무런 원망하는 마음도 없습니다. 그렇게 괴롭혀 주셨기 때문에 오늘날 즐거움을 알게 된 것이고, 제가 어느 정도 정신을 차리게 된 것도 그런 경험이 있었기 때문일 것입니다. 그렇게 생각을 하니, 제게는 적이 한 명도 없게 되었습니다. 허둥지둥 되바라져서 사람들한테 제 이야기를 하며 떠들고 다닌 어린 하녀 하야ᄇ도, 말대답만 하고 도움이 되지 않았던 부엌일을 하는 하녀 가쓰勝도, 모두 제 은인이라 해도 좋을 겁니다. 지금처럼 좋은 하녀들만 모여서, 이 댁 아주머니 만큼 사람을 잘 쓰시는 분은 없을 거라며 입에 발린 말이라도 듣기 좋은 말을 하는 것은, 그 사람들이 일을 잘 못하는 것은 제 마음이 반사된 것이기 때문이라는 사실을 깨달았기 때문입니다. 세상에는 이유도 없이 사람을 괴롭히는 악당도 없는가 하면, 하느님이라고 해도 철두철미하게 나쁜 짓을 한 적이 없는 사람을 울리지도 않습니다. 왜냐하면 저처럼 온통 잘못된 생각으로 똘똘 뭉쳐서 무엇 하나 잘난 것 없는 골칫덩이도 진심으로 지은 죄가 없으니 이렇게 귀엽고 아름다운 이 아가를 점지해 주셨으니까요.

이 아이가 태어날 무렵, 아직 저는 구름과 안개에 쌓여 있었습니다. 아이를 낳고나서도 쉽게 그 구름과 안개는 걷히지 않았습니다. 하지만 첫울음소리를 들었을 때부터 어쩐지 귀엽고 사랑스러운 느낌이 뼈에 사무쳐서, 저도 여러 가지로 오기를 부리기는 하지만, 그만 누군가 아이를 데리고 가 버리기라도 하면 저는 고집을 버리고 이 아이는 어느 누구에게도 손가락질 당하게 하지 않을 거예요, 이 아이는 제 아이예요 라며 꼭 끌어안았습니다.

남편의 생각과 제 생각이 똑같은 것이라는 사실은 이 아이가 처음으로 가르쳐 준 것으로, 제가 이 아이를 안고, 아가, 아가는 아버지 아가가 아니야, 너는 엄마 혼자의 아가야, 엄마가 어디를 가든 아가는 절대로 두고 가지 않을 거야, 우리 아가, 우리 아가 라고 하며 뺨을 빨면 무어라 형언할 수 없는 사람을 녹이는 듯한 미소를 지으며 생글거리는 모습이 얼마나 귀엽던지요. 절대로 절대로 아버지 같이 매정한 분의 아이가 아니야, 너는 나 혼자만의 것이야라고 믿고 있었습니다. 그런데 남편이 밖에서 돌아와서, 불쾌한 표정으로 아이 머리맡에 앉아 어설픈 손짓으로 바람개비를 돌려 보여 주거나 딸랑이를 흔들어 주며, 집안에서 나를 위로해 주는 것은 아가 하나 뿐이구나라고 그 거무칙칙한 얼굴을 뺨에 대고 문지르자, 저는 혹시 아이가 울지나 않을까 무서워하지나 않을까 하며 보고 있는데, 아주 기쁜 표정을 지으며 생글생글 나한테 보여 준 그 미소를 그대로 보여 주는 것이 아니겠습니까? 어느 날 남편은 수염을 꼬며 당신도 이 아이가 사랑스러운가 하고 물었습니다. 당연하지요, 라고 하며 샐쭉하게 대답했습니다. 그러면 당신도 사랑스럽군라며 평소에 없는 농담을 하며 큰 소리를 내서 웃는 그 얼굴. 이 아이의 일굴과 너무나 똑같이 닮은 구석이 있었습니다. 저는 이 아이가 사랑스럽습니다. 어떻게 남편을 계속 미워하기만 할 수 있을까요. 제가 잘 하니 남편도 잘 해 줍니다. 속담에 세 살짜리 아이한테 세상사를 배운다는 말이 있습니다만, 제게 인생을 가르쳐 준 것은 아직 말도 못하는 이 아이였습니다.

(『일본의 가정日本之家庭』1896년 1월)

흐린 강

1

"어이, 기무라木村 씨, 신信 씨, 이리 좀 와 봐. 좀 들리라면 들리
면 되잖아. 또 그냥 지나쳐서 후타바야二葉ゃ에 갈 생각인 거지? 확
쫓아가서 끌고 올 테니까 그런 줄 알아. 정말이지 목욕을 하고 돌
아올 때는 꼭 들리라고, 제발. 거짓말쟁이라서 무슨 말을 하는지
모르겠다니까."

가게 앞에 나와서 여자가 마구 떠들어대고 있다. 나막신을 찍
걸친 남자에게 마치 잔소리를 하듯 마구 떠들어댄다. 평소 알고 지
내는 것으로 보이는 남자는 화도 내지 않는다. 변명을 하면서, 나
중에 들릴 게, 나중에 라고 하며 그냥 지나가 버린다. 그것을 여자
는, 쳇 하고 혀를 차며, "나중은 무슨 나중. 올 생각도 없으면서. 정
말이지 마누라가 생기면 어쩔 수가 없다니까." 라며 가게 앞 문지
방을 딛고 서서는 혼잣말을 하고 있었다.

"다카高 짱[108], 뭘 그렇게 궁시렁궁시렁 거리고 있어. 그렇게 안 달복달 하지 않아도 타다 남은 말뚝에 다시 불이 붙을 수도 있다는 말도 있잖아. 돌아올 사람은 돌아온다고. 걱정 말고 마술[109]이라도 하면서 기다리고 있어."

라고 위로하듯 또 한 명의 여자가 이야기한다.

"리키カ 짱하고 달라서 나는 재주가 없어서, 한 명이라도 놓치면 아까워서 말야. 나 같이 운이 없는 사람은 마술이고 뭐고 소용이 없다니까. 아아, 오늘 밤도 또 공쳤네. 왜 이런 걸까? 아아, 속상해."

여자는 가게 앞에 앉아서 마음이 진정이 되지 않는지, 고마나막신駒下駄[110] 뒤꿈치로 바닥을 톡톡 치고 있다. 나이는 서른 전후, 그린 눈썹에 잔머리도 살짝 내놓고 있고 분칠도 잔뜩 했다. 입술도 방금 전 쥐를 잡아먹은 고양이처럼 시뻘겋게 칠했다.

오리키라고 불리운 사람은 중키에 적당히 살이 찐 늘씬한 여자다. 머리를 감고 갓 묶어 올린 커다란 시마다 머리에는 산뜻하게 새 짚[111]을 장식하고 있다. 옷깃까지 바른 분이 무색할 정도로 피부가 천연적으로 흰 것을 가슴 근처까지 훤히 드러내 놓고 긴 담뱃대

---

108 존경접미어 '씨(さん)'보다 친근감 있게 부르는 접미어.
109 격자문을 톡톡 치며 소원을 빌면 이루어진다는 화류계의 미신에 근거한 표현.
110 굽을 따로 달지 않고, 통나무를 깎아 만든 왜나막신.
111 새 짚이란 모내기 전 벼에 뜨거운 물을 부어 말린 것으로, 이것으로 머리를 묶으면 나쁜 기운을 쫓는다고 한다.

로 담배를 피우며, 무릎을 세우고 앉아 있는 방만함, 이를 뭐라 나무라는 사람도 없다. 유카타는 과감하게 크고 허리띠는 검은 수자직으로 어쩐지 가짜 같은데, 주홍색을 화려하게 드러내 놓고 묶어서 늘어뜨리고 있다. 굳이 말을 하지 않아도 이 근처에서 벌어먹고 사는 언니로 보인다.

오다카高는 양은 비녀로 덴신가에시天神がえし[112]로 묶은 머리 밑을 긁으며 생각이 났다는 듯이, "리키 짱, 아까 그 편지 보냈어?"라고 묻는다.

오리키는 "응."하고 아무 생각 없이 대답을 하고, "어차피 올 리는 없겠지만, 그래도 말이라도 그렇게 해 줘야지."라며 웃는다.

"적당히 해. 두루말이에 줄줄이 써서 우표를 두 장이나 붙였는데, 그게 그냥 한 번 해 보는 말은 아니지. 그 사람은 아카사카赤坂에 있을 때부터 알았던 단골 아냐? 잠깐 별 것 아닌 것 갖고 연이 끊어지면 안 돼지. 네가 어떻게 나오냐에 따라 달라질 테니까, 조금 더 힘을 내서 잡아 봐. 그렇지 않으면 벌 받을 거야."

"친절하기도 하지. 고마워. 의견은 받아들이겠지만, 나는 아무래도 그런 자식하고는 어쩐지 맞지가 않아. 인연이 아니라고 생각해 줘.

오리키는 마치 남 이야기하듯 했다.

---

112 머리를 소라모양으로 틀어올린 것.

"어이가 없네."

라고 오다카는 웃으며 부채로 발밑을 부치면서 말했다.

"너는 그렇게 제 멋대로 해도 되니까 좋겠다. 나 같으면 끝장이야."

옛날은 꽃이로구나[113] 라는 말에 웃음을 지으며 여자들은 바깥으로 지나가는 남자들에게 이리 오세요, 이리 오세요 라며 말을 붙여 간다. 저녁 가게 앞이 활기차졌다.

가게는 폭이 두 칸이 되는 2층집이다. 처마에는 신등神燈이 걸려 있고, 액막이 소금도 시원하게 뿌려져 있다. 빈 병인지 어떤지 모르겠지만 선반에는 특별히 이름을 붙인 명주銘酒가 죽 늘어서 있어서 술집 계산대처럼 보인다. 부엌 쪽에서는 곤로에 부채질을 하는 소란스러운 소리가 간간이 들려 온다. 여주인이 직접 전골이나 계란찜을 만드는 것도 당연해서 겉으로 내건 간판에는 요리십이라고 적혀 있다. 그 말을 곧이 듣고 요리를 주문하면 어떻게 될까? 오늘은 갑자기 재료가 다 떨어졌다고 하는 것도 웃긴 것 같고, 여자가 아닌 손님만 저희 가게로 오라고 부탁할 수도 없는 노릇이다. 세상은 이런 종류의 장사를 잘 알아서 지진 생선이다, 구운 생선이다 해서 주문을 하는 사람도 없다.

오리키는 바로 이 집의 간판이 되는 인물이다. 나이는 가장 젊

---

113 속요 '무시하지 마라 옛날은 꽃이었어라 휘파람새 울린 적도 있었지'에서 온 표현.

은데 손님을 끄는 기술이 뛰어나서 인기가 있다. 딱히 애교가 있어서 남들이 좋아할 만한 말을 하는 것도 아니고 오히려 제멋대로 행동을 하는데다 얼굴을 믿고 좀 건방지다고 뒤에서 뭐라 하는 친구들도 있지만, 막상 사귀어 보면 의외로 상냥한 구석이 있어서 같은 여자이면서도 떨어지고 싶은 생각이 들지 않는다. 아아, 마음이라는 것은 숨길 수가 없는 것이니, 오리키의 얼굴이 어딘지 모르게 투명해 보이는 것은 그 여자의 본성이 나타나 있기 때문일 것이다. 신개지新開地[114]에 들어온 사람은 누구라도 기쿠노이菊の井의 오리키를 모르는 사람은 없을 것이다. 기쿠노이의 오리키인지, 오리키의 기쿠노인지 모르겠다고 할 정도로, 기쿠노이에게 오리키는 근래에 없이 드물게 대박이 난 인물이다. 주변 사람들은, 그 아이 덕분에 신개지가 빛을 더했고, 주인은 그 아이를 신전에 모셔 놓고 절을 해도 모자랄 것이라며 부러워했다.

사람들의 왕래가 끊긴 틈에 오타카가 말을 시작했다.

"리키 짱, 너야 무슨 일이 있어도 걱정을 할 것은 없겠는데, 그래도 남일 같지가 않아서 겐源 씨가 신경이 쓰여. 그야 뭐 저렇게 영락을 했으니 절대로 좋은 손님이라고 할 수는 없지만 서로 좋아하는 이상 어쩔 수 없잖아. 나이차가 있고 아이가 있다고 해도, 그

---

[114] 새로 개척한 지역에는 여자를 두고 장사를 하는 곳이 많이 생기는 풍습이 있고, 여기에서는 그와 같은 술집이 많은 곳을 의미.

렇잖아. 아내가 있다고 하니 헤어질 수도 없잖아. 상관없으니 불러 줘. 내 남자는 그쪽에서 완전히 마음이 변해서 나를 보면 도망을 치니 이제 어쩔 도리가 없어. 그래서 미련 없이 빨리 잊고 다른 사람을 찾는 것이지만, 너는 그렇지 않잖아. 네가 어떻게 하느냐에 따라서 지금의 아내하고 헤어질 수도 있잖아. 그래도 너는 자존심이 있어서 겐 씨 같은 사람하고 같이 살고 싶은 생각은 없는 거지? 그렇다면 더욱 더 불러서 만나 봐야 할 문제 아니니? 알았지? 편지를 써. 이제 곧 미카와야三河や에서 사람이 올 테니까, 그 아이에게 심부름을 시켜. 뭐 양가집 규슈도 아니고 너무 남 생각만 할 있나? 너는 너무 쉽게 단념을 하는 게 탈이야. 어쨌든 편지를 보내 봐. 겐 씨도 가엾네."

이렇게 말하며 오리키를 보니, 담뱃대 청소에 여념이 없는지 고개를 숙인 채 말도 없다.

이윽고, 담배 대통을 깨끗이 청소를 하고나서, 한 모금 쭉 빨더니 재를 툭 털고 다시 또 한 모금 빨고는 오타카에게 건네며 "조심해."라고 한다.

"가게 앞에서 그런 이야기를 하면 누가 듣잖아. 다마노이의 오리키가 막노동 일꾼을 돕는 사람을 정부로 갖고 있다고 오해를 당하면 안 되지. 그건 모두 꿈 같은 옛날 이야기야. 이제 완전히 잊혀져서 겐이건 시치ㄴ건 생각도 나지 않아. 이제 그 이야기는 그만해. 그만 하라고."

라고 하며 일어서는데, 헤코오비兵兒帶[115] 차림을 한 학생들 한 무리가 밖으로 지나간다.

"아유, 이시카와石川 씨, 무라오카村岡 씨, 오리키의 가게를 잊으면 안 되죠."

라고 부르니, "아이쿠, 아이쿠, 여전히 변함없는 호걸이 부르시네. 그럼 그냥 지나칠 수는 없지."라고 하며 학생들이 성큼성큼 안으로 들어왔다. 순식간에 복도는 저벅거리는 발자국 소리, 언니, 술 하고 외치는 소리, 안주는 뭘로 할 거야 라고 묻는 소리, 샤미센 소리도 시끌벅적하게 들려오고, 정신없이 춤을 추는 발소리도 그에 뒤질세라 들려온다.

2

비오는 날. 거리에는 사람들의 왕래도 드물고 여자들도 할 일이 없다. 그런 날 중산모를 쓴 서른 쯤 되는 남자가 거리를 지나간다. 그 남자를 잡지 않으면 이 비에 손님도 뚝 끊겨 버릴 거야라며 오리키가 달려가서, 이리 오세요, 이리 오세요, 라며 절대로 놓치지 않겠다고 남자의 팔을 잡고 떼를 쓰니, 좋은 용모의 덕으로 이 보기 드문 손님을 불러들여 이층 다다미 6장짜리 방에서 샤미센도

---

115 어린이 또는 남자가 매는, 한 폭으로 된 허리띠.

없이 조용조용 이야기를 나눈다. 손님은 오리키의 나이를 묻고 이름을 묻고 그 다음엔 부모가 계신 곳이 어디인지를 알아냈다. 사족 출신이냐고 묻자 오리키는, "그것은 말씀드리지 못하겠습니다." 라고 한다. 평민이냐고 물으니, "글쎄요."라고 대답한다. 그러면 화족華族이냐고 손님이 웃으며 묻자, "뭐, 그렇게 생각해 주세요. 화족 아가씨가 손수 따라 드리는 술이니 고맙게 받아 주세요."라고 하며, 오리키가 술을 찰랑찰랑 따르니,

"어이쿠, 어이쿠, 이것 참 법도를 모르는구나. 잔을 바닥에 놓고 따르는 법이 어디 있나? 이것은 오가사하라류小笠原流[116]인가 무슨 류인가?"

"오리키류라고 해서 다마노이 일가의 유파예요. 다다미에 놓고 술을 마시게 하는 작법도 있는가 하면 특대 크기의 밥그릇 뚜껑으로 단숨에 마시는 작법도 있고, 싫은 사람에게는 술을 따라 주지 않는 것이 비법입니다."

전혀 주눅이 드는 기색이 없으니, 손님은 점점 더 재미있어 하며,

"이력을 이야기해 보거라. 필시 엄청난 이야기가 있을 것이다. 보통 아가씨로는 보이지 않는데, 어떠냐?"

"보세요. 아직 머리에 뿔도 나지 않았고, 그렇게 철면피도 아

---

[116] 무가의 고실(故實)로, 궁술, 마술(馬術), 예법의 유파. 또한 병법, 다도 등에도 오가사하라 유파가 있다. 예의작법의 유파로서 지명도가 높음.

니고."

라고 하며 오리키는 깔깔대고 웃는다.

"그렇게 빠져나가면 안 되지. 사실대로 이야기 해 보거라. 본
색을 말하지 못하겠다면 목적이라도 말해라."라고 다그쳤다.

"일이 어렵게 되었네요. 사실대로 말씀드리면 당신도 깜짝 놀
랄 거예요. 천하를 호령하는 오토모노 구로누시大伴黒主[117]란 다름
아닌 저를 말하는 거예요."

라고 점점 더 웃어댄다.

"이래서는 아무 것도 안 되겠네. 그렇게 시치미 떼지만 말고
조금이라도 사실대로 말을 좀 해 봐. 아무리 아침저녁 거짓말 속에
서 지낸다지만 조금은 진실도 섞일 터, 남편을 위해서 일을 하나?
아니면 부모를 위해서?"

손님이 진지하게 물으니, 오리키 슬픈 표정을 지으며,

"저도 인간입니다. 조금은 절절한 마음도 있습니다. 부모님은
일찍 돌아가셨고, 저 혼자 이렇게 살고 있습니다만, 아내로 삼고
싶다는 분도 없지는 않습니다. 하지만 아직 남편은 없습니다. 어차
피 천하게 자라서요. 평생 이런 일을 하다 끝날 것 같습니다."

이렇게 내던지듯 툭 내뱉는 말에는 칙칙하고 변덕스런 모습과
는 달리 엄하고 절실한 느낌이 무량하게 넘쳐흐른다.

---

117 오오토모노 구로누시(大伴黒主, 생몰년 미상). 헤이안시대의 가인. 육가선(六歌仙)의 한
　명.

"아니, 뭐 천하게 자랐다고 해서 남편을 갖지 말라는 법은 없을 것이다. 특히 너 같은 미인이 말이다. 단숨에 옥가마도 탈 수 있지 않는가 말이다. 아니면 그런 마나님 취급은 성에 맞지 않나? 역시 시정 무뢰배 남편이 더 좋은가?"라고 물으니,

"뭐, 결국 그렇게 되겠지요. 이쪽에서 마음에 드는 분은 그쪽에서 싫다 하고, 오라고 해 주시는 분은 이쪽에서 마음에 들지 않고, 간에 바람이 들어서 그런 것이라고 생각하시겠지만, 그날그날 되는 대로 살아요."라고 한다.

"아니 그럴 리가 있나? 상대가 없지는 않겠지. 지금도 가게 앞에서 누군가 잘 부탁한다고 다른 여자가 말을 전하지 않았나? 뭔가 재미있는 일이 있는 것 아닌가? 무슨 일인가?"라고 하자,

"당신도 참 어지간히 꼬치꼬치 캐물으시는군요. 알고 지내는 남자야 쌔고 쌨죠. 우리들이 주고받는 편시 따위는 휴지조각이나 마찬가지예요. 쓰라고 하면 각서든 서약서든 원하는 대로 쓰죠. 우리들 같은 것이 부부의 약속을 한다고 해 봤자 이쪽에서 찢기 전에 상대가 먼저 찢죠. 어딘가에서 고용살이를 하는 사람은 주인이 무서워서, 부모가 있는 사람은 부모가 시키는 대로, 돌아봐 주지 않으면 이쪽도 쫓아가서 소매를 잡을 수도 없고, 그러니 그만두자고 하면 그것으로 끝이 납니다. 그런 상대는 아무리 많아도 평생을 의지할 수 있는 사람은 없습니다."

라고 오리키는 쓸쓸한 표정.

"아유, 이제 이런 이야기는 그만 해요. 재미있게 놀아요. 저는

분위기가 축 가라앉는 것은 질색이에요. 신나게, 신나게, 아주 신나게 놀고 싶어요."

오리키가 손뼉을 쳐서 친구를 부르니,

"리키 짱, 꽤 침울해 보이네."

라며 아까 그 서른 쯤 되 보이는 짙은 화장을 한 여자가 올라왔다.

"이 보게, 이 사람의 애인은 이름이 뭔가?"라고 손님이 갑자기 묻는다.

"아, 예? 저는 아직 이름을 들은 적이 없습니다."

"거짓말을 하면 오본盆[118]이 되어도 염라대왕님께 참배를 못 하지."[119] 라고 손님이 웃자,

"그래도 오늘 처음 뵈었잖아요. 지금 다시 물어 보려던 참이었어요."

"뭘 물어 본다는 거야?"

"당신 이름이요, 후후후, 리키 짱 남자친구."

"바보 같이, 오리키가 화 내잖아."

이 이야기로 분위기가 확 달아오른다. 그런 잡담을 주고받는

---

118 오본(お盆)이란 일본에서 조상의 혼령을 제사지내는 행사로 음력 7월 15일을 중심으로 이루어진다. 현재는 양력 8월 15일을 중심으로 한 기간에 행해진다.

119 일본 속설에 거짓말을 하면 지옥에서 염라대왕에게 혀가 뽑힌다고 한다. 또한 염라대왕이 1년에 두 번 쉬는 날이 있는데 1월 16일과 7월 16일로 염라와 관련이 있는 날이라 한다. 오본은 7월 15일을 중심으로 행사를 하므로 이때 염라가 보면 혀를 뽑는 뜻.

와중에 오다카가,

"나으리, 무슨 일 하시는 지 알아 맞춰 볼까요?"

라고 묻는다.

"어서 맞춰 보지요."

라고 하며 손바닥을 내밀자,

"아니요, 수상手相이 아니고 , 관상을 볼게요."

라고 오다카는 갑자기 침착해져서는 손님의 얼굴을 찬찬히 뜯어본다.

"그만 좀 하게. 그렇게 빤히 뜯어보면서 허물을 들치려 하면 견딜 수가 없지. 내가 이래 뵈도 관리라구."

"거짓말 마세요. 일요일도 아닌데 놀러 다니는 관리가 어디 있겠어요? 리키 짱, 그렇지? 뭐 하시는 분이라고 생각해?"

"귀신은 아니라네."

손님은 장난스럽게 대답을 하고 품속에서 지갑을 꺼내며,

"알아 맞춘 사람에게 상으로 주겠네."

라고 한다.

오리키도 웃으면서,

"다카 짱, 실례 되는 말 하면 안 되지. 이 분은 큰 부자이신 화족 나으리로, 지금 암행 중이신 거지. 그러니까 무슨 일이 있으시겠어. 그런 것 하지 않으셔도 된다고."

오리키는 이불 위에 올려 놓은 지갑을 집어들고는,

"나으리의 상대인 다카오高尾에게 이것을 맡겨 두시지요. 모두

에게 축의금으로 나누어 주게요."

라고 하며, 허락도 받지 않고 돈을 쑥쑥 꺼내기 시작하는데, 손
님은 기둥에 기대어 바라보면서 뭐라 말도 못하고 만사 저희들 하
는 대로 맡겨 두는 관대한 사람이다.

오다카는 어이가 없어서,

"리키 짱, 어지간히 해."

라고 했지만, 오리키는,

"어머, 괜찮아. 이건 너한테, 이건 언니한테, 큰돈은 계산대에
지불할 돈으로 떼 놓고, 나머지는 모두에게 줘도 괜찮다고 하셨어.
나으리께 감사하다고 인사를 드리면 좋겠어."

라고 하며 돈을 마구 뿌려댔다. 이런 식으로 돈을 뿌려대는 것
이 이 아가씨의 십팔번으로, 이에 익숙해져서 오다카도 별로 어려
워하지 않고 나으리 괜찮으시지요? 라고 재차 확인을 하고는 감사
합니다라고 하며 돈을 홱 그러모아 나간다. 손님은 그 뒷모습을 보
고는,

"열아홉 치고는 나이가 들어 보이네."

라고 하며 웃음을 터뜨린다. 오리키는,

"남의 흥을 보네요."

라고 하며 일어서서 장지문을 열고 난간에 기대어 두통이 나는
머리를 자꾸만 두드리고 있다.

"자네는 어떤가? 돈은 필요하지 않은가?"

"저는 필요한 것이 따로 있어요. 이것만 있으면 돼요."

오리키는 허리춤에서 손님의 명함을 꺼내 받는 흉내를 낸다.

"어느 틈에 꺼내 갔지? 대신 자네 사진을 줘야 하네."

라고 조른다.

"돌아오는 토요일에 오세요. 같이 사진 찍어 드릴 게요."

라고 하며, 돌아가려는 손님을 딱히 잡으려 들지도 않는다. 손님 뒤로 돌아가서 하오리를 입혀 주며,

"오늘은 실례했습니다. 다음에 꼭 다시 놀러 오세요."

"입에 발린 소리 말게. 아무 소용없는 서약서는 사양하겠네."

라고 웃으며 잽싸게 일어나서 계단을 내려가는데, 오리키 모자를 손에 들고 뒤에서 달라붙으며,

"거짓말인지 정말인지 아흔 아홉 밤[120]을 참아 보시면 알 거예요. 다마노이의 오리키는 그런 판에 박힌 뻔 한 여자는 아니라구요. 다른 모습으로 또 변할지도 몰라요."

라고 한다.

나으리가 돌아간다는 이야기를 듣고, 친구인 오다카와 계산대 여주인도 달려 나왔다. 그저 이번에는 감사했습니다 라며 제각각 인사를 한다. 불러 놓은 인력거가 왔다고 하여 이곳에서부터 인력거에 올라타니, 온 가게 사람들이 모두 밖으로 나와 손님을 전송하

---

120 절세 미인 오노노 고마치(小野の小町)와 후카쿠사노 쇼쇼(深草少将)와의 고사에서 온 표현. 오노노 고마치가 백 밤을 찾아오면 사랑을 이루게 해 준다고 하자, 쇼쇼가 아흔 아홉 밤을 찾아갔으나, 백 번째 되던 날 눈이 오는 바람에 눈에 묻혀 얼어 죽었다.

며, 또 오실 것을 기다리겠다고들 한다. 그 목소리가 싹싹한 것은 방금 전 축의금의 위광으로 보이며, 나중에는 영험한 리키 님에게도 고맙다고 인사를 하느라 떠들썩하다.

3

손님은 유키 도모노스케結城朝之助라고 하여, 자신은 도락을 일삼는 자라고 하지만, 가끔은 얼핏얼핏 진지한 구석을 드러내기도 한다. 정해진 일도 없고 처자도 없다. 이런 곳에서 놀기에는 안성맞춤인 나이이다. 그런 까닭으로 그때부터 일주일에 두세 번은 다니게 되었고, 오리키도 어쩐지 그리워져서 삼일 정도 보이지 않으면 편지를 보내는 것을, 친구인 여자들도 시샘을 하며 놀리기를,

"리키 짱, 기대되네. 남자답지, 활수하지, 그 분 이제 곧 출세하실 것임에 틀림없어. 그 때는 너를 사모님이라고 불러야 할 텐데, 지금부터 좀 조심을 해서 사람들 앞에서 다리를 내놓거나 찻잔으로 술을 마시라고 부추기는 짓은 하지 않는 게 좋겠어. 바탕이 드러날 테니까 말야."

라고 하는 사람도 있고,

"겐 씨가 들으면 기분이 어떨까? 아마 미쳐 버릴지도 몰라."

라고 놀리는 사람도 있었다.

"아아, 그렇지. 인력거를 타고 올 때, 불편하니까 우선 길부터

공사를 했으면 해. 가게 앞 도랑에 이렇게 판자때기가 놓여 있다니. 이거야 말로 출신이 나빠 보여서 말이야. 인력거를 갖다 댈 수도 없어. 너희들도 좀 더 예의 바르게 굴지 않으면 안 돼. 지금 이대로는 급사 노릇도 못 할 거야"

라며 오리키도 가만히 있지 않고 거침없이 내뱉으니,

"정말이지 얄밉다니까. 그 말씨를 좀 고쳐야 사모님다워 보이지. 유키 씨가 오면 있는 대로 다 일러바쳐서 혼을 내 달라고 할 테니까 말이야."

라고 하고, 도모노스케를 붙잡고는 이렇게 일러바친다.

"저희들 말을 통 듣지 않은 고집쟁이라서요, 나으리께서 야단을 좀 쳐 주세요. 무엇보다 찻잔으로 술을 마시는 것은 몸에 나쁘잖아요."

그러면 유키는 진시하게,

"오리키, 술은 좀 삼가라구."

라고 엄명하기도 한다.

"어머, 당신답지 않게 그런 말씀을. 내가 이렇게 억지로라도 장사를 하고 있는 것은 술 힘이 있어서라는 생각은 안 하세요? 나한테서 술기운이 빠지면 술자리가 아마 절간처럼 조용해지겠죠. 그러니 그 점도 생각해 주세요."

라고 하니, 도모노스케는 두 번 다시 술 이야기는 입 밖에 내지 않았다.

어느 달 밝은 날 밤, 아래층에는 어느 공장 사람들이 찾아와서

밥그릇을 두드리며 진쿠 갓포레甚九かっぽれ[121]를 춘다며 법석을 떠
는 통에 많은 여자들이 모여들었고, 2층 작은 방에는 유키와 오리
키 두 사람 뿐이었다. 도모노스케는 누워서 즐거운 듯이 말을 걸
지만, 오리키는 귀찮은 듯 건성으로 대답을 하며 뭔가 생각을 하고
있다.

"무슨 일 있나? 또 두통이 난 거야?"

라고 도모노스케가 물으니,

"아니요, 두통이 난 것도 아니고 아무 일도 없지만, 자꾸 지병
이 도져서요."

라고 한다.

"자네, 지병이라면, 짜증이 났다는 말인가?"

"아니요."

"생리통?"

"아니요."

"그럼, 무슨 병인가?"

라고 묻자,

"아무래도 말씀 들릴 수 없어요."

"다른 사람도 아니고 내가 물어 보는 것이잖는가? 무슨 이야기
든 다 해도 괜찮지 않은가? 대체 무슨 병인가?"

---

121 진쿠(甚九)는 일본 민요의 일종으로 각 지역에서 발생한 노래 혹은 신에게 바치는 노
래라는 뜻. 갓포레(かっぽれ)는 속요나 속곡(俗曲)에 맞추어 추는 익살스런 춤.

라고 묻자,

"병이 난 게 아니에요. 단지 그냥 이런 식으로 이런 생각을 하는 것일 뿐이에요."

"이 사람 참 안되겠네. 비밀이 많이 있어 보여. 자네 아버지는 어떤 사람이었나?"

라고 물으니,

"말할 수 없습니다."

"그럼 어머니는?"

라고 묻자 이 역시 마찬가지로 안 된다 한다.

"지금까지의 경력은?"

라고 묻자,

"당신에게는 말할 수 없습니다."

"거짓말이라도 괜찮아. 이러이러한 기구한 몸입니다 라고 이야기를 만들어서라도 대부분의 여자들은 말을 한다고. 한두 번 만나는 사이도 아니니 그 정도 이야기는 나한테 해도 문제 될 것 없지 않느냐 말이네. 자네가 말을 하지 않더라도 자네에게 뭔가 고민거리가 있다는 정도는 장님안마에게 물어도 알 수 있는 일. 굳이 직접 묻지 않아도 되지만 묻는 거네. 어차피 똑같은 일이니, 우선 지병 이야기부터 들어 보겠네."

라고 파고들자,

"그만 하세요. 들어 봤자 별 것 아닌 일이에요."

라고 오리키는 통 상대를 하지 않는다.

그 때 마침 아래층 술자리에서 술잔을 들고 온 여자가 오리키에게 귀엣말로,

"어쨌든 아래층으로 내려 와."

라고 한다.

"아니, 싫어. 가고 싶지 않으니 그냥 내버려 둬. 오늘밤은 손님이 많이 취해서 만나도 이야기를 할 수도 없다고 돌려보내 줘. 정말 어쩔 수가 없는 사람이라니까."

라고 하며 눈썹을 찌푸렸다.

"너, 그래도 괜찮겠어?"

"응, 괜찮지."

오리키는 무릎 위에서 샤미센 발撥을 만지작거린다. 여자는 의아한 표정을 지으며 내려가는 것을 도모노스케는 웃으며 말했다.

"나 신경 쓰지 말고 다녀오게. 그렇게 체면 차릴 것 없지 않은가? 좋아하는 사람을 헛걸음을 시키는 것도 좀 딱하지. 달려가서 만나게. 뭐 하면 이리 부르시게. 한쪽 구석에 가서, 이야기하는데 신경쓰지 않게 할 테니까."

"농담 하지 마세요. 유키 씨. 당신한테 숨겨 봤자 소용이 없으니 말씀드리는데, 전에 동네에서 위세 좀 부렸던 이불가게의 겐시치源七라는 사람이에요. 오랫동안 알고 지냈는데 지금은 처참하게 가난해져서 야채가게 뒤에 있는 조그만 집에서 달팽이처럼 쪼그라들어 살고 있어요. 아내도 있고 아이도 있고, 나 같은 사람을 만나러 다닐 나이는 아니지만, 인연이 있어서인지 지금도 가끔 이러

쿵저러쿵하며 찾아와요. 지금도 아래층에 와 있겠죠. 지금에 와서 새삼 끊어 버릴 수는 없지만, 만나면 여러 가지로 번거로운 일도 생겨서 상대하지 않고 돌려보내는 것이 좋아요. 원망을 들을 각오는 했으니 나를 귀신으로 생각하든 뱀으로 생각하든 상관없어요."

라고 하며 샤미센 발을 다다미에 내려 놓고 몸을 약간 쭉 빼서 바깥을 내려다본다.

"어이, 뭔가 보이는가?"

라고 도모노스케가 놀리자,

"네, 이제 돌아간 것 같아요."

라고 대답하며 멍하니 있다.

"자네 지병이라는 것이 그것인가?"

"뭐, 그런 셈이죠. 상사병에는 의사도 소용없고 만병통치라는 가라쓰草津 온천도 소용없나죠[122]."라고 오리키는 쓸쓸히 웃었다.

"본존 부처님께라도 빌고 싶네. 근데 배우로 치면 누구를 닮은 거지?"

라고 도모노스케가 물으니,

"보시면 깜짝 놀라실 거예요. 얼굴은 시커멓고 키가 크고 부동명왕不動明王의 대리인 같은 사람."

"그럼 마음씨가 좋은가?"

---

122 군마현(群馬県) 가라쓰온천 속요의 일절에서 온 표현으로, '사랑에 빠진 병은 낫지 않네'라는 구절이 이어진다.

"이런 곳에서 재산을 탕진할 정도의 사람이에요. 사람이 좋기만 하지 뭐 하나 쓸데가 없어요. 재미도 없고 웃기지도 않고 아무 소용 없는 사람."

"자네는 그런 남자에게 왜 열을 올리고 있지? 그 이유는 들어야 겠군."

하고 손님은 불쑥 일어섰다.

"성격이 원래 열을 내는 성격이라서요. 나는 요즘 당신 꿈도 꾸지 않는 날이 없을 정도에요. 아내가 생긴 꿈을 꾸기도 하고 발길을 뚝 끊은 꿈을 꾸기도 하고, 아니 훨씬 더 슬픈 꿈을 꾸어서 잠에서 깨면 베갯잇이 흠뻑 젖은 적도 있어요. 다카 짱 같은 애는 베개에 머리를 갖다 대기만 하면 코를 드르렁드르렁 골며 기분 좋게 잠이 들어 버리는데, 얼마나 부럽겠어요. 저는 아무리 피곤할 때도 잠자리에 들면 눈이 말똥말똥해져서 정말이지 여러 가지 생각이 나요. 당신은 나에게 고민이 있다는 것을 헤아려 주시니 감사하지만, 그래도 내가 대체 무슨 생각을 하고 있는지 그것은 절대 모르실 거예요. 알아 주신다 해도 소용이 없으니까요. 사람들 앞에서는 기분 좋게 신나는 표정을 하고 있으니, 다른 손님들 중에는 기쿠노이의 오리키는 고생이라는 것을 모를 것이라고 하는 사람도 있죠. 참으로, 업보인지 저 만큼 불쌍한 신세도 없는 것 같아요."라고 풀이 죽어 눈물을 글썽인다.

"희한한 일이군. 이렇게 어두운 이야기, 위로를 해 주고 싶지만 이유를 모르니 위로해 줄 길이 없네. 꿈에 나올 정도로 내 생각을 하고 있다면, 아내로 맞아 달라고 해도 될 텐데, 그런 말은 입 밖에도 내지 않으니 어찌된 일인가? 소매만 스쳐도 인연이라는데 이런 장사, 하기 싫으면 어려워 말고 툭 터놓고 이야기하면 되지 않겠는가? 나는 또 자네 같은 성격은 이렇게 사는 것이 마음이 편해서 이렇게 화려하게 사는 것인가 하고 생각했네. 대체 무슨 이유가 있어서 이렇게 사는지, 너무 어려운 일이 아니라면 한번 들어 보고 싶네.”라고 하자,

“얼마 전부터 당신에게는 말씀을 드리려고 생각하고 있었습니다. 하지만 오늘밤은 안 돼요.”

“왜지?”

“왜냐고 물어서도 소용없어요. 저는 원래 제멋대로 하는 성격이라 이야기하지 않겠다고 생각하면 아무래도 싫어요.”

오리키는 벌떡 일어서서 툇마루 쪽으로 나갔고, 구름 한 점 없는 하늘에는 달빛이 서늘하다. 내려다보니 또각또각 고마나막신 소리를 내며 지나가는 사람의 그림자가 또렷이 보인다.

“유키 씨.”

하고 오리키가 불러서,

“왜 그러지?”

하고 옆으로 가니,

“자, 여기 앉으세요.”

라고 손을 잡고,

“보세요. 저 과일가게에서 복숭아를 사는 아이가 있죠? 네 살

정도 되는 귀여운 저 아이가 아까 그 사람 아이예요. 저렇게 어린 아이인데, 어린 마음에도 저를 어찌나 미워하는지 저를 보면 귀신, 귀신 해요. 글쎄요. 제가 그렇게 나쁜 사람으로 보이는 걸까요?"

라고 하며, 하늘을 올려다보고 휴하고 한숨을 쉬는 오리키의 모습. 견딜 수 없는 모습은 음률이 되어 드러난다.

4

같은 신개지 변두리에 야채가게와 이발소가 서로 차양을 맞대고 있는 듯한 좁은 골목길. 좁아서 비가 오는 날 우산을 펼 수도 없다. 도랑에 놓인 나무판자는 군데군데 떨어져나가서 구멍이 나 있다. 도랑을 사이에 두고 칸막이로 가구를 나눈 나가야長屋가 죽 늘어서 있는데, 그 막다른 곳 쓰레기더미 옆에 있는 게딱지만한 집 한 채가 있다. 이것이 바로 오리키가 말하는 겐시치의 집이다. 집으로 들어가는 귀틀은 썩었고 덧문은 들어맞지 않아서 제대로 닫히지 않는다. 그래도 뒤로 돌아가면 작은 툇마루가 있어서 그곳으로 밖으로 나갈 수 있다. 산자락이라 다행히 석자 정도 되는 서까래 끝에 풀이 무성한 공터가 있다. 그 끝을 살짝 둘러싸고 푸른 차조기, 과꽃, 강낭콩 덩굴 등이 듬성듬성한 대나무 울타리를 타고 올라가고 있다.

아내는 오하쓰お初라고 하여 스물여덟, 아홉은 된 것 같다. 가

난에 찌들려 나이보다 일곱 살은 더 늙어 보이고, 검게 물들인 이가 드문드문 나 있으며, 눈썹은 제멋대로 자라 있다. 오래 입어 빛이 바랜 나루미鳴海 산 쪼글쪼글한 천으로 된 유카타를 입고 있는데, 앞뒤를 바꾸어서 다시 꿰맨 것으로 무릎 근처는 눈에 띄지 않게 헝겊 조각을 대고 바느질을 해서 살짝 붙였다. 폭이 좁은 허리띠를 바짝 졸라매고, 부업으로는 등나무 나막신 만드는 일을 한다. 오본 전부터 갑자기 더위가 심해져서 오하쓰는 땀을 뻘뻘 흘리며 일사불란하게 일을 하고 있다. 재료가 되는 등나무는 준비를 다 해서 천장에 매달아 놓고, 잠시도 손놀림을 쉬지 않고 하나하나 나막신 숫자가 늘어나는 것을 낙으로 삼으며 한눈 한 번 팔지 않는 모습 가련하다.

벌써 날은 저물었는데 무슨 일인지 다키치太吉는 돌아오지 않는다. 겐 씨 역시 대체 어디를 돌아다니는 것인가 하며, 오하쓰는 하던 일을 마무리하고 담배에 불을 붙여 한 모금 빨고는 힘이 든 듯 눈을 빠금거리며 질주전자 밑을 뒤적여 모깃불 화로에 불을 나누어 담고는, 세 자쯤 되는 마루로 나와, 삼나무 잎 그러모은 것을 올려 놓고 입으로 후후 부니 연기가 뭉게뭉게 난다. 모기는 시끄럽게 윙윙 거리는 소리를 내며 처마 끝으로 도망을 가고, 다키치는 삐걱거리는 도랑 판자 소리를 내며 돌아와서는,

"엄마, 다녀왔어. 아버지도 데리고 왔어."

라며 문밖에서 엄마를 불러댄다.

"많이 늦었구나. 오테라산ぉ寺の山에 간 게 아닌가 해서 엄마

걱정하고 있었어. 어서 들어오너라."

다키치를 앞세우고 겐시치는 기운 없이 쑥 들어온다.

"어서 오세요. 오늘은 더웠죠? 필시 일찍 돌아올 것이라고 생각해서 목욕물을 데워 두었어요. 물을 쫘악 끼얹으면 시원해질 거예요. 다키치도 목욕을 하거라."

다키치는 네 하고 대답을 하고는 바로 허리띠를 풀기 시작했다.

"기다려, 기다려, 지금 물 온도를 봐 줄 테니까."

라고 오하쓰는 개수대 옆에 함지박을 놓고 솥의 물을 퍼다 휘저으며 수건을 넣어 준다.

"자, 이 아이도 씻겨 주세요. 왜 그래요. 왜 그렇게 축 늘어져 있어요? 더위 먹은 거 아니에요? 그렇지 않으면 어서 목욕을 하고 산뜻한 기분으로 식사 해요. 다키치가 기다리고 있어요."

라고 하자, 아, 그렇지 하고 생각이 난 듯이 허리띠를 풀고 탕속으로 들어갔다. 그리고 나니 어쩐지 자신의 옛일이 생각났다. 이게 딱지만한 집 부엌에서 목욕을 하고 있으리라고는 꿈에도 생각하지 못 했다. 하물며 막노동 일꾼을 도와 수레 뒤나 밀고 있다니, 낳아 주신 부모님도 생각지도 못했을 것이다. 아아, 쓸데없는 꿈을 꾼 대가로 이렇게 된 것이다라는 생각이 뼈에 사무쳤다. 아버지가 함지 속에서 꼼짝도 하지 않고 있자,

"아버지 등 밀어 줘."

라고 다키치가 천진난만하게 재촉을 한다.

"여보, 모기가 무니 어서어서 씻고 나오세요."

라고 오하쓰도 재촉을 한다.

음, 음 하고 대답을 하면서 다키치도 씻기고 자신도 씻고 나오니, 오하쓰는 깨끗이 빨아 말려서 뽀송뽀송한 유카타를 내 주며 갈아입으시라고 한다. 그것을 입고 허리띠를 매고는 바람이 잘 통하는 곳으로 간다. 아내는 옻칠이 벗겨지고 다리가 흔들거리는 낡은 상에,

"당신이 좋아하는 냉두부를 했어요."

라고 하며, 작은 밥그릇에 두부를 올려 놓고 푸른 차조기를 얹은 것을 차려서 내왔다. 다키치도 선반에서 밥통을 내려 놓고 낑낑대며 들고 온다.

"아가, 아가는 이러 오거라."

라고 겐시치는 다키치의 머리를 쓰다듬으며 젓가락을 든다.

마음속으로 딱히 무슨 생각을 하는 것은 아니지만, 그래도 혀에 감각이 없는 것 같고, 목구멍이 부어 오른 듯하여,

"이제 그만 먹을게."

라고 하며 밥그릇을 내려 놓는다.

"그러시면 안 되죠. 힘쓰는 일을 하는 사람이 밥 세 그릇을 먹지 않고 어떻게 견뎌요. 기분 나쁜 일이 있었어요? 아니면 너무 피곤하세요?"

라고 묻는다.

"아니, 아무 일 없어. 그냥 밥맛이 없을 뿐이야."

라고 하자, 아내는 슬픈 눈을 한다.

"당신 또 그 생각이 난 거죠? 기쿠노이의 음식이 아무리 맛이
있다 해도, 지금 처지에 생각을 해 봤자 어쩌겠어요? 그쪽이야 물
건을 사고 팔 돈만 있으면 옛날처럼 좋아해 주겠죠. 바깥을 돌아
다녀보면 알 수 있어요. 하얗게 분칠을 하고 좋은 옷을 입고는, 떠
도는 사람들을 이 사람 저 사람 가리지 않고 속이는 것이 그 사람
들의 장사니까요. 아아, 내가 가난해지니까 이제 상대해 주지 않는
구나 하고 생각하면 돼요. 원망할 것도 없고 미련 둘 필요도 없어
요. 뒷마을 술집 젊은이 이야기 들었죠? 후타바야二葉ゃ의 오카쿠ぉ
角에게 푹 빠져서 수금한 돈을 남김없이 탈탈 털리고, 그것을 메우
려고 도박에 손을 대서 그길로 신세가 끝장났어요. 차차 나쁜 길로
빠져 결국에는 도둑질까지 해서 지금 그 남자는 감옥에 들어가 있
지만, 상대인 오카쿠는 어떤가 하면 태연하게 재미있고 신나게 살
고 있어요. 그래도 나무라는 사람도 없고 점점 더 번창하고 있잖아
요. 물장사를 하는 여자니 그래도 되는 거죠. 속은 이쪽이 잘못한
거죠. 지금 와서 후회해 봤자 다시 돌이킬 수도 없고. 그보다 먼저
정신을 차리고 일에 집중해서 조금이라도 밑천을 만들어 주세요.
지금 당신이 쓰러지면 저도 그렇고 이 아이도 그렇고 어쩔 수 없이
길거리에 나앉게 되요. 알겠죠? 남자답게 과감하게 포기할 건 포

기하고 돈만 생기면 고무라사키小紫[123] 든 아게마키揚卷[124] 든 별장이라도 지어 들어앉히면 되잖아요. 이제 그런 생각일랑 말고 기분 좋게 진지나 드세요. 아이까지 풀이 죽어 있어요."

아이는 밥그릇과 젓가락을 앞에 놓고 영문도 모르는 채 아버지와 어머니를 번갈아 보고 있다. 이렇게 귀여운 자식도 있는데 그런 여우를 잊지 못하는 것은 무슨 까닭인가 하며, 겐시치는 가슴을 후벼 파는 것 같았고 자기 자신이 미련을 버리지 못 하는 것이라고 스스로를 탓하고 있다.

"아니, 나도 언제까지고 이렇게 바보 같이 있을 수는 없어. 오리키는 이름도 꺼내지 말아. 내가 저지른 바보 같은 짓을 생각하면 정말이지 얼굴을 들 수가 없어. 뭐 이런 신세가 되어서 새삼 무슨 생각을 하겠어. 밥을 먹지 못한다고 해도 그것은 단지 몸이 좋지 않아서 그런 거야. 뭐, 딱히 걱정할 것 없어. 자, 어서 우리 아가도 밥 많이 먹으렴."

겐시치는 벌러덩 누워 가슴에 대고 팔락팔락 부채질을 한다. 모깃불 연기에 숨이 막혀서 그러는 것은 아니다. 오리키를 생각하는 마음이 가슴에서 타오르고 있어서 몸이 화끈거리는 것이다.

---

123 에도시대 초기 요시와라 미우라야(三浦屋)의 유녀. 사형을 당한 애인 히라이 곤파치 (平井權八)의 뒤를 따라 자살. 조루리나 가부키(歌舞伎)로 각색. 생몰년도 미상.

124 가부키 「스케로쿠(助六)」에서 스케로쿠의 애인인 유녀의 이름. 교토에서 만물상의 스케로쿠와 동반자살한 시마바라(島原)의 유녀 아게마키(揚卷)가 모델.

5

누가 여자를 백귀白鬼라고 했던가? 무간지옥無間地獄[125] 인가 싶은 그곳은 어디에 무슨 장치가 있는지 보이지는 않지만, 남자들을 피의 연못에 거꾸로 떨어뜨리고 바늘산 같은 빚더미에 올라앉게 하는 것도 특기라 들었는데, 이리 오세요라고 아양을 떠는 목소리도 꿩이 뱀을 잡아 먹을 때 내는 목소리[126]로 들려 무서워진다. 그렇다고 해도 그 여자들도 여느 여자들과 마찬가지로 어머니 뱃속에 열 달 동안 있었고, 어머니 젖을 빨던 시절에는 귀엽게 도리도리 잼잼을 하며 재롱을 떨었다. 돈하고 과자 중에서 어느 것이 좋으냐고 물으면, 과자가 좋다고 작은 손을 내밀었다. 하지만 그런 여자들이 지금 하는 일을 보면, 진심은 어디에도 없다. 그래도 여자가 백 명 있으면 그 중의 한 명은 진심의 눈물을 흘릴 것이다.

"있잖아. 들어 봐. 염색집 다쓰辰 씨 일인데 말야. 어제도 가와다야川田ゃ에서 수다장이 오로쿠ぉ六 년하고 회회덕거리고 있었어. 정말 그런 짓 하는 것은 꼴도 보기 싫은데, 길에까지 메고 나가서 서로 맞고 때리고 하며 그렇게 상스러워서 뭐가 되겠어. 그 사람

---

125 불교에서 말하는 여러 지옥 중 고통이 가장 극심한 지옥. 범어(梵語) 아비치(Avici)를 음역하여 아비지옥(阿鼻地獄)이라고도 한다. 팔열지옥(八熱地獄)의 하나로서, 무간이라고 한 것은 그곳에서 받는 고통이 간극(間隙)이 없이 계속되기 때문.

126 마쓰오 바쇼(松尾芭蕉) 노래에, '뱀을 잡아서 먹는다고 들으니 무섭구나 꿩'이라는 것이 있다. '꿩'은 사창을 비유.

몇 살인 것 같아? 서른도 훨씬 넘었지. 적당히 놀고 이제 장가도 들고 살림을 할 생각을 하라고 만날 때마다 이야기를 해 줘도 그 순간만 넘기려고 건성으로 대답하고는 정신 차려서 똑바로 마음에 새기지를 않아. 아버지는 나이를 먹었고 어머니는 눈이 좋지 않아서 걱정시키지 않으려면 빨리 정신 차리고 제대로 살면 좋겠는데, 나는 그래도 그 사람의 한텐半纏도 빨아 주고, 속옷도 꿰매 줘 보고 싶기는 해. 하지만, 마음이 저렇게 경박스러워서야 언제 거두어 주겠어. 생각해 보면 고용살이 정말이지 지겨워졌어. 손님을 불러도 재미없고, 아아, 지겨워.”

라고 관자놀이를 누르며, 여자는 고개를 숙이고 이야기를 한다. 평소 같으면 남자를 속이는 데 쓰는 입으로 남자에 대한 원망과 울분을 쏟아 놓는다. 그런가 하면,

“아아, 오늘은 16일, 오본이네. 엄라대왕을 참배하러 아이들이 줄지어 지나가는구나. 예쁜 옷을 입고 용돈을 받고 신나는 얼굴을 하고 가네. 저 아이들은 분명히, 분명히 제대로 된 부모가 버젓이 있을 거야. 우리 아들 요타로與太郎도 오늘은 휴가를 냈을 텐데, 어디에 가서 무엇을 하며 놀아도 분명 남들이 부러울 거야. 애비는 술주정뱅이에 거처도 일정하지 않고, 어미는 이런 신세가 되어 이런 곳에서 부끄럽게 짙은 화장을 하고 이렇게 살고 있으니 설사 어디에 사는지 알아도 그 아이는 만나러 와 주지 않겠지. 작년에 무코지마向島 꽃구경 할 때 유부녀처럼 마루마게로 머리를 묶고 친구들과 놀러 다니다가 둑방 찻집에서 그 아이를 딱 만났지. 나는

'아이구 얘야, 아이구 얘야.'하며 불렀어. 그 때도 내가 젊어 보여서 요타로는 어이없어 하며, '어머니세요?'라고 깜짝 놀라는 것 같았지. 하물며 이렇게 커다랗게 처녀처럼 묶은 시마다 머리에 번쩍거리는 꽃비녀를 꽂고 손님을 붙잡고 농이나 주고받는 것을 보면 자식 마음이 얼마나 슬플까? 작년에 만났을 때, 지금은 고마카타駒形의 초 가게에서 일을 하고 있다고 하며, 아무리 힘든 일이 있어도 꾹 참고 어엿하게 자리를 잡아서 어머니도 아버지도 곧 호강을 시켜 드릴게요 라고 했지. 그리고, 어머니, 부디 그 때까지 혼자서 굳건히 지내세요, 누군가 다른 사람의 아내가 되지만 말아 주세요라고 했어. 하지만 슬프게도 여자의 몸이니 성냥갑 만드는 일만으로는 혼자서 살아 갈 수도 없고, 그렇다고 해서 남의 집 부엌일을 전전하는 것도 유약한 몸이니 어렵고, 해서 어차피 고생을 할 것이라면 몸이라도 조금 편한 쪽을 찾다 보니 이런 일을 하며 살아 가고 있지. 절대로 이렇게 어영부영 살고 싶어서 사는 것은 아닌데, 필시 그 아이는, 어머니는 내 기분은 조금도 알아 주지 않는다고 하며 나한테서 정이 떨어졌겠지. 이런 일을 해도 평소에는 아무렇지도 않은데 어쩐지 오늘은 부끄럽구나."

라고 저녁 무렵 거울 앞에서 눈물짓는 여자도 있다.

기쿠노이의 오리키라고 해서 악마의 화신은 아닐 것이고, 까닭이 있어서 이런 곳에 흘러들어, 입에서 나오는 대로 아무 말이나 내뱉으며 그날그날을 보낸다. 사람다운 정은 얄팍한 종이 한 장 정도나 반딧불이 빛 정도. 인간다운 눈물을 백년 분은 참고 자기 때문에 사람이 죽어도, 어머 애도를 표합니다 라며 한 마디 인사를 하는 정도이고 바로 외면을 한다. 남의 이목을 신경 쓰지 않는 것도 익숙해진 것 같다. 그렇다고는 해도 가끔 엄청난 슬픔이 가슴에 조금씩 쌓여 울고 싶어도, 남의 눈이 부끄러워 2층 방 도코노마에 몸을 내던지고 슬프게 숨죽여 운다. 이런 모습을 친구들에게도 보이고 싶지 않아 숨기니, 심지가 굳고 강한 아이라고 하는 사람도 있지만, 닿기만 해도 뚝 끊어지는 거미줄 같이 나약한 구석이 있다는 것은 아무도 모른다.

7월 16일 밤에는 어느 가게나 손님이 가득하여 도도이쓰都々一[127]나 하우타端歌[128]가 한창으로, 기쿠노이의 아래층 술자리에서도 가게에서 일을 하는 치들이 대여섯 명 모여 박자도 맞지 않는 〈기이노구니紀伊の國〉[129]를 부르기도 하고, 끔찍하게도 걸걸한 목소리로 〈가스미노고로모 에몬자카霞の衣衣紋坂[130]〉를 뽐을 내며 목청껏 내뽑기도 한다. 리키 짱은 어떻게 된 거지, 늘 부르던 노래 좀 들려줘, 어서 불러 줘, 불러 달라고 라며 손님들이 조르자, 오리키는 지명을 당한 것은 아니지만 이 자리에서 라고 하며 평소대로 부르자

---

127 에도시대 말기 도도이쓰보센카(都々逸坊扇歌, 1804.-1852)에 의해 대성(大成)된 구어 정형시이자 속곡. 7,7,7,5의 음수율.

128 에도시대 유행한 샤미센 반주의 짧은 가곡(歌曲).

129 하우타로, 메이와시대(1764-72)의 작품.

130 에몬자카(衣紋坂)는 에도 신요시와라의 니혼즈쓰미(日本堤)에서 다이몬(大門)사이에 있었던 언덕. 유객들이 이곳에서 옷을 수선해 입었다고 해서 유래한 명칭.

손님들이 신이 나서 장단을 맞추는 가운데,

"나의 사랑은 호소다니가와細谷川의 외나무 다리, 건너려니 무섭네, 건너야 하는데"

라고 노래를 부르기 시작했다. 그러다 문득 무슨 생각이 났는지,

"아아, 저, 잠깐 실례하겠습니다. 죄송합니다."

라고 하며, 샤미센을 내려 놓고 일어섰다.

"어이, 이 봐, 어디 가는 거지? 도망가면 안 돼."

라며 좌중이 야단법석을 떠는데,

"데이照 짱, 다카 씨 잠깐 부탁해. 곧 돌아올 테니까."

라고 하고는 휙 서둘러 복도로 나가서 뒤도 돌아보지 않고 가게 앞에서 나막신을 신고 비스듬히 맞은편에 있는 어두운 골목으로 모습을 감추었다.

오리키는 쏜살 같이 집을 나와, 갈 수 있다면 이대로 당나라든 천축天竺국이든 끝까지 가 버리고 싶다, 세상 끝까지 가고 싶다, 아아, 싫다, 싫다, 싫다, 어떻게 하면 사람들 목소리도 들리지 않고, 물건 소리도 나지 않는 조용하고 조용한 곳, 내 마음이고 뭐고 다 내던져 버리고 근심 걱정 없는 곳으로 갈 수 있을까, 시시하고 쓸데없고 재미없고 한심하고 슬프고 불안하다, 그런 가운데 언제까지 머물러 있을 수 있을까, 이것이 인생인가, 인생이란 이런 것인가, 아아, 싫다, 싫어 라고 생각한다.

오리키는 길바닥에 서 있는 나무에 기대어 잠시 멍하니 서 있

었다. 그러자, 건너려니 무섭네, 건너야 하는데라고 자기가 불렀던 노래 소리가 그대로 어디에서인가 들려 온다.

할 수 없지, 역시 나도 외나무다리를 건너야 해. 아버지도 잘못 디뎌 떨어져 버렸고 할아버지도 그랬지. 몇 대에 걸친 원한을 짊어지고 세상에 나온 나이니, 할 수 있는 만큼 해 보지 않은 이상 죽어도 죽는 게 아닐 것이야. 한심하다고들 생각하고, 가엾다고 생각해 주는 사람은 없지. 남들한테 슬프다고 해 봤자 이런 장사라서 싫은 건가 하고 한 마디로 무마해 버리지.

그래 어떻게 되든 되라지. 될 대로 되라지. 더 이상 생각을 해 봤자 내 신세가 어찌 될지는 모르니까, 모르면 모르는 대로 기쿠노이의 오리키로 살아가는 수밖에 없어. 인정을 모른다느니 의리를 모른다느니 그런 생각은 하지도 말자. 생각을 한다고 어떻게 되겠느냐 말이다. 이런 신세에 이런 일을 하며 이런 팔자인 나다. 어떻게 한다고 해도 남들처럼 되지 않을 것은 뻔 하니 남들 같이 되려고 고심하면 고심할수록 잘 못 될 것이다.

아아, 울적하다. 나는 왜 이런 곳에 서 있는 것일까? 왜 이런 곳으로 나온 것일까? 바보 같고 미친 것 같다. 내 자신도 잘 모르겠다. 그래, 이제 돌아가자 라고 하며 어두운 골목에서 나와 야시장이 죽 늘어선 떠들썩한 골목길을 기분전환 삼아 어슬렁어슬렁 돌아다니니, 스쳐 지나가는 사람들의 얼굴이 작디 작게 아득히 멀리 보이는 것 같고, 내가 디디고 있는 땅만 한 길이나 위로 올라와 있는 것 같다. 사람들이 시끌벅적 떠드는 소리는 들리지만 우물 바닥에 떨어진 물건 소리가 울리는 것처럼 들리고, 다른 사람들 목소리는 다른 사람들 목소리대로, 내 생각은 내 생각대로 따로따로 떨어져서 더 이상 헷갈릴 것도 없으며, 사람들이 엄청나게 서 있는, 부부 싸움을 하는 집 처마 밑을 지나가는데도, 그저 나만 광야의 겨울 고목 사이를 지나가는 것처럼 마음에 걸리는 것도 없고 눈에 들어오는 경치도 없다. 이는 자신이 생각해도 너무 심하게 가슴이 두근거려서 살아 있는 것 같지가 않고, 불안하여 이대로 미치는 것이 아닌가 하고 멈춰 섰다. 그 순간 "오리키, 어디 가는 거야?" 하고 어깨를 툭 치는 사람이 있었다.

6

　16일에는 기다리고 있겠습니다. 꼭 오세요 라고 유키에게 이야기한 것을 오리키는 까마득히 잊고 있었던 것이다. 그런 유키 도모노스케를 생각지도 못하게 우연히 만나, 어머나 하고 놀란 표정이 평소의 오리키와는 달리 재미있다고 생각하여 유키는 껄껄대며 크게 웃는다.

　"어머, 창피해요. 생각에 잠겨 걷고 있는데 갑자기 만나게 되어 당황했어요. 오늘 밤에는 잘 오셨어요."

　라고 하니,

　"그렇게까지 약속을 해 놓고 기다리지도 않다니 마음이 없는 게지."

라고 유키가 다그친다.

"입이 열 개라도 할 말이 없어요. 변명은 나중에 하죠."

라며 오리키가 유키의 손을 잡아 끄니,

"어이, 어이, 사람들이 보면 이러쿵저러쿵 귀찮게 떠들어댄다구."

라고 하며 신경을 쓴다.

"마음대로 떠들어대라고 해요. 우리는 우리니까요."

라며 인파를 헤치고 기쿠노이로 데리고 간다.

아래층 술자리에서는 오리키가 도중에 자리를 뜬 것을 가지고 아직도 화를 내며 야단법석을 떨고 있다. 어, 돌아 왔네 라고 가게 앞에서 하는 말을 듣고, 손님을 그대로 두고 도중에 자리를 뜨는 법이 어디 있느냐, 돌아왔으면 이쪽으로 와라, 얼굴을 보여 주지 않으면 가만두지 않겠다 등등 고압적으로 떠들어대고들 있다. 오리키는 그런 이야기들을 흘려듣고 유키를 2층 방으로 데리고 올라가서는,

"오늘 밤에도 두통이 나서 술 상대는 할 수가 없어요. 많은 사람들 가운데 있으면 술 냄새에 취해서 주사를 부리게 될지도 몰라 잠깐 쉬려고요. 나중에는 어찌될지 모르겠지만, 지금은 실례를 하겠습니다."

라고 한다. 유키는 걱정이 되어서,

"그래도 괜찮은가? 손님이 화를 내지 않겠어? 손님하고 실갱이

를 하면 번거로워지잖아?"

라고 신경을 쓰지만, 오리키는,

"괜찮아요. 허여멀건 장사꾼들이 뭘 어쩌겠어요? 화를 내려면
내라지요."

라고 하며 하녀에게 이야기해서 술을 준비하게 한다. 술이 오
는 것을 기다리다 참지 못하고,

"유키 씨, 나 오늘 밤 좀 재미없는 일이 있어서, 어쩐지 기분이
이상하니까, 그런 줄 알고 있어요. 술을 진탕 마실 거니까, 말리지
마세요. 취하면 좀 돌봐 줘요."라고 한다.

"자네가 취한 것은 아직 본 적이 없어. 속이 후련해질 때까지
마시는 것은 좋지만, 또 두통이 나지 않겠어? 뭐가 그리 성에 맞지
않은 거지? 나에게 이야기하면 안 되는 일인가?"

라고 묻자,

"아니요, 당신이 좀 들어 주었으면 해요. 술에 취하면 이야기
할 테니까, 놀라면 안 돼요."

라고 하며 생긋 웃고는 큰 대접을 가져다 숨도 쉬지 않고 두세
잔을 연거푸 마신다.

평소에는 별로 마음에 두지 않았던 유키의 모습이 오늘 오리
키에게는 어쩐지 평범해 보이지 않아서, 떡 벌어진 어깨에 훤칠한
키, 침착하게 이야기하는 신중한 말씨, 날카롭게 사람을 꿰뚫어 보
는 듯한 눈빛, 이 모든 것이 위엄이 있어 보여 기뻤고, 짙은 머리카
락을 짧게 깎고 제비추리 부분이 선명한 것도 새삼 눈에 띄었다.

"뭘 그리 정신없이 보고 있지?"

라고 물으니,

"당신 얼굴을 보고 있어요."

라고 한다.

"아이구, 귀여운 것."

하고 노려보자, 오리키는

"어머, 무서워라."

라고 하며 웃는다.

"농담은 그만하고, 오늘 밤은 아무래도 자네 모습이 이상해. 물어 보면 화를 낼지도 모르겠지만, 무슨 일이 있었나?"

라고 묻는다.

"아뇨, 아무 일도 없어요. 사람들하고 옥신각신하는 것은 늘 있는 일이에요. 그런 일은 전혀 신경 쓰지 않으니 걱정할 것도 없어요. 내가 가끔씩 변덕을 부리는 것은 남들 때문이 아니라 내 마음이 심란해서 그래요. 나는 이렇게 천한 신세, 당신은 훌륭하신 분, 제 생각을 말씀드리면 이해를 해 주실지 어떨지 잘 모르겠지만, 뭐 웃음거리가 되더라도 저는 상관없어요. 당신께 웃음거리가 된다면요. 오늘밤에는 남김없이 다 이야기할 거예요. 아아, 무슨 이야기부터 할까? 가슴이 부대껴서 말이 제대로 나오지 않아요."

라고 하며, 또 큰 대접으로 술을 벌컥벌컥 마신다.

"무엇보다 먼저, 제가 타락한 몸이라는 것을 이해해 주세요. 원래 곱게 자란 규슈가 아니라는 것은 이미 알고 계시겠지만, 진흙

속의 연꽃이니 뭐니 하며 아무리 아름다운 말로 수식을 해 봐야 우리들은 나쁜 일에 물이 들지 않으면 장사가 번창하기는커녕 어쩌다가라도 보러 오는 사람도 없을 거에요. 당신은 예외. 나한테 오는 사람들은 대부분 다 그래요. 저만 해도 가끔씩 보통 세상을 생각하며, 이런 일을 하는 것을 부끄럽고, 힘들고, 한심하다고 생각하는 적도 있어요. 차라리 초라한 토끼장 같은 집이라도 정해진 남편을 따라 가정을 이루고 싶은 생각도 있지만, 저는 그렇게 할 수 없어요. 그래도 손님이 오면 무뚝뚝하게 대할 수도 없어서, 멋져요, 사랑스러워요, 좋아졌어요 라고 적당히 입에 발린 말도 해야 해요. 개중에는 그렇게 인사치레로 하는 말을 곧이곧대로 듣고 이렇게 너절한 저를 아내로 삼고 싶다고 해 주는 분도 있어요. 좋아하는 남자가 아내로 맞이해 주면 그것이 좋은지, 좋아하는 남자의 아내가 될 수 있다면 그것이 제 바람인지 그것을 저는 모르겠어요. 원래 처음부터 저는 당신이 너무너무 좋아서 하루라도 뵙지 못하면 그리워질 지경이지만, 당신이 저를 아내로 맞이해 주겠다고 한다면 어떨까요. 한 남자에게 얽매이는 것은 싫어요. 하지만 손이 닿지 않는 곳에 있으면 그리워서 견딜 수가 없어요. 네, 그래요. 이랬다 저랬다 해요. 차분히 있을 수가 없어요. 한 마디로 하자면 바람둥이겠지요. 어쩌다 이렇게 되었게 되었냐 하면, 내가 삼대 째 내려오는 팔푼이이기 때문이에요. 우리 아버지의 인생도 슬펐지요.”

라고 하며 오리키는 눈물을 글썽거렸다.

"아버지는 어땠는데?"

라고 질문을 하자,

"아버지는 직인, 할아버지는 사각형 글자[131]를 읽는 학자셨지요. 그런데 할아버지 역시 저처럼 미친 사람 같았고, 세상에 아무 도움이 되지 않는 쓰레기 같은 글을 썼지요. 그러니 위[132]에서 출판을 금지당했다고 해요. 그것을 받아들이지 못하고 단식을 하다가 돌아가셨답니다. 출신은 천하지만, 열여섯 살 때부터 생각하는 바가 있어서 열심히 공부를 했죠. 하지만, 육십 넘어서까지 무엇을 해도 제대로 결실을 맺지 못하고, 결국에는 세상 사람들의 비웃음거리가 되어 지금은 이름을 기억하는 사람도 없다며 아버지가 늘 한탄하는 것을 어렸을 때부터 들어 왔습니다. 우리 아버지라는 사람은 세 살 때 마루에서 떨어져서 한쪽 다리를 못 쓰게 되었고, 그러니 사람들과 어울리는 것이 싫다고 앉아서 하는 일로 금붙이로 장식물을 만드셨는데, 자존심이 세고 붙임성이 없어서 특별히 호의적인 사람도 없었습니다. 그런데, 아아, 내 기억에 일곱 살 되던 해 겨울이었습니다. 한 겨울에 부모님과 저 셋이서 헌 유카타 차림으로, 아버지는 추운 줄도 모르는지 기둥에 기대 세공품 제작에 정성을 들이고 있었고 어머니는 귀가 빠진 아궁이에 깨진 냄비를 하나 올려 놓고 내게 심부름을 시켰어요. 소쿠리를 들고 잔돈을 손

---

131 '사각형 글자'란 '한자'를 뜻하며 학문적 소양이 있음을 나타냄.
132 '위'는 '도쿠가와막부(德川幕府)'를 말함.

에 꼭 쥐고는 쌀집 문까지 신이 나서 달려갔지만, 돌아오는 길에는 온몸이 얼어붙고 손발이 곱아서 집에서 대여섯 채 전에 있는 집까지 와서는, 도랑에 놓인 판대기 위의 얼음에 미끄러져서 넘어졌어요. 그 바람에 손에 든 것을 떨어뜨렸고 한 장이 빠진 도랑의 판자 틈으로 쌀이 줄줄줄 흘러 들어갔어요. 그 아래는 지저분한 시궁창이었지요. 몇 번이고 들여다보았지만, 그것을 어떻게 주워 담을 수 있었겠어요. 그 때 나는 일곱 살이었지만 집안 사정이나 부모님의 마음을 잘 알기에, 쌀은 도중에서 쏟아 버렸어요 라고 하며 빈 소쿠리를 들고 집에 돌아갈 수도 없어서 한참동안 서서 울고 있었습니다. 하지만, 무슨 일이냐고 물어 봐 주는 사람도 없고, 물어 봤다 해도 쌀을 다시 사 주겠다고 하는 사람은 더더욱 없었겠지요. 그 때 근처에 강이나 연못이 있었다면 저는 필시 몸을 던져 버렸을 거예요. 아아, 아무리 이야기를 해도 진짜 이야기의 백분의 일밖에 안 될 것입니다. 저는 그 무렵부터 미쳤습니다. 집에 돌아오는 것이 늦어지자 어머니가 걱정을 해서 찾아와 준 것을 기회로 집에 돌아오기는 했지만, 어머니도 말을 하지 않고 아버지도 아무 말이 없고 누구 한 사람 저를 야단치는 사람도 없이 집안은 조용하였습니다. 가끔씩 한숨 소리가 새어 나오는데 나는 몸이 잘려 나가는 것보다 더 속이 상했으며, 오늘 하루는 단식을 하자라는 아버지의 말씀 한 마디가 나오기 전까지는 숨을 쉬는 것도 조심스러워서 조용조용 숨을 쉬었을 정도예요."

말을 하다 말고 오리키는 흘러내리는 눈물을 막을 길이 없어 주황색 손수건을 얼굴에 대고 그 끝을 물어뜯으며 한동안 말을 잇지 못하니, 그 자리에는 아무 소리가 나지 않아 술 냄새를 맡고 몰려드는 모기들의 웽웽거리는 소리만 크게 들린다.

고개를 들었을 때는 뺨에 눈물 자국이 보이기는 했지만 쓸쓸한 웃음을 지으며,

"저는 이런 가난한 집 딸, 부모한테 물려받아 종종 정신 이상 증세를 일으킵니다. 오늘밤에도 이렇게 정신없는 말씀을 드려 아마 당신 당황스러웠을 거예요. 이제 이야기는 그만할게요. 기분이 상하셨다면 용서해 주세요. 누군가 불러서 기분을 좀 밝게 할까요?"

라고 물으니,

"아니, 신경 쓰지 않아도 되네. 그래 아버님은 일찍 돌아가셨나?"

"예, 어머니가 폐결핵이라는 병을 앓아 돌아가시고나서 일주기도 되지 않아 뒤를 따라가셨어요. 지금 살아 계셔도 아직 쉰 살, 부모라서 하는 칭찬은 아니지만 세공은 정말이지 명인이라 하기에 충분한 분이셨어요. 하지만 아무리 명인이라도 아무리 재주가 좋아도 우리 집 같은 집안에서 태어난 이상은 아무것도 할 수 없었겠지요. 제 신세도 똑같아요."

라며 우울한 표정.

"자네는 출세를 바라나?"

느닷없이 도모노스케가 묻자,

"네?"

라고 깜짝 놀라는 모습이었지만,

"저 같은 처지에 바라는 것은 고작 소쿠리에 담긴 쌀 정도지, 뭐 옥으로 만든 가마 같은 것은 꿈도 못 꾸죠."

라고 한다. 유키가,

"거짓말도 사람 봐 가며 해야지. 난 처음부터 다 알고 있었는데 숨기는 것이 오히려 더 촌스럽지 않나? 과감하게 이야기하면 돼. 무슨 말이건 하라구."

라고 하자,

"어머, 그런 식으로 부추기지 마세요. 어차피 이런 처지인 걸요."

라고 또 풀이 푹 죽어 아무 말이 없다.

이제는 밤도 꽤 깊어졌다. 아래층 손님들은 어느새 다 돌아간 것 같았다. 바깥의 덧문을 두드리는 소리에 도모노스케는 깜짝 놀라 정신을 차리고 돌아갈 준비를 하는데, 오리키는 아무래도 주무시고 가라고 한다. 나막신을 감추면서까지 붙잡아서 발이 없으니 유령이 아닌 다음에야 문틈으로 나갈 수도 없다고 하며, 오늘밤은 이곳에서 묵고 가기로 했다. 덧문을 닫는 소리가 한 차례 시끄럽더니 그 후에는 투명하고 맑은 등불의 그림자도 사라지고 단지 처마 밑으로 지나다니는 야행순사 구두 소리만 높이 들린다.

7

생각이 났다고 해도 지금에 와서 어찌할 수도 없다. 잊어 버려
야지 체념해 버려야지 하고 마음을 다지면서도 작년 오본 때는 유
카타를 맞춰 입고 둘이서 함께 구라마에藏前로 참배를 갔던 일이
생각을 하지 않으려 해도 자꾸만 가슴에 절절이 떠올라, 겐시치는
오본이 되고 나서부터는 일을 하러 갈 의욕도 기력도 없어졌다.

"여보, 이러면 안 돼요."

라고 타이르는 오하쓰의 말도 듣기 싫어,

"시끄러워. 아무말 말라고."

라고 하고는 벌렁 누워 버린다. 오하쓰는,

"아무 말 않고 있으면, 어떻게 먹고 살라는 거예요? 몸이 안 좋
으면 약을 먹으면 되고, 의사한테 진찰을 받으면 되는데, 당신의
병은 그것도 아니고 마음만 고쳐먹으면 되는 것으로, 어디 한곳 아
픈 곳도 없잖아요. 조금은 정신을 차리고 일을 좀 해 줘요."

라고 한다.

"허구한날 같은 소리. 귀에 못이 박히게 들어서 기분이 더 나
빠. 술이라도 사 와. 기분전환으로 술이나 마셔 보게."라고 한다.

"여보, 술을 살 수 있을 정도라면 싫다는 사람한테 억지로 일을
하러 가 달라고 부탁도 하지 않아요. 내가 부업으로 아침부터 밤까
지 기를 쓰고 일해 봐야 고작 15전 벌어요. 그것으로는 우리 세 식
구 따뜻한 물 한 모금 제대로 마실 수 없어요. 그런데 술을 사 오라

니, 당신도 참 어지간히 막무가내네요. 오본이라고 하는데 어제도 아이에게 찹쌀 경단 하나 먹여 주지 못했어요. 게다가 조상님을 맞이하는 신단도 하나 꾸미지 못하고 겨우 등명燈明[133] 하나 단 것으로 조상님께 용서를 구한 것도 다 누구 때문이라고 생각하세요? 당신이 바보 같이 오리키년한테 홀려서 일어난 일, 이렇게 말하면 미안하지만 당신은 부모에게도 불효자식이고, 자식에게도 제대로 된 부모 노릇 못하고 있는 거예요. 이제 조금은 아이 앞날을 생각해서 사람 도리 제대로 해 주세요. 술을 마셔서 기분이 좋아지는 것은 한 때 뿐이니, 진정 마음을 고쳐먹지 않으면 저는 너무 불안해서 살 수가 없어요."

마누라가 이렇게 한탄을 해대니, 대답은 없고 가끔씩 한숨만 푹푹 쉬며 꿈쩍도 하지 않다가 벌러덩 드러눕는다. 그 속이 얼마나 괴로울 지.

"이런 처지가 되고서도 오리키를 잊을 수 없는 거예요? 십 년을 같이 살고 아이까지 낳은 나를 이렇게 한 없이 마음고생을 시키고 아이에게는 누더기를 입히고 집이라고는 개집 같은 방 한 칸, 사람들한테는 모두 바보 취급당하고 따돌림을 당해요. 봄가을 피안彼岸[134]이 되어서 인근에 찹쌀떡이나 경단을 돌릴 때도 겐시치 집에는 주지 않는 게 좋다, 답례를 하려면 힘들 테니까 라고 하며 친

---

133 신불에게 올리는 등불.
134 춘분이나 추분의 전후 각 3일간을 합한 7일간. 또, 그 즈음의 계절.

절한 마음에 그리는 것이겠지만, 나가야 열 집 중 한 집만 빼요. 남자는 밖으로 나돌아 다니니 전혀 마음에 걸릴 일이 없겠지만 집에 있어야 하는 여자 마음은 참을 수 없을 만큼 서글프고 애처로워 저절로 마음이 쪼그라들고, 아침저녁 인사를 할 때도 남들 눈치를 보게 되는 처참한 심정이에요. 그런 생각은 눈꼽 만큼도 하지 않고 계속해서 자기를 버린 여자 생각만 하다니. 그렇게 무정한 사람이 그리운 건가요? 벌건 대낮에도 꿈을 꾸며 불러대는 그 한심함, 마누라도 그렇고 자식도 그렇고 다 잊어버리고 오로지 오리키 한 여자에게 목숨이라도 바칠 생각인가요? 당신 정말이지 한심하고 박정하고 매정한 사람이에요.”

말이 끊겨서 보니 원망의 이슬방울이 오하쓰의 눈 안에 가득하다. 두 사람 모두 말이 없으니, 좁은 집안이 어쩐지 쓸쓸하고, 서서히 지물어 가는 하늘에 집안은 더 어두침침하여 등불을 밝히고 모기불을 피운다. 오하쓰는 서글픈 생각에 문밖을 바라보니 종종 걸음으로 서둘러 돌아오는 다키치로太吉郎의 모습, 뭔지 모르겠지만 커다란 보따리를 두 팔로 안고,

“엄마, 엄마, 이것 받아 왔어.”

라고 하며 싱글벙글 뛰어 들어온다. 보니 신개지에 있는 히노데야日の出や의 카스테라.

“어머, 이런 거 누구한테 받은 거니? 고맙다고 인사는 잘 했지? 라고 물으니,

“응, 고맙다고 하고 왔어. 이건 기쿠노이의 귀신 누나가 준 거

야."

어머니는 안색이 싹 바뀌어,

"참 뻔뻔스런 여자네. 이렇게 우리를 비참한 지경으로 몰아 넣고 아직도 부족하다고 생각하는 것인가? 애까지 이용을 해서 애비의 마음을 움직이고 있네. 뭐라고 하면서 주든?"

라고 하니,

"큰 길 사람들 많은 곳에서 놀고 있는데 어떤 아저씨하고 같이 와서, 과자 사 줄 테니까 같이 가자고 했어. 나는 필요 없다고 했는데 안고 가서 사 주었어. 먹으면 안 돼요?"

라고 어머니의 마음을 알 수가 없어 안색을 살피며 머뭇거리고 있다.

"아무리 어리다고 해도 그렇지, 정말이지 참 철이 없구나. 그 누나는 귀신 아니니? 아버지를 게으름뱅이로 만든 귀신 아니냐구. 네 옷이 없어진 것도, 네 집이 없어진 것도 모두 다 그 귀신이 한 짓이야. 잡아먹어도 시원치 않을 판에 악마한테서 과자를 받아 오고, 먹어도 되냐고 물어 보다니. 그렇게 물어 보는 것 자체가 한심하잖아. 더럽고 지저분한 이 과자 집안 두는 것만으로도 화가 나. 내다 버려. 내다 버리라고. 너, 아까워서 못 버리겠다는 거야? 멍청한 놈."

하고 욕을 퍼부으며, 보따리를 들어다 집 뒤 공터에 던져 버리자, 종이는 찢어지고 굴러 떨어진 과자는 울타리를 넘어 도랑 속으로 빠져 버린다. 겐시치는 뚱한 표정으로 벌떡 일어나서,

"오하쓰."

하고 큰 소리로 부른다.

"왜 불러요?"

하며, 오하쓰는 돌아보지도 않고 곁눈으로 옆얼굴을 노려본다.

"사람을 무시해도 유분수지. 보자보자 가만히 있으니까 하늘 높은 줄을 모르고, 지금 그 악다구니는 대체 뭐야? 아는 사람이면 아이한테 과자 정도 사 주는 게 이상한 일도 아니고 그것을 받았다고 해서 뭐가 그리 잘 못됐다는 거지? 멍청한 놈이라고 하는 것은 다키치를 빗대어 나 들으라고 하는 소리겠지. 아이한테다 대고 애비 욕을 하는 마누라라니 그런 것은 대체 어디에서 배운 거지? 오리키가 귀신이라면 너는 마왕이야. 장사를 하는 사람이 손님을 속이는 것은 어제오늘 시작된 일이 아니라지만, 마누라가 서방한테 대고 패악질을 하다니 그게 그냥 넘어갈 줄 알아? 막일을 하든, 인력거를 끌든 서방은 서방으로서의 권위가 있는 법. 마음에 들지 않는 너 같은 것을 집에 그냥 둘 수는 없지. 어디든 나가 버려, 나가 버리라고. 쓰잘데기 없는 여편네 같으니라구."

라며 야단을 쳐댄다.

"아니, 여보 무슨 말이에요. 너무 하잖아요. 곡해하지 마세요. 내가 뭘, 당신 들으라고 했겠어요. 아 아이가 너무 철이 없고, 오리키가 하는 짓이 너무 미워서 그만 내뱉은 말을 어떻게 그렇게 나쁘게 듣고 나가라고 하니, 너무 하잖아요. 다 집안을 생각해서 당신 듣기 싫은 말도 하는 거죠. 집을 나갈 것 같으면, 이런 가난한 살림살이를 참고 견디겠어요?"

라고 하며 울자,

"가난한 살림살이 지겨워졌으면 네 마음대로 어디든 가라구. 네가 없다고 해서 빌어먹을 것도 아닐 테고, 다키치가 팔다리 뻗고 잘 곳이 없는 것도 아냐. 자나 깨나 입만 열면 나에 대한 불만에 오리키에 대한 질투지. 그것도 하루 이틀이지 이제 지긋지긋해. 네가 나가지 않는다면 어차피 마찬가지야. 이런 별 볼 일 없는 거지 같은 집 내가 다키치 데리고 나가 줄게. 그러면 너도 마음껏 고함을 질러도 되고 좋잖아? 자, 네가 나가든가, 내가 나가든가 하자구."

겐시치는 길길이 날뛰었다.

"그럼 당신은 정말로 나하고 헤어질 생각인 건가요?"

"당연하지."

지금의 겐시치는 평소의 겐시치가 아니었다.

오하쓰는 분하고 슬프고 한심하고, 말도 할 수 없을 만큼 밀려 올라오는 눈물을 머금고,

"제가 잘못 했어요. 용서해 주세요. 오리키가 친절한 마음으로 신경을 써서 준 것을 버려 버린 것은 더더욱 잘못 했어요. 당신 말 대로 오리키를 귀신이라고 했으니 저는 마왕이에요. 이제 그렇게 말하지 않을 게요. 이제 그러지 않을 게요. 절대로 오리키에 대해 앞으로는 이러쿵저러쿵 하지도 않고 험담도 하지 않을 테니까 이 혼만은 말아 주세요. 다시 말할 것도 없지만, 저는 부모도 없고 형제도 없어요. 아버지를 대신해 준 아저씨가 중매인이 되어 시집을

왔으니, 이혼을 당하면 갈 곳도 없어요. 제발 용서해 주세요. 저는
밉더라도 이 아이를 보고 그냥 있게 해 주세요. 잘못했어요."

라고 하며 손을 땅에 짚고 울지만,

"아니, 아무래도 나가 줘야겠어."

라고 한다. 그 후로는 아무 말도 하지 않고 벽을 향하고는 오하
쓰의 말이 귀에 들어오지 않는 척하고 있다. 전에는 이렇게 매정한
사람이 아니었는데 하며, 오하쓰는 기가 질려 여자한테 마음을 빼
앗기면 이렇게까지 모질어지는 것일까, 아내만 울리는 것이 아니
라 결국에는 사랑스런 아이도 굶어죽게 할지도 모른다, 지금 내가
잘못했다고 빌어 봐야 소용도 없다라고 각오를 하고, 다키치, 다키
치 하고 옆으로 불러다가,

"너, 아버지하고 살래? 엄마하고 살래? 말해 보렴."

라고 한다.

"나는 아버지는 싫어, 아무것도 사 주지 않는 걸."

라고 아이는 솔직하게 대답을 한다.

"그러면 어머니가 어디로 가든 같이 갈 거지?"

"응, 그럴 거야."

아이는 아무 생각없이 대답한다.

"당신, 들었죠? 다키치는 나를 따라 간다고 해요. 아들이니까
당신도 데리고 가고 싶겠지만 이 아이는 당신 손에 맡겨 놓을 수
가 없어요. 어디로 가든 제가 데리고 가요. 알겠어요? 제가 데려가
요."

라고 하니,

"맘대로 하라구. 아이고 나발이고 필요 없어. 데리고 가고 싶으면 어디든 데리고 가. 집이고 살림살이고 아무 것도 필요 없어. 어떻게든 마음대로 하라구."

라고 하며 누워서 돌아보지도 않는다.

"참, 기가 막히네요. 집도 절도 없는 주제에 마음대로 하라니. 앞으로 홀홀단신 하고 싶은 대로 마음껏 도락을 하라구요. 이제 이 아이는 아무리 원해도 돌려 주지 않을 거예요. 알았죠? 돌려 주지 않아요."

라고 다짐에 다짐을 하고 장롱을 뒤져 보따리를 이것저것 꺼내,

"이것은 이 아이가 잘 때 입는 겹옷, 배두렁이 세 길 정도 가져 갈게요. 술을 먹고 한 소리도 아니니 정신을 차리고 다시 생각할 일도 없겠지만, 잘 생각해 보세요. 아무리 가난해도 온전히 두 부모 밑에서 자란 아이는 그 무엇보다 호강을 한다는 말이 있지만, 이렇게 헤어지고 나면 편모슬하, 어쨌거나 불쌍한 것은 이 아이라고 생각하지 않으세요? 아, 그렇죠. 속이 다 썩은 사람이 아이가 귀한 줄은 알겠어요? 그럼 안녕히 계세요."

라고 하며, 오하쓰가 보따리를 들고 나가자,

"빨리 가 버려. 빨리 가라구."

라고만 하고 잡지도 않는다.

8

섣달그믐에 지내는 다마마쓰리魂祭[135]가 지난 지 며칠, 아직 오본 때 단 초롱의 불빛이 희미하게 횅하니 남아 있는 무렵, 신개지 마을을 나오는 관 두 개가 있다. 하나는 가마이고 하나는 사람들이 메고 있다. 가마는 기쿠노이 은거지에서 조용히 나온다. 대로에서 보는 사람들이 수군거리는 이야기를 들으니,

"저 아이도 참 운도 없지. 별 볼일 없는 녀석한테 찍혀서 참 가엾게 되었어."

라고 하는 사람도 있는가 하면,

"아냐, 그것은 다 알고 그랬다고 해요. 그 날 저녁에 오테라산에서 두 사람이 서서 이야기를 하고 있었다고 확실하게 이야기하는 중인도 있어요. 여자도, 남자가 워낙 홍분을 하고 있었고 도리상 어쩔 수 없이 그랬겠죠."

라고 하는 이도 있다.

"뭐, 저런 여자가 도리를 알겠어? 목욕탕에 갔다가 돌아오는 길에 남자를 만나서 뿌리치고 도망을 갈 수도 없으니 같이 이야기를 하면서 걸었겠지. 그런데 한쪽 어깨를 비스듬히 베었어. 뺨 끝도 살짝 베었고, 목도 찔려서 상처를 입었고. 상처가 여러 군데인

---

135 조상의 영혼을 집에 맞이하여 지내는 제사.

것으로 봐서 확실히 도망을 치면서 당한 것이 틀림없어. 그에 반해 남자 쪽은 정말 깨끗하게 할복을 했지 뭐야. 이불가게를 할 무렵에는 별 볼일 없는 남자라고 생각했는데 그야말로 죽고나서 명예를 얻은 거지. 어쩐지 훌륭해 보였어.

라고 하는 이도 있다.

"어쨌든 기쿠노이는 큰 손해를 봤지. 그 아이에게는 남자들이 꽤 붙어 있었을 텐데 말야. 놓쳐 버렸으니, 참 아깝지."

라고 남의 걱정을 농담으로 생각하는 사람도 있다.

제설이 분분하여 확실한 것은 알 수 없지만, 원한이 남았는지, 사람의 혼처럼 길게 선을 그으며 빛나는 것이 오테라산이라는 조금 높은 곳에서 가끔씩 날아가는 것을 본 사람이 있다고 전해진다.

(『문예구락부文藝俱樂部』1896년 9월)

| 작가 소개 |

■ 히구치 이치요

히 구치 이치요樋口一葉(1872.5.2.-1896.11.23)는 일본근대 최
초의 여류작가로서 선구자적인 존재이다. 그녀는 1872년
5월 2일, 도쿄부 관사에서 아버지 노리요시則義와 어머니 아야메ぁ
やめ(후일 다키[多喜]로 개명)의 2남3녀 중 다섯째이자 차녀로 태어났
다. 본명은 나쓰奈津로, 나쓰코夏子라고도 쓴다.

만4세에 공립 혼고소학교本郷小学校에 입학하였으나 너무 어려
퇴학하고 반 년 후 사립 요시카와학교吉川学校에 입학하였다. 어렸
을 때부터 영리하고 기억력이 좋았으며, 당시 여자아이들이 즐겨
하던 공놀이나 하네쓰키보다는 그림책이나 소설류를 탐독했다고
한다. 열 살 되던 해 사립 세이카이학교青海学校로 전학하였고, 재
학 중 교사에게 와카和歌를 배웠다. 이 후 동학교 소학고등과제4급
을 수석으로 졸업하였으나 어머니가 여성에게는 학업은 필요하지

않다고 생각하여 3급에 진학하지 않고 퇴학하였다. 그러나 아버지는 이치요에게 와카和歌 집을 자주 사다 주었으며, 지인인 와다시게오和田重雄에게 와카를 배우게 했고, 나카지마 우타코中島歌子가 메이지시대明治時代 상류, 중류계급의 자녀를 모아 와카와 습자를 가르친 사숙私塾 「하기노샤萩の舍」에 보냈다. 이치요는 이곳에서 명문가 영양들과 섞여 와카와 왕조문학 등 고전을 배웠다. 이 시기에 이치요 문체의 특징인 일기적, 자조적 세계를 와카적, 아문체로 표현하는 방향이 정해졌으며, 화족 출신의 영양들과 달리 같은 평민인 건축업자 다나카 이치고로田中市五郎의 아내인 다나카 미노코田中みの子와 닭고기도매상의 딸 이토 나쓰코伊東夏子와 함께 3재원才媛이라 불리우며, 『고킨와카집古今和歌集』을 논의하기도 하였다.

그러던 중 히구치가의 호주였던 큰 오빠 센타로泉太郎는 메이지법률학교明治法律学校를 중퇴하고 오쿠라쇼大蔵省 출납부에 근무했지만 1887년 폐결핵으로 사망함으로써, 이치요는 아버지를 후견인으로 하여 호주를 상속받는다. 이어 아버지는 1889년에 경시청을 퇴직하고 집을 판 돈을 다 쏟아부어 하물차청부업조합 설립사업에 참가하였으나 실패하여 부채만 남기고 죽고 만다. 이로써 이치요는 열일곱의 나이에 히구치 집안의 실질적 책임자가 되고, 시부야 사부로渋谷三郎라는 약혼자에게는 파혼을 당한다. 히구치가는 차남 도라노스케虎之助를 의지하고자 하였으나 어머니와 사이가 좋지 않아, 이치요는 하기노샤의 입주제자가 되었고 하녀 취급을 받게 된다. 결국 이 일도 그만두고 혼고 기쿠자카本郷菊坂로

이사를 가서 어머니, 여동생과 바느질이나 세탁일, 나막신 수공업 등을 하였으나 늘 생활고에 시달려야 했다. 이러한 가운데 하기노샤의 다나베 가호田辺花圃가 1888년 소설 「덤불 속 휘파람새薮の鶯」를 출판하여 33엔이라는 거액의 원고료를 받은 것을 알고 자신도 소설을 쓰기로 결심한다. 이후 1891년 여동생 구니코邦子의 지인인 노노미야 기쿠코野々宮菊子의 소개로 『도쿄아사히신문東京朝日新聞』 전속작가로서 통속소설을 집필하고 있던 나카라이 도스이半井桃水를 알게 되어 소설 지도를 받게 된다. 그 결과, 1892년 나카라이가 주재한 문예잡지 『무사시노武蔵野』에 처녀작 『밤벚꽃闇桜』을 발표하여 문단에 데뷔한다. 그러나 둘 사이에 추문이 일어 둘은 절교를 하고 우에노上野의 도쿄도서관에 다니며 독학을 한다. 이렇게 해서 다나베의 소개로 소설 「매목うもれ木」, 「눈 오는 날雪の日」 등을 집필하여 원고료를 받는다. 그러나 이후 집필이 순조롭지 않아 1893년 7월 요시와라유곽吉原遊郭 근처의 시타야 류센지초下谷龍泉寺町로 거처를 옮겨 잡화 및 과자를 파는 잡화점을 연다. 이때의 경험은 대표작 「키재기たけくらべ」의 제재가 된다. 그러나 다음해 근처에 동종 업종이 개점을 하면서 생계는 다시 힘들어지고 1894년에는 가게를 정리하여 마루야마후쿠야마초丸山福山町로 이사, 하기노샤의 조교가 된다. 이곳에서 이 해 1월부터 「키재기」 집필이 시작되었고 이후 「어두운 밤やみ夜」(1894.7-11), 「섣달그믐大つごもり」(1894.12)을 발표한다. 1895년에는 도스이가 하쿠분칸博文館을 소개하여 오하시 오토와大橋乙羽를 알게 된다. 오하시 부처는 이치요에게 경제적 지원을 했을 뿐만 아니라, 작품 발표의 장을 제공함으로써 이후 이치요는「키재기」(1895.1-1896.1),「가는 구름ゆく雲」(1895.5),「흐린 강にごりえ」(1895.9),「십삼야十三夜」(1895.12),「갈림길わかれ道」(1896.1),「이 아이この子」(1896.1),「속 보라색裏紫」(1896.2),「자진하여われから」(1896.5) 등 속속 주옥 같은 대표작을 발표하게 된다. 즉, 이치요는 이 시기「흐린 강」을 통해 일약 명성을 얻고,「십삼야」를 발표함으로써 작가로서의 지위를 확고히 한 것이다. 이어 1896년에는『문예구락부文芸俱楽部』에「키재기」가 일괄 게재되었고, 모리 오가이森鴎外, 고다 로한幸田露伴, 사이토 료쿠우斎藤緑雨는『메자마시구사めさまし草』의 합평「삼인 농담三人冗語」을 통해 격찬을 하게 된다. 그러나 안타깝게도 이 무렵, 폐결핵이 발병하여, 이겨내지 못하고 결국 11월 23일 만 24세 6개월이라는 아까운 나이로 죽음을 맞이하고 만다.

이와 같이 이치요는 아버지와 오빠의 죽음으로 인한 경제적 생활고를 겪는 가운데에도 어렸을 때부터 남다른 문학에 대한 관심과 열정, 재능으로 그녀가 살았던 메이지 시대 즉 서구문명을 받아들여 근대화의 길을 걸었지만 동시에 일본적 봉건성이 그대로 잔존되었던 시대를 살았던 여성들의 고단한 삶을 그녀 특유의 서정적이고 담담한 문체로 아름답게 그려냈다. 물론 이치요가 그리는 인물들에는 메이지시대라는 과도기의 봉건 사회의 부조리나 모순에 대한 강한 비판이나 반발은 보이지 않는다. 그러나 그녀의 예리한 비평안은 봉건사회의 잔재 속에서 힘들게 살았던 메이지 시

대의 여성의 삶을 정확하고 객관적으로 포착하여 묘사하고 있다. 그녀는 죽기 9개월 전에, '잠시 책상에 턱을 괴고 생각하니, 참으로 나는 여자인 것을, 무슨 생각을 하고 무엇을 해야 하나.', '나는 여자다. 아무리 생각하는 바가 있다 해도 그것을 실현할 수 있을까?'(1896년 2월 20일)라는 일기를 남긴다. 이 일기에는 여자이기 때문에 생각하는 바가 있어도 이룰 수 없다는 그녀의 한탄, 만년의 고독이 육성으로 드러나 있다. 이와 같은 히구치의 여성으로서의 삶에 대한 한탄과 고독은 소년소녀의 사랑이 파국으로 치닫는 비련이야기인 「밤벚꽃」의 오란お蘭, 「키재기」의 미도리美登利, 결혼 생활의 비극을 그린 「십삼야」의 오세키お関, 「흐린 강」의 오리키お力 등 작품 속 여주인공들의 인물상을 통해, 개성적이면서도 보편성을 띠며 생동감 있게 묘사된다. 이러한 작품 속 주인공들의 인물상에 사회성과 비평성을 풍부하게 드러냄으로써, 당시 사회에 대한 저항의 목소리를 낸 근대 여성들에게 이정표 역할을 했다고 할 수 있다. 이런 의미에서 히구치 이치요는 명실공히 일본 근대 최초이자 최고의 여류작가라 할 수 있다.

| 작품 소개 |

    본서에서는 이상과 같은 히구치 이치요의 작품 세계를 조망할 수 있는 대표 작품, 「섣달그믐」, 「키재기」, 「가는 구름」, 「십삼야」, 「이 아이」, 「흐린 강」의 여섯 작품을 번역 소개한다.

    「섣달그믐」은 1894년 12월『문학계文學界』에 수록된 후, 1896년 2월『태양太陽』에 재수록된 작품으로, (상), (하) 두 장으로 구성된 단편소설이다. 제목이 되는'오쓰고모리大つごもり'란 '섣달그믐'의 의미로, 일본에서는 연말에 금전관계를 총결산한다는 풍속을 바탕으로 하고 있다. 즉 이 작품에서 사건의 중심축인 주인공 오미네峰가 주인집에서 도둑질을 하는 것은 외삼촌의 빚을 연말에 해결해야 한다는 상황에서 비롯된 것이다. 오미네는 열여덟 살로, 자산가인 야마무라山村 집안의 하녀. 오미네의 아버지는 그녀가 일곱 살 때 공사장에서 떨어져 즉사한다. 이후 오미네는 야채 가게를 하는 외삼촌 야스베安兵衞의 집에 얹혀 살게 되지만 어머니도 유행성 인플루엔자에 걸려 죽고 만다. 고아가 된 오미네는 외삼촌 부부를 부모로 알고 컸지만, 외삼촌의 생활은 가난하여 야마무라

가에 하녀로 간 것이다. 야마무라가는 셋집을 백 채나 가지고 있는 부자였지만, 하녀들에게 매우 인색하였고, 그런 가운데 오미네는 열심히 일을 하여, 인정을 받고 용모도 아름다워 감동을 주었다. 그러던 중 병이 들어 야채가게를 정리하고 몸져 누워 있던 오미네의 외삼촌은, 고리대금업자에게 빌린 10엔의 이자를 지불하여 변제일을 연기할 수 있도록 무라야마가에서 2엔을 빌려 달라고 오미네에게 부탁을 한다. 오미네는 그 부탁을 받아들여 야마무라가에 돈을 빌려 달라고 하지만, 주인아주머니는 빌려 줄 것처럼 약속을 해 놓았다가 약속 당일 거절을 한다. 그러자, 오미네는 2엔을 훔치고 그 죄는 방탕한 야마무라가의 아들이 뒤집어쓰게 된다는 이야기이다. 이와 같이 「섣달그믐」에서는 금전문제를 둘러싼 인색하고 방탕한 야마무라가와 정직한 야스베가의 대조, 경제적 곤궁에 의한 오미네의 질망과 분노, 정신적 혼란상태, 죄의식과 죽음의 결의 등이 박진감 있게 그려지고 있다. 즉 이전의 미문조의 관념적 작품과는 달리, 이치요는 이 작품을 통해 처음으로 사회에 대한 객관적 관찰과 비판의식을 드러냈다고 할 수 있다.

메이지시대의 대표작일 뿐만 아니라 일본근대문학의 대표작으로 부동의 위치를 차지하고 있는 「키재기」는 『문학계』에 1895년 1월부터 12월에 발표되었다가, 『문장구락부文藝俱樂部』1896년 4월호에 일괄 게재되었다. 전12장으로 구성되어 있으며, 요시와라 유곽을 무대로 8월 20일 센조쿠신사千束神社의 여름 축제부터 11월 하순 오도리신사大鳥神社의 도리노이치酉の市에 걸친 시기에, 이

지역에 사는 소년 소녀들이 자아내는 세계가 이치요 특유의 미문조로 그려지고 있다. 결국은 유녀가 되어야 할 다이코쿠야大黑屋의 미도리美登利와 승려가 되어야 할 류게지龍華寺의 신뇨信如, 이 두 소년소녀의 풋풋한 사랑과 미묘한 심리적 변화와 갈등, 고민이 서사의 중심을 이루고 있다. 동시에 그들을 둘러싼 쇼타로正太郎, 조키치長吉, 산고로三五郎 등에 의해 연출되는 천진난만한 세계와 어른의 세계를 어렴풋이 알아가면서 느끼게 되는 애환, 사춘기를 맞이한 소년, 소녀의 신체적, 심리적 변화 등이 서정적이고 아름다운 문체로 그려지고 있는 성장소설이라 할 수 있다. 이와 같은 「키재기」의 제재는, 이치요가 곤란한 생계 타개책으로 1893년 7월 요시와라유곽吉原遊郭 근처의 시타야 류센지초下谷龍泉寺町에서 잡화점을 열었을 때의 체험에서 온 것이다. 즉 그녀는 요시와라유곽을 중심으로 한 사회 저변을 사는 서민들의 적나라한 생활상을 직접 접하고 그에 대한 객관적 관찰에 토대한 묘사를 실현함으로써, 생활에 대한 의식, 사회에 대한 비판 의식을 문학적으로 성공적으로 구현해 냈다고 할 수 있다.

「가는 구름」은 『태양太陽』(1895년 5월)에 발표한 작품으로, (상), (중), (하) 세 장으로 구성되어 있다. 제목인 '가는 구름'은 '떠나가는 남자의 마음'이나 '덧없는 삶'을 의미하며, 스승 나카라이 도스이와 헤어진 후의 작가의 심정이 반영되어 있다고 볼 수 있다. 내용은 22세의 청년 노자와 게이지野沢桂次가 도쿄에 사랑하는 여인을 두고 고향 야마나시현山梨県 오후지무라大藤村의 양가로 돌아간다는 이야기이다. 노자와는 원래 빈농의 자식이었으나 일곱 살 때 주조가酒造家인 노자와가에 양자가 되었고 학문 수행을 위해 상경하여 친척인 우에스기上杉 가에 하숙을 한다. 주인 가쓰요시勝義는 까다롭고, 후처는 허영심 덩어리인데, 그러한 새어머니에게 구박을 받는 전처 소생인 오누이縫를 동정하던 노자와는 그녀를 사랑하게 된다. 그러나 양아버지가 위독하다는 연락을 받고 양가에 돌아가 정혼을 한 그 집 딸 오사쿠作와 결혼을 하고 가독을 상속해야 되는 처지가 된다. 그는 울며울며 떠나면서 평생 오누이를 잊지 않겠다고 했지만, '언약의 말은 항구에 남기고 배는 물 흐르는 대로 사람은 세상에 이끌'리고, '몸이 멀어지면 마음도 멀어진다고' 하여, '오누이의 손에 들어온 편지는', '두 달에 한 번, 세 달에 한 번, 그러더니 곧 반 년, 일 년, 연하장과 여름에 안부를 묻는 정도'가 되어 버렸다. 남자의 순정이 명리名利에 의해 덧없이 사라지는 과정과 잊혀져 가는 여자의 체념이 그려져 있는 작품으로, 이치요의 약혼자였던 시부야 사부로에 대한 원념도 반영된 것으로 볼 수 있다.

「십삼야」는 1895년 12월 『문예구락부文藝俱樂部』 임시증간호에 발표된 것으로, (상), (하) 두 장으로 구성되어 있으며 이치요의 작품 중 가장 완성도가 높은 작품으로 평가받고 있다. 제목의 '십삼야'는 음력 9월 13일 밤을 말한다. 이날 밤은 8월 15일 밤에 대해 훗달後の月, 두명월豆明月, 율명월栗明月이라고도 부르며, 달구경을 하는 풍습이 있다. 이 작품은 이러한 풍속을 배경으로 전개된다. 13일 밤 주임관奏任官 하라다 이사무原田勇의 아내 오세키関는 갑자기 친정인 사이토가斎藤家를 찾는다. 오세키는 아들 다로太郎를 낳고 난 이후 남편의 정신의 학대를 호소하며 7년간 참고 참다가 이혼을 결심했으니 받아 달라고 눈물로 아버지에게 부탁을 하러 온 것이다. 그러나 아버지는 조용히 오세키를 설득하며 어차피 눈물을 흘리며 살 것이라면 하라다의 아내로서, 다로의 어머니로서 살라고 한다. 모성이라는 아킬레스건을 지적당하고, 가난한 친정 부모와 동생의 처지를 생각한 오세키는 아버지의 충고를 받아들이고 죽은 셈치고 다시 하라다의 아내로 살기로 결심하다. 그리고 인력거를 불러 돌아가는데 마침 그 인력거를 끄는 사람은 어렸을 적 첫사랑인 로쿠노스케録之助. 로쿠노스케는 오세키가 결혼한 후, 방탕한 생활로 전재산을 탕진하고 처자하고도 헤어져 싸구려 여인숙에서 자포자기의 삶을 살고 있다. 오세키는 하라다의 아내로서 다로의 어머니로서 자신의 방향을 확실히 정하고 십삼일 밤 달빛이 비치는 가운데 담담히 헤어진다. 아버지가 이야기한, 인간은 혼자 사는 것이 아니라는, 즉 가정, 가족과의 관계 속에서 사는 존재라는 (상)에서의 논리가 (하)에서 로쿠노스케를 만남으로써 실증된다고 하는 구성상의 치밀함이 돋보인다. 이러한 구성 안에 이치요는 가정이라는 사회적 제도와 그 매커니즘이 초래하는 비극을 일신에 짊어진 여자를 처음으로 조형해 내었다 할 수 있다. 아내이자 어머니인 여성이 사회적으로 어떻게 살아야 할지를 그려내고 있는 것이다. 오세키의 선택이 주체적인 것이든 아버지의 봉건 윤리에 대한 좌절에서 어쩔 수 없었던 것이든, 그에 상관없이 메이지시대의 여성의 삶의 한 단면을 보여 주고 있다.

「이 아이」는 『일본의 가정日本之家庭』 편집자에게 의뢰를 받아 집필한 것으로, 1896년 1월에 발표되었다. 제목은 '이 아이는 말하자면 나의 수호신'과 같은 존재로 아이에 의해 부부 관계는 물론 '나' 자신의 성질이나 행동까지 바꾼 어머니의 심정을 드러내고 있다. 내용은 결혼 3년차에 들어선 젊은 아내인 '나'의 독백 형식으로 구성되어 있다. 나는 태어난 지 얼마 안 되는 이 아이가 너무나 사랑스럽다. 나는 3년 전에 재판관 야마구치 노보루山口昇와 결혼을 하였으나 고집이 세고 직선적인 나의 성격으로 인해 부부 사이도 틀어지고 집안일을 하는 사람들과도 트러블을 일으킨다. 참을성 있는 남편도 결국은 집을 소홀히 하고 어쩔 수 없이 방탕한 생활을 하게 되고 나는 점점 더 히스테릭해져서 '말도 하지 않고 서로 노려보기만 하게 되고 나서는 단지 지붕이 있고, 천정이 있고, 벽이 있을 뿐, 이슬을 맞으며 노숙을 하는 것보다 더 불쌍'한 지경에 이른다. 그런데 이 때 태어난 아기는, 매정하다고만 생각했던 남편도 자신이 똑같은 생각과 감정을 가진 존재라는 사실을 깨닫게 해 준다. 이를 계기로 나의 마음은 바뀌고 내 마음이 바뀌니 남편도 바뀌어 지금은 원만한 부부관계가 되었다. 그러니 이 아이는 내게 수호신처럼 고마운 존재다 라는 이야기이다. 이와 같이 젊은 엄마의 일인칭 독백체로 서술되는데, 이치요의 작품 중 유일하게 구어체로 쓰인 소설이라 할 수 있다. 메이지시대 사회에서 확고한 지위를 점하는 부르주아 가정의 주부와 어머니상이 그려짐과 동시에 그 이면에는 젊은 부부의 심리와 행동의 변화가 생생하게 드러나고 있다. 특히 부부관계와 모성을 그린다는 점에서 「십삼야」의 연장선상에서 작품을 이해할 수도 있다.

「흐린 강」은 1895년 가와카미 비잔川上眉山으로부터 자전을 쓰라는 권유를 받은 것이 계기가 되어 집필한 것이다. 아버지의 법요法要를 치루고 구상을 서둘러 완성하여, 1896년 9월 『문예구락부文藝俱樂部』에 발표하였다. 고이시가와 근처의 논밭을 매립하여 만든 신개지新開地의 술집 거리를 무대로 오리키ヵ라는 아름답지만 뭔가 비밀을 품고 있는 사창의 울분에 찬 삶과 참혹한 죽음이 그려지고 있다. 오리키가 자신의 이력과 내면을 고백하는 대상은 고급 관직의 손님 유키 도모노스케結城朝之助이지만, 그는 오리키를 전적으로 이해해 주지는 못한다. 오히려 오리키 때문에 전 재산을 날리고 처자식마저 내쫓은 겐시치源七가 더 그녀의 마음을 끈다. 억지로 죽였다는 소문도 있고 합의 하에 죽었다는 소문도 있지만, 오본 공양이 끝난 어느 날 겐시치와 오리키는 죽어서 관에 실려 나온다. 이 작품은 이치요의 작품 중 가장 깊이가 있는 작품으로 평가받고 있으며, 주인공 오리키의 인물조형과 내면 묘사가 돋보인다. 술집 기쿠노이菊の井의 간판 스타로 화려한 삶을 사는 것처럼 보이는 오리키는 어느 날 갑자기 '갈 수 있다면 이대로 당나라든 천축天竺국이든 끝까지 가 버리고 싶다, 세상 끝까지 가고 싶다, 아아, 싫다, 싫다, 싫다, 어떻게 하면 사람들 목소리도 들리지 않고, 물건 소리도 나지 않는 조용하고 조용한 곳, 내 마음이고 뭐고 다 내던져 버리고 근심 걱정 없는 곳으로 갈 수 있을까, 시시하고 쓸데없고 재미없고 한심하고 슬프고 불안하다'라며, 몰래 가게를 빠져 나온다. 이와 같은 오리키의 내면의 목소리는 절대로 외적인 세계에 사는 사람들 특히 유키에게는 전해지지 않는다. 재산을 다 날리고 처자식까지 있으면서 머리로는 그러면 안 된다는 것을 알면서도 오리키에 대한 마음을 접을 수 없어 어두운 충동에 굴복하는 겐시치의 내면도 인간 존재가 품고 있는 어두운 측면이라 할 수 있다. 이와 같이 「흐린 강」은 인간 존재의 깊은 내면에 숨어 있는 충동과 갈등, 박탈감 등을 그린 작품이라 할 수 있다.

| 작가 연보 |

1872년(1세)

　5월 2일 8시, 도쿄 제2대구第二大区 소일구小一区 사이와이바
　시고몬幸橋御門内(현재의 지요다구[千代田区]) 우치사이와이초
　内幸町 1초메丁目 1번지, 도쿄부 관사에서 아버지 노리요시
　則義와 어머니 아야메ぁゃめ(후일 다키[多喜]로 개명)의 다섯째
　이자 차녀로 태어남. 본명은 나쓰奈津. 아버지 노리요시는
　핫초보리八丁堀의 하급관리로 도쿄부청 근무. 언니 하나
　에 오빠 셋, 여동생 하나 있음.

　8월, 제5구 소4구(현재의 다이토구[台東区]) 시타야下谷 네리베
　이초練塀町 43번지로 이사. 이 해 태양력이 채용되어 음력
　12월 3일을 1월 1일로 하게 되었다.

1873년(2세)

　11월, 아버지 노리요시 도쿄부의 관직인 곤추조쿠権中属가
　됨.

　12월, 노리요시 교부성教部省 곤다이코기権大講義를 겸함. 이
　해부터 금융업金融業을 겸함.

1874년(3세)

6월, 동생 구니코邦子 탄생.

9월, 아버지 도쿄부 주조쿠中属가 됨.

10월, 언니 후지ふじ 군의료기관에 근무하는 와니 모토카메
和仁本亀와 결혼.

12월, 현재의 미나토구港区 아자부麻布 미카와다이三河台 5번
지로 이사.

1875년(4세)

3월, 아버지 법령에 의해 사족土族이 됨.

7월, 언니 후지 이혼.

9월, 노리요시 겸직 해고.

1876년(5세)

4월, 아버지 제4구 소7구(현재의 분쿄구[文京区]) 혼고本郷 6초
메로 이사.

12월, 노리요시 도쿄부 퇴직. 퇴직금은 160엔.

1877년(6세)

3월, 이치요 혼고소학교本郷小学校 입학 후, 월말에 퇴학. 가
을 사립 요시카와학교吉川学校에 입학. 소학교본, 사서四書
소독素読 배움.

10월, 아버지 경시국에 고용.

1878년(7세)

6월, 요시카와학교하등소학교 제8학급 졸업 후, 7급으로 진
학하였으나 이 해에 퇴학. 삽화가 든 통속 소설 구사조시
草双紙 류 탐독.

1879년(8세)

8월, 아버지 도쿄지방위생국 근무.

10월, 언니 후지 구보키 조지로久保木長十郎와 결혼. 조지로
는 히구치가와 같은 번지에 사는 평민.

1880년(9세)

아버지 정식 직업 외에 금융암시장에 손을 댐.

1881년(10세)

3월, 아버지 경시청 경시속警視属이 됨.

7월, 일가가 시타야 오카치마치下谷御徒町 1초메 14번지로
이사. 둘째오빠 도라노스케虎之助 품행이 좋지 않아 분적
分籍하여 평민이 됨.

10월, 시타야 오카치마치下谷御徒町 3초메 33번지로 이사.

11월, 이치요 야마모토 마사요시山本正義의 사립 세이카이학

교青海学校 소학2급小学2級 후기에 입학.

1882년(11세)

2월, 둘째오빠 도라노스케 도공 나루세 세이지成瀬誠至의 제
자가 됨.

5월, 세이카이학교 소학2급 후기 졸업. 11월, 동교 소학1급
전기 졸업.

1883년(12세)

5월, 세이카이학교 소학중등과제1급을 5등으로 졸업.

12월, 동교 소학고등과제4급을 수석으로 졸업, 3급에 진학
하지 않고 퇴학. 재학 중 교사에게 와카和歌를 배움. 큰오
빠 센타로專太郎가 호주가 됨.

1884년(13세)

1월부터 와다 시게오和田重雄에게 와카 통신교수通信教授를
받음. 1월부터 2월에 걸쳐 지은 노래 「에이소詠草」(권1)이
있음. 이후 「에이소」 40수권이 있음. 같은 달 센타로 아
타미熱海에 요양.

10월, 일가 시타야 우에노上野 니시쿠로몬초西黒門町로 이사.
마쓰나가 세이아이松永政愛의 아내에게 재봉 배우러 다님.

1885년(14세)

　2월, 세이타로 메이지대학 법률학교 입학. 이 해에 마쓰나
　　가가에서 훗날의 약혼자 시부야 사부로渋谷三郎와 알게
　　됨.

1886년(15세)

　8월 20일, 하기노샤萩の舎에 입숙入塾, 와카和歌, 습자, 고전문
　　학 배움. 입숙 후 다나카 미노코田中みの子, 이토 나쓰코伊
　　東夏子와 함께 3재원才媛이라 불리우며, 『고킨와카집古今和
　　歌集』논의. 이 무렵「에이소1詠草一」(권2) 제작.
　가을에 에이소「무제無題」두 권(제3, 4권) 제작

1887년(16세)

　1월부터 8월까지 하기노샤 가회歌会에 관한 일기「몸에 걸
　　친 낡은 옷, 권1身のふる衣 まきのいち」. 이후 죽을 때까지 일
　　기 40여권.
　6월, 센타로 오쿠라쇼大蔵省에 고용. 아버지 퇴직.
　11월, 센타로 퇴직.
　12월 27일, 센타로 사망. 부조금 명부에 나쓰메 소세키夏目
　　漱石의 아버지 나오요시直克의 이름이 보이며 이때부터 작
　　가생활 동경.

1888년(17세)

2월, 이치요 상속 호주가 됨.

5월, 시바芝의 다카나와高輪 기타마치北町 19번지로 이사.

6월, 아버지 하물차청부업조합 설립. 같은 달 하기노샤 선
배 다나베 가호田辺花圃, 쓰보우치 쇼요坪內逍遙의 추천으
로 소설「덤불속 휘파람새藪の鶯」출판.

9월, 아버지 사업으로 간다神田 오모테진보초表神保町 2번지
로 이사.

1889년(18세)

3월, 아버지 사업 실패로 간다 아와지초淡路町 2초메 4번지
로 이사.

5월, 아버지 발병, 시부야 사부로와 결혼할 것을 부탁하여
승낙.

7월 12일, 아버지 사망(60세).

9월, 어머니, 여동생과 함께 둘째 오빠 도라노스케 집에서
동거 시작. 이 무렵 사부로로부터 파혼당함.

1890년(19세)

1월, 여동생 구니코 남의집살이 시작.

4월, 제3회 내국권업박람회第三回內国勸業博覧会 개최.

5월, 하기노샤 입주 제자가 됨. 스승 나카지마 우타코中島歌
  子 가정을 동정하여 여학교 교사 추천했으나 학력 부족으
  로 실현되지 못함. 이 무렵 소설「무제6無題六」집필.

7월, 에이소「모시오구사もしほ草」(권14),「에이소」(권15).

8월,「에이소」(권16) 제작.

9월, 어머니, 여동생과 혼고 기쿠자카초菊坂町 70번지로 이
  사하여 독립. 재봉이나 빨래로 생계 유지.

1891년(20세)

1월, 소설「한 가닥 마른 참억새かれ尾花―もと」집필. 소설가
  로 생계를 유지하기로 결심.

4월 15일, 구니코의 친구 노노미야 기쿠野々宮きく의 소개로
  『아사히신문朝日新聞』소설기자인 나카라이 도스이半井桃
  水를 만나 소설 지도 받음.

6월, 도스이의 지도로 우에노 도쿄도서관을 다니며 근세문
  학 독학.

10월-11월, 수필「숲속의 풀 1森のした艸 一」집필.

1892년(21세)

2월, 눈 오는 날 도스이 집 방문,「눈 오는 날雪の日」착상.

3월, 도스이가 이치요 집 방문. 도스이 주재 문학잡지『무

사시노武蔵野』창간, 이치요의「밤 벚꽃闇桜」발표.

4월,『개진신문改進新聞』에「이별 서리別れ霜」(서명은 아사카노 느마코[浅香のぬま子]),『무사시노』에「앞치마たま欅」발표.

5월, 기쿠자카초菊坂町 69번지로 이사.

6월, 도스이가 오자카 고요尾崎紅葉에게 소개하려 했으나 도스이와의 스캔들로 일단 절교.

7월,『무사시노』종간호에「사미다레五月雨」발표.

9월,「경궤經づくゑ」(서명, 春日野しか子)를 노지리 리사쿠野尻理作 주간『고요신보甲陽新報』에 발표.

11월, 가호, 미타케 세쓰레이三宅雪嶺와 결혼. 가호의 소개로「매목うもれ木」이『미야코노하나都の花』에 연재. 처음으로 원고료 받음.

1893년(22세)

2월,『미야코노하나』에「어스름 달밤朧月夜」발표.

3월,『문학계』에「눈 오는 날」발표.

7월 20일, 이시카와 긴지로石川銀次郎에게 15엔 빌려 보증금 3엔, 집세 1엔 50전인 시타야 류센지초下谷竜泉寺町 368번지로 이사하여 잡화 및 과자를 파는 잡화점 개업.

12월,『문학계』에「고토 소리琴の音」발표.

1894년(23세)

1월, 호시노 덴치星野天知 처음으로 찾아옴.

2월, 가호가 가문家門을 연다는 소식 들음. 같은 달 슈게쓰秋
月라 칭하고 구사가 요시타카久佐賀義孝 방문. 『문학계』에
「하나고모리花ごもり」전반 게재(4월 완성).

3월, 바바 고초馬場孤蝶 처음 찾아옴.

5월, 가게를 접고 혼고 마루야마 후쿠야마초丸山福山町 4번
지로 이사. 하기노샤의 조교가 됨.

7월, 『문학계』에 「암야暗夜」발표(11월까지).

8월, 도가와 슈코쓰戸川秋骨, 시마자키 도손島崎藤村 내방.

12월, 『문학계』에 「섣달그믐大つごもり」발표.

1895년(24세)

1월, 『문학계』의 객원 도가와 잔카戸川残花 찾아옴. 『문학
계』에 「키재기たけくらべ」1896년 1월까지 발표.

4월, 『마이니치신문毎日新聞』에 「처마끝 달軒もる月」발표.

5월, 『태양太陽』에 「가는 구름ゆく雲」발표. 우에다 빈上田敏,
가와카미 비잔川上眉山이 처음 내방.

6월, 『문예구락부文芸倶楽部』에 「경궤」재게.

8월, 『요미우리신문読売新聞』에 「우쓰세미うつせみ」발표.

9월, 『요미우리신문』에 수필 「두서없는 말そぞろごと」발표.

『문예구락부』에「흐린 강にごりえ」발표.

12월, 『문예구락부』에「십삼야十三夜」와 구작품「암야やみ夜」를 동시에 발표.

1896년(25세)

1월, 『일본의 가정日本の家庭』에「이 아이この子」, 『국민지우国民之友』에「갈림길わかれ道」발표. 요코야마 겐노스케横山源之助 찾아옴. 후타바테이 시메이 소개하려 함.『문학계』에「키재기」발표 완결.

2월, 『신문단新文壇』에「속 보라색裏紫」발표, 미완.

4월, 『문예구락부』에「키재기」일괄 발표, 『메자마시구사めさまし草』의 합평「삼인 농담三人冗語」森鴎外, 幸田露伴, 斎藤緑雨에서 격찬을 받음. 이 무렵부터 이즈미 교카泉鏡花와 만남. 이 무렵, 폐결핵 발병.

5월, 『문예구락부』에「자진하여われから」발표. 사이토 료쿠우斎藤緑雨 처음으로 찾아옴. 「통속서간문通俗書簡文」博文館 간행. 『우라와카소うらわか草』에 수필「아키아와세あきあわせ」(「두서없는 말」과 같은 글)재게.

6월, 『메자마시구사』동인, 모리 오가이森鴎外의 동생 미키 다케지三木竹二 처음 찾아와 합평회 참가 권유.

7월, 고다 로한幸田露伴 찾아와서『메자마시구사』에 합작

소설 집필 요청. 『문예구락부』에 수필「쓸데없는 말すずろごと」「ほととぎす」발표.

8월, 『지덕회잡지智德会雑誌』에 와카和歌 팔백八百 발표. 스루가다이駿河台의 산류도병원장山龍堂病院長 가시무라 기요노리樫村清德에게 폐결핵이 절망적이라고 진단받음.

9월, 병을 무릅쓰고 하기노샤 가회歌會에 참석. 가을, 료쿠우의 의뢰로 오가이를 통해 아오야마 다네미치青山胤道 찾아옴. 위독 진단.

11월 23일 오전, 결핵으로 혼고 마루야마후쿠야마초丸山福山町에서 사망. 25일, 쓰키지 혼간지築地本願寺에서 장례식 거행.

김효순金孝順

고려대학교 글로벌일본연구원 교수, 전 한국일본학회 산하 일본문학회 회장. 고려대학교와 쓰쿠바대학에서 아쿠타가와 류노스케 문학을 연구하였고, 현재는 식민지시기에 일본어로 번역된 조선의 문예물에 관심을 갖고 연구하고 있다. 주요 논문으로 「태평양전쟁 하에서 의지하는 신체와 모방하는 신체―최정희의 「야국초」와 하야시 후미코의 「파도」를 중심으로-」(『한일군사문화연구』제16집, 2013.10) 등이 있고, 역서에 『조선속 일본인의 에로경성조감도-여성직업편-』(도서출판 문, 2012), 『재조일본인 여급소설』(역락, 2015), 『재조일본인이 그린 개화기 조선의 풍경: 『한반도』문예물번역집』(역락, 2016), 다니자키 준이치로의 『열쇠』(민음사, 2018), 편저서에 『동아시아의 일본어문학과 문화의 번역, 번역의 문화』(역락, 2018) 등이 있다.

일본 근현대 여성문학 선집 1

히구치 이치요 樋口一葉

초판 1쇄 발행일 2019년 3월 31일

지은이 히구치 이치요
옮긴이 김효순
펴낸이 박영희
편집 박은지
디자인 박희경
표지디자인 원채현
마케팅 김유미
인쇄·제본 태광인쇄
펴낸곳 도서출판 어문학사
　　　　서울특별시 도봉구 쌍문동 523-21 나너울 카운티 1층
　　　　대표전화: 02-998-0094/편집부1: 02-998-2267, 편집부2: 02-998-2269
　　　　홈페이지: www.amhbook.com
　　　　트위터: @with_amhbook
　　　　페이스북: www.facebook.com/amhbook
　　　　블로그: 네이버 http://blog.naver.com/amhbook
　　　　　　　　다음 http://blog.daum.net/amhbook
　　　　e-mail: am@amhbook.com
　　　　등록: 2004년 4월 6일 제7-276호

ISBN 978-89-6184-904-3 04830
ISBN 978-89-6184-903-6(세트)
정가 16,000원

이 도서의 국립중앙도서관 출판예정도서목록(CIP)은 서지정보유통지원시스템 홈페이지(http://seoji.nl.go.kr)
와 국가자료공동목록시스템(http://www.nl.go.kr/kolisnet)에서 이용하실 수 있습니다.
(CIP제어번호: CIP2019014660)

※잘못 만들어진 책은 교환해 드립니다.